조
영
출 전
집

1

조명암의
대중가요

지은이

조영출(趙靈出, Cho, Young-chul) 1913년 11월 충청남도 아산에서 출생하였다. 9세에 아버지 별세로 가세가 기울어 어머니와 함경남도 석왕사에 의탁하였다. 금강산 건봉사로 출가하였으며 안변 석왕사 보통학교를 졸업하였다. 건봉사 장학생으로 보성고보와 와세다대학교를 졸업했다. 1934년『동아일보』신춘문예에 시「동방의 태양을 쏘라」와 대중가요 〈서울노래〉가 동시에 입상하였다. 이후 약 150여 편의 시와 550여 곡의 대중가요를 발표한 시인이자 작사가・극작가・연출가로 활동하였다. 김기림으로부터 '도회의 시인'으로 평가받는 한편, 대중가요 〈선창〉, 〈낙화유수〉, 〈꿈꾸는 백마강〉 등은 식민지 대중을 위무하며 애창곡이 되었다. 해방 직전 제3회 연극경연대회 참가작으로 〈현해탄〉을 공연하였다. 해방 후 조선문학가동맹에 가입하고 주로 연극 활동을 했다. 이때 〈독립군〉, 〈논개〉, 〈미스터 방〉, 〈위대한 사랑〉 등을 썼다. 1948년 말 월북하여 북에서 교육문화성 부상, 예술총동맹중앙위원회 부위원장 등을 역임하며 북한의 혁명가극 창안에 참여하였다. 1988년 월북예술가 해금조치에 따라 그의 작품들도 해금되었다. 향년 80세로 1993년에 운명하였다.

엮은이

장유정(張攸汀, Zhang, Eu-jeong) 현 단국대학교 교수. 2004년 서울대학교 대학원 국어국문학과에서「일제강점기 한국 대중가요 연구—유성기음반 자료를 중심으로」라는 논문으로 박사학위를 취득하였다. 저서로『오빠는 풍각쟁이야—대중가요로 본 근대의 풍경』(민음in, 2006),『다방과 카페, 모던보이의 아지트』(살림, 2008),『대중음악의 이해』(공저, 한울아카데미, 2012),『근대 대중가요의 지속과 변모』(소명출판, 2012),『근대 대중가요의 매체와 문화』(소명출판, 2012) 등이 있고, 대중음악과 대중문화 관련 논문을 다수 내었다. 2009년 인천문화재단이 주최한 제2회 '플랫폼문화비평상'에서 음악 부문상을 수상한 후 대중음악 평론을 시작했으며, 2011년에는 임상음악전문가 준2급 자격증(한국음악치료학회)을 취득하였다. 아울러 2012년부터 2013년 8월 현재까지《근대가요 다시 부르기》디지털 싱글 1에서 8까지를 제작하고 노래하였다.

주경환(朱景煥, Joo, Gyeong-hwan) 호는 청은(靑垠). 1942년 경상북도 상주 함창 출생으로 함창중고등학교를 중퇴하였다. 조영출의 차녀 조혜령의 부군이며, 전라남도 화순에 거주하고 있다.

근대서지총서 04

조영출 전집 1 조명암의 대중가요

초판 인쇄 2013년 11월 1일 초판 발행 2013년 11월 10일
지은이 조영출 엮은이 장유정 주경환 펴낸이 박성모 펴낸곳 소명출판 출판등록 제13-522호
주소 서울시 서초구 서초동 1621-18 란빌딩 1층
전화 02-585-7840 팩스 02-585-7848 전자우편 somyong@korea.com 홈페이지 www.somyong.co.kr

978-89-5626-922-1   04810
978-89-5626-442-4   (세트)

값 43,000원   ⓒ 주경환, 2013

40세 무렵의 조영출

조영출 부부와 큰딸 용희. 1944년경

부인 장연옥 여사. 1940년경

송년통일음악회(1990.12.10) 행사 때 상봉한
새어머니 김관보 여사와 조혜령(차녀)

사위(주경환)와 차녀(조혜령) 부부

노년의 집필 모습

애국열사릉의 묘지

북한 가족들

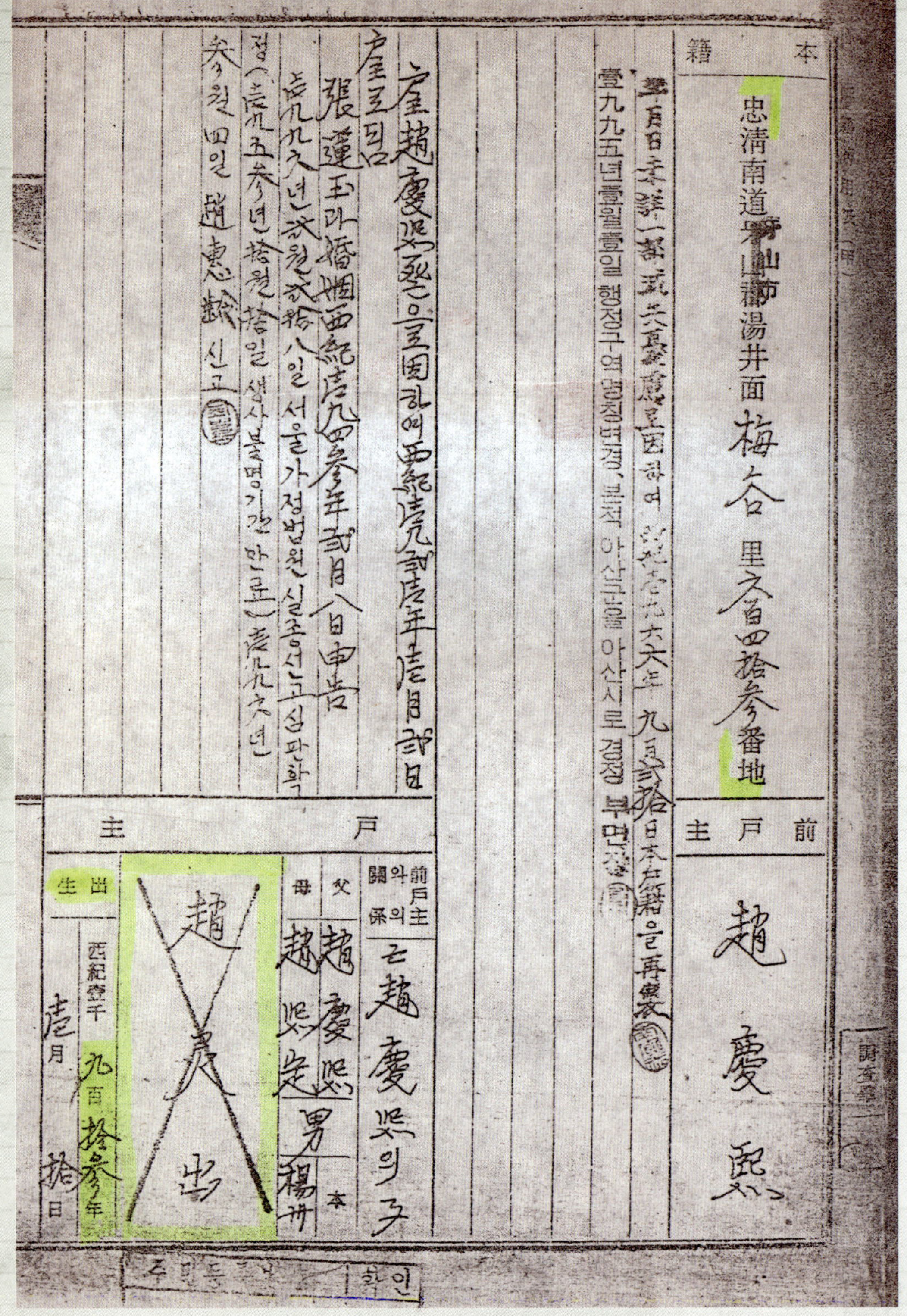

호적

원부와 상이 없으음 증명
2002년 9월 26일
보성고등학교장 김□□ (인)

보성고등보통학교 성적부(위)와 학적부(아래)

보성고보 졸업앨범(1935)

와세다대학 재학시절

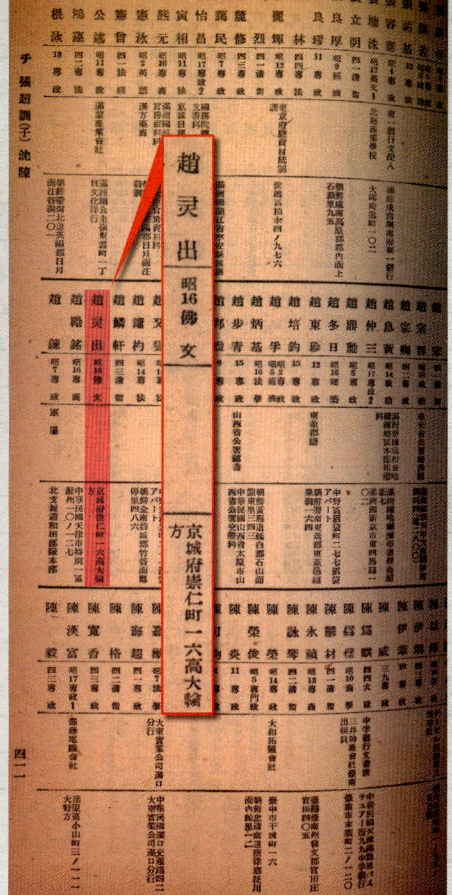

와세다대학 회원명부(1943)

2000.1.1 건봉사 입구에 세워진 시와 노래비 앞(왼쪽)과 뒤(오른쪽)

비극 『순애계도』, 1943.8.20

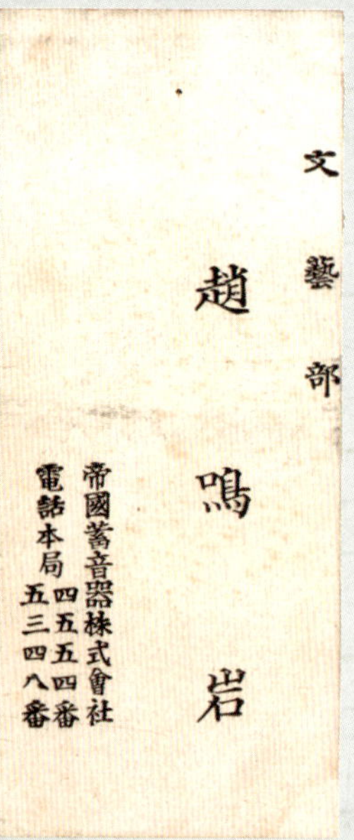

『조령출 시선집』, 1957.6.25

북에서 간행된 조영출의 저술들

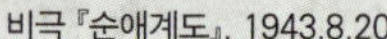

제국축음기(주) 재직 시절 명함

노래비 〈목포는 항구다〉

노래비 〈선창〉

노래비 〈서귀포 칠십리〉

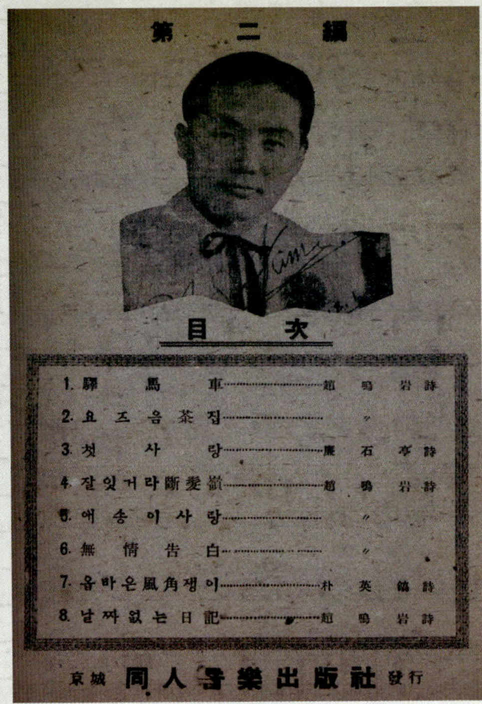

目 次

1. 驛 馬 車 ……… 趙 鳴 岩 詩
2. 요 즈 음 茶 집 ……… 〃
3. 첫 사 랑 ……… 廉 石 亭 詩
4. 잘 잇 거 라 斷 髮 嶺 ……… 趙 鳴 岩 詩
5. 애 송 이 사 랑 ……… 〃
6. 無 情 告 白 ……… 〃
7. 옵 바 온 風 角 쟁 이 ……… 朴 英 鎬 詩
8. 날 짜 없 는 日 記 ……… 趙 鳴 岩 詩

京城 同人音樂出版社 發行

『김해송 작곡집』 제2집(1941.5.23)

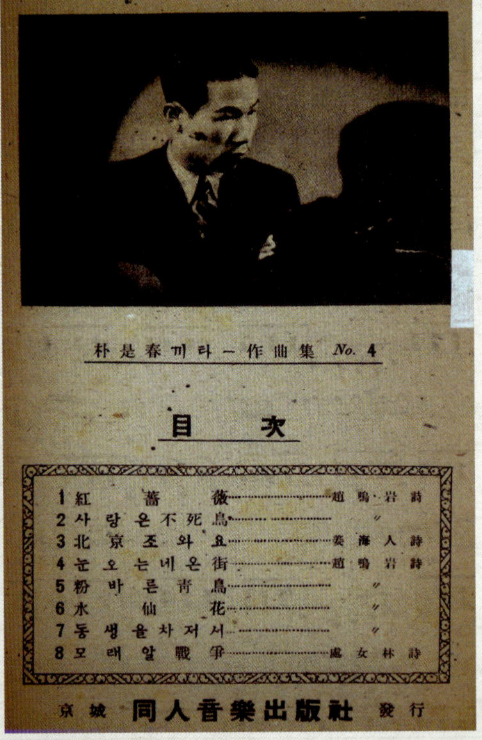

目 次

1 紅 薔 薇 ……… 趙 鳴 岩 詩
2 사 랑 은 不 死 鳥 ……… 〃
3 北 京 조 와 요 ……… 姜 海 人 詩
4 눈 오 는 네 온 街 ……… 趙 鳴 岩 詩
5 粉 바 른 靑 鳥 ……… 〃
6 水 仙 花 ……… 〃
7 동 생 을 차 저 서 ……… 〃
8 모 래 알 戰 爭 ……… 處 女 林 詩

京 城 同人音樂出版社 發 行

『박시춘끼타— 작곡집』 제4편(1941.5.20)

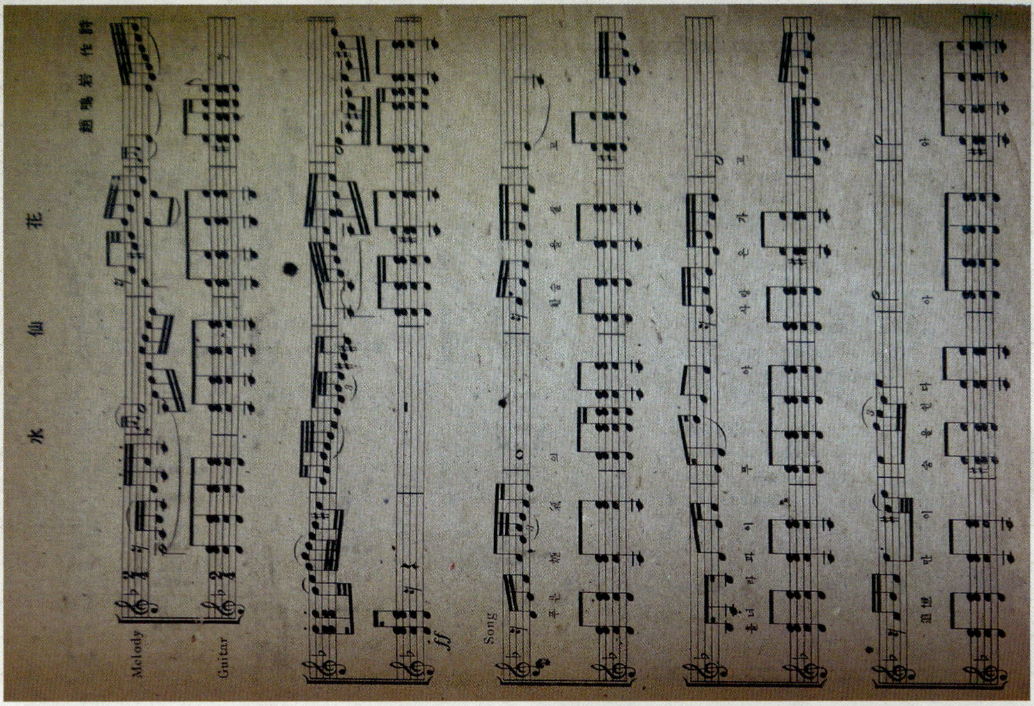

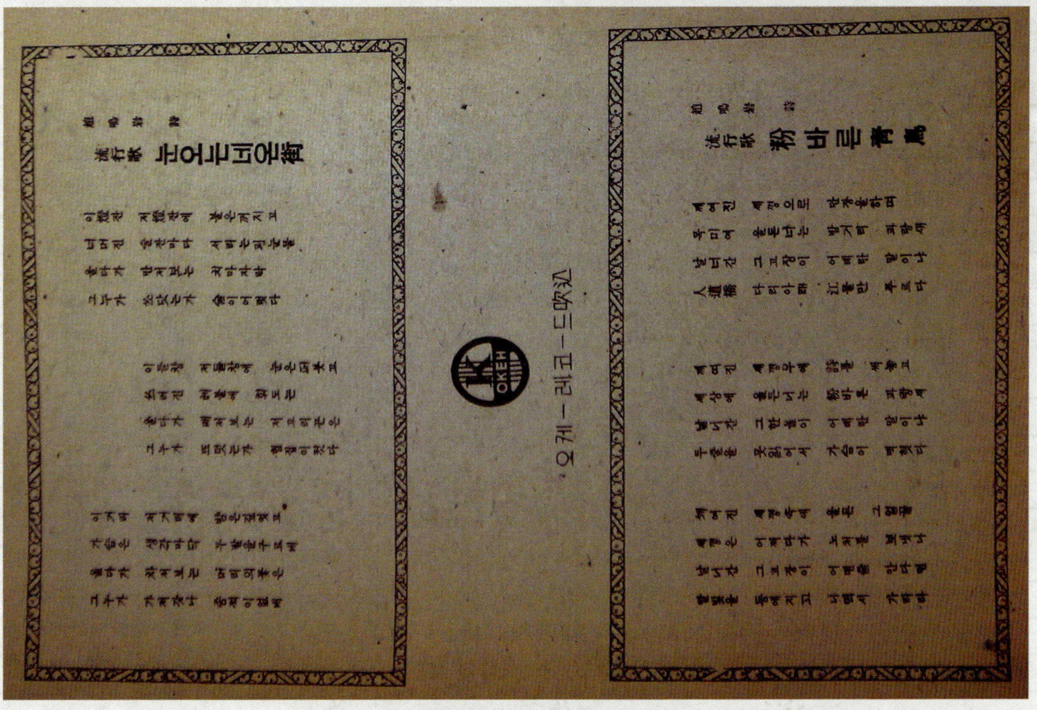

水仙花

趙靈岩 作詞

Melody　Guitar　ff　Song

『박시춘끼타- 작곡집』 제4편

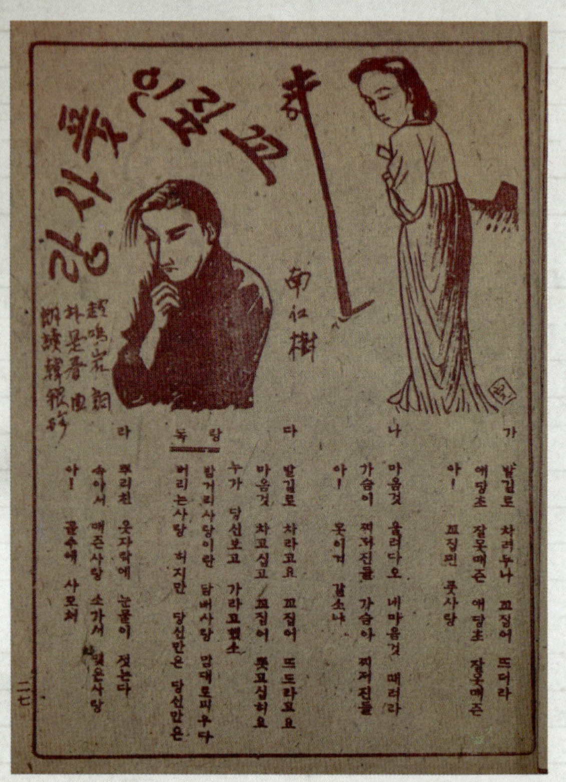

〈꼬집힌 풋사랑〉

〈가면무도회-그리운 장미화〉

〈꽃피는 지나가〉

〈남가일몽〉

〈낭낭제〉

〈내 어이 왔나요〉

〈눈감은 포구〉

〈무정해협〉

음반이미지 – 박찬호 소장본

〈병든 장미〉

〈살림단장〉

〈신작 노들강변〉

〈여기가 타향〉

〈영산홍〉

〈이별의 포도주〉

음반이미지 – 박찬호 소장본

〈일편정성〉

〈청공일기〉

〈총후의 자장가〉

〈피장파장〉

〈함경선 장사꾼〉

음반이미지 - 박찬호 소장본

〈갈매기의 탄식〉

〈금강산 절경〉

〈꽃도 싫소 풀도 싫소〉

〈남쪽의 여수〉

〈눈물에 어린 사랑〉

〈꽃바람 분홍비〉

음반이미지 - 주경환 소장본

〈마지막 글월〉

〈마지막 필적〉

〈마음의 자물쇠〉

〈모자상봉〉

〈바다의 반평생〉

〈밤차에 실은 몸〉

음반이미지 – 주경환 소장본

〈벽오동〉

〈산천리 물천리〉

〈세월〉

〈신춘엽서〉

〈처녀수첩〉

〈화초신랑〉

음반이미지 - 주경환 소장본

〈남산골 다방골〉

〈금송아지 타령〉(『조선일보』, 1937.3.24)

〈사막의 밤눈물〉(『동아일보』, 1938.2.25)

〈인생선〉(『매일신보』, 1942.11.2)

포리도-루 레코-드

一月十日臨時大發賣!!

映畵『바다여 말하라』主題歌 —
金駿泳作詞・李冕相作曲・

流行歌　金晃均作曲
바다의 靑春　尹鍵榮　(一九一七二)
南浦의 追憶　鮮于一扇　(一九一七二)

二月新譜　(一月二十日發賣)

流行歌　都城의 밤노래 (一名 金村한 밤노래夫)　金權模　(一九一七三)
流行歌　高原의 새벽　王壽福　(一九一七三)
流行歌　南洋의 한울　朴鍵榮　(一九一七四)
流行歌　嘆息하는 靑春　金鎭文　(一九一七五)
民謠　靑春歌
民謠　흥타령
小唄抒情　孤島에 지는 꽃　故 王壽福　(一九一七七)
南道歌　楚漢歌　故 王桂玉　(一九一七七)
短歌南道歌　박타령　朴初月　(一九一七六)
獨唱哀唱　月下愁懷曲　金友鶴
短編梵唄　正樂中念佛　祖高齋成德

〈고원의 새벽〉과 〈도성의 밤노래〉 광고

영화 〈바다여 말하라〉(1935) 장면

근대서지총서 04

조영출 전집 1

조명암의 대중가요

The Complete Works of Cho Youngchul Vol.1 : Popular Song

장유정 · 주경환 엮음

소명출판

※일러두기

1. 이 책은 조명암(본명 조영출 : 1913~1993)이 작사한 대중가요 가사 중 확보할 수 있는 것을 최대한 모두 모아 엮은 것이다. 당시에 발매된 음반 가사지와 음원을 기본 자료로 하고, 그 외 『애수의 소야곡—박시춘 명작집』(김점도 편, 삼호출판사, 2000), 『불효자는 웁니다—반야월 회고록』(반야월, 화원, 2005), 『한국신민요대전』(김점도, 삼호출판사, 1995) 등을 참고하여 가사와 목록을 정리하였다.
2. 원문이 있는 것은 원문대로 표기하였다. 단 오자가 분명한 경우만 수정하였다. 음원을 듣고 채록한 경우, 당시 발음을 최대한 존중하되 현대어 표기법을 따랐다.
3. 띄어쓰기는 현대어 표기법을 따라 교정하였다.
4. 가사는 예명별로 제시하고 제목의 가나다순으로 가사를 배열하였다.
5. 전체 목록은 현대어로 정리하고, 수록한 노래의 제목과 가사는 원문이 있는 경우에는 원문 표기를 따랐다.
6. 목록에서 가사의 출처를 밝혔는데, 약자의 의미는 다음과 같다.
   원 : '원문'의 약자로, 당시 유성기 음반 가사지에 수록된 가사를 그대로 적은 것이다. 『유성기음반가사집』(민속원) 1권에서 7권까지를 참고하고 낱장으로 존재하는 당시의 음반가사지도 참고하였다.
   한 : 한국음반아카이브연구단에서 엮은 『한국유성기음반』(한걸음더) 1권에서 5권까지를 참고하였다. 이 책에 수록된 가사도 당시의 가사지를 모태로 하였으나 옮겨 적는 과정 중에서 실수가 있을 것을 고려하여 '한'이라 별도 표기하였다.
   음 : '음원'의 약자로 당시의 음원을 듣고 채록한 것이다. 음원은 이경호 선생님 소장 자료, 『남인수 전집』(3A미디어, 2012), 그리고 그 밖에 인터넷에 올라 있는 자료를 참고하되, 발매 당시의 음원을 일차자료로 하였다.
   신 : 『한국신민요대전』(김점도, 삼호출판사, 1995)에 수록된 가사를 따른 것이다.
   조 : 조명암 선생님의 유족이신 따님 조혜령 선생님과 조혜령 선생님의 부군이신 주경환 선생님이 모은 자료를 참고한 것이다.
   박 : 『애수의 소야곡—박시춘 명작집』(김점도 편, 삼호출판사, 2000)을 참고한 것이다.
   가 : 『한국가요사』 1(박찬호, 미지북스, 2009)에 수록된 가사를 따른 것이다.
   반 : 『불효자는 웁니다—반야월(진방남)회고록』(화원, 2005)에 수록된 가사를 따른 것이다.
   이 : 이동순 선생님이 엮은 『조명암 시전집』(선, 2003)에 수록된 가사를 따른 것이다.
7. □은 판독불가, ?는 확실하지 않은 경우를 뜻한다.

모든 분들께 감사하며

탄신 100주년을 맞아 전집을 내면서

장인이신 조영출(명암) 어른의 탄신 백주년에 즈음해 『조영출 전집』을 간행하게 되어 유족을 대표해 그간 애써주신 모든 분들께 깊이 감사드리며 스스로 축하하는 바입니다. 이로써 장인어른이 살아생전 남기신 저작들에 대한 정리가 어느 정도 완료되었다고 생각되며, 이 모든 것은 어느 다른 사람이 아닌 장인어른 당신의 커다란 축복이라 생각합니다.

저희는 장인어른이 1948년 초겨울 월북하신 이후의 소식을 전혀 모르고 있었습니다. 그러다가 평양에 살아계신 것을 알게 된 때가 1990년 겨울이었습니다. 남과 북이 분단된 지 반 세기가 지날 무렵이었지요. 그 해는 유별나게 남북 간에 화해하는 분위기가 조성되고 문화교류가 통일음악회라는 이름으로 성사된 해였습니다.

1990년 12월 18일자 『동아일보』에서 남측예술단을 환영하는 옥류관 만찬장에서 당신이 쓰신 「동방의 태양을 쏘라」는 시를 낭송하셨다는 기사를 읽었습니다. 그 기사를 접했을 때 제 처의 심정이 어떠했을지 저로서는 도저히 헤아릴 수 없었습니다. 장인어른이 월북하던 해 제 처는 세 살배기였고, 6·25가 나자 장모님마저 월북하면서 셋째 딸 중 둘째인 제 처만 할머님께 떼어놓아 처는 다섯 살 때 고아가 된 몸이었지요. 생존해 계시다는 놀라운 소식을 접한 몇 년 후인 1993년 5월 8일, 장인어른께서 지병으로 평양 자택에서 작고하셨다는 신문 기사를 보았습니다. 그 파란만장한 세월 속에서도 큰 고초 안 겪으시고 자리를 지키시며 조용히 천수를 다하신 것이 다행스럽고 안도하는 마음이 들었던 기억이 납니다.

이후 한 번 뵙지도 못한 장인어른을 찾는 일이 시작되었습니다. 장인어른의 시 한 편, 가사지 한 장, 연극 등 관련 자료가 하나둘씩 쌓이게 되었고, 그것이 어느 새 즐거움이 되어 컴맹인 저를 도서관으로, 자료가 있는 곳으로 재촉하였습니다. 20여 년 동안 그 길을 가면서 장인어른과 저는 깊은 정이 들고 말았습니다. 장인어른의 홍복인지 좋은 인연들이 모이고 모여서 오늘 이렇게 전집을 내게 되니 만감이 교차하며 그동안 도움을 주신 고마운 분들의 모습이 주마등처럼 지나갑니다. 조금 장황할지 모르겠습니다만 고마운 그 분들을 이 자리에 밝혀 그 간의 마음의 빚을 조금이라도 덜어내고자 합니다.

KBS '가요무대' 자문위원을 지내셨으며, 항상 〈울며 헤진 부산항〉의 2절 가사를 읊조리며 가사의 문학성에 감탄을 금하지 않으셨던 김점도 선생님 — 병환 중이신 선생님의 쾌유를 기원합니다 —, 애써 수집했던 자료를 기꺼이 내어주셨던 『대전일보』의 김재근 기자님, 자료 수집과 해금에 힘써주신 신나라레코드 정문교 사장님, 평소 자문은 물론 이번에 가요작품집 발간 축사까지 써주신 가요평론가 박찬호 선생님, 가요평론가 이준희 선생님 등등 머리 숙여 감사드립니다. 2003년 『조명암 시전집』을 간행하여 조영출 연구에 귀중한 출발점을 마련해주신 영남대 이동순 교수님과 일제 말기 가요극 〈춘향전〉과 해방 직후 대본 〈위대한 사랑〉 등 귀한 자료를 제공해주신 (재단법인)아단문고에도 깊은 감사를 드립니다.

이렇게 많은 분들의 관심과 노고 끝에 장인어른의 자료들이 수합될 무렵 몇 년 후 탄신 백주년이라는 사실을 알게 되었고, 근대서지학회와의 만남 이후 전집의 간행을 생각하게 되었습니다. 장인어른이 졸업하신 보성고등학교를 찾아가 국어교사 오영식 선생을 알게 되었고 그것이 인연이 되어 자료의 도움은 물론 전집 간행의 엄두를 내게 되었습니다. 우선 근대서지학회 회원들을 통해서 귀한 자료를 구할 수 있었습니다. 그동안 찾지 못했던 몇 편의 시작품을 찾을 수 있었고, 가요작품들도 확인할 수 있었습니다. 특히 춘천에 계신 김현식 회원은 와세다대학 조선인동창회『회지』에 실린 「서사(序詞)」와 김다인 명의의 〈순애계도〉를 찾아주셨고, 박성모 회원은 평양에서 나온『조영출 시선집』등을 제공해주셨습니다. 그리고 장인어른께서 여러 분야에 걸쳐 활동하셨기 때문에 어느 한 사람의 연구자가 전집을 꾸미는 데에는 어려움이 많았는데 수집가와 연구자들의 모임인 근대서지학회에는 다양한 분야의 관계자들이 있어 총무인 오영식 선생의 주선으로 소중한 분들을 만나 전집을 내게 되었습니다.

산재되어 있던 작품들을 모아 처음으로 희곡작품집을 만들어주신 중앙대학교 박명진 교수님과 그 작품 입력에 도움을 주신 조현준 님(중앙대 국문학과 석사)께 감사드립니다. 현대시와 평론, 수필 등을 총망라해 묶어주신 성균관대학교 정우택 교수님과 원문 입력을 도와주신 오혜진 님(성균관대 국문학과 박사수료)께도 깊은 감사를 드립니다. 그리고 가요 부문을 새롭게 묶어주신 단국대학교 장유정 교수님! 고맙습니다. 이 세 분 교수님들은 장인어른과 저희들의 은인이십니다. 더불어 近代書誌叢書의 한 책으로 낼 수 있도록 허락해주신 근대서지학회 전경수 회장님께도 깊이 감사드리며, 전집의 출판을 기꺼이 맡아주신 소명출판의 박성모 대표님과 공홍 부장님을 비롯한 모든 직원께도 감사의 마음 전합니다.

1997년 봄, 운영하던 공장을 정리하고 국회도서관을 찾기 시작하여 지금까지 통일원자료실, 국립중앙도서관, 신문사 자료실 등을 전전하며 장인어른을 찾아다녔습니다. 이제 눈도 어두워졌고 기력도 예전만 못해졌습니다만 그 많은 시간 동안 장인어른을 만나왔기 때문인지 생전에 한 번 뵙지도 못한 어르신과 너무도 많은 정이 들었다는 생각을 하게 됩니다. 이 다음에 저 건너에 가서 뵙게 되면 "우리 사위 어서 오시게. 그간 노고가 많았네! 고마우이!" 하시며 술 한 잔 내려주지 않으실까 혼자 생각해 봅니다.

끝으로 장인어른의 탄신 백주년을 맞이하여 전집 간행에 성원을 보내주시고 도움을 주신 많은 분들께 다시 한 번 저희 두 사람 진정 감사한 마음으로 합장 올립니다.

2013년 10월
딸 조혜령
사위 주경환

조영출(趙靈出, 조명암趙鳴岩), 그는 과연 누구일까?

추천의 말을 대하며

박찬호朴燦鎬

한국대중음악연구회 회원, 일본 나고야 거주

"조명암이란 작사가는 한 사람이 아니라, 복수의 작사가들이 공동으로 사용한 집단명 같은 이름이 아닌가?"

1994년에 8旬으로 작고한 일본인 사이토 초지[齋藤晁司]씨는 생전에 내게 이렇게 말한 바 있었다.

사이토씨는, 1987년에 내가 『한국가요사 1895~1945』를 일본에서 간행한 얼마 뒤에 알게 된 분이었다. 그는 1938년경 JODK 경성 방송국에서 일본 전역에 실황 중계한 음악 프로에서 고복수와 이난영이 듀엣한 〈신아리랑〉을 처음 들어서 반해버렸다고 한다. 그는 또 영화를 좋아하였으며, 서양과 일본 근대의 연예계 전반에 대해서도 깊은 조예를 갖고 있었고, 도쿄[東京]대학 졸업 후 스미토모[住友] 사원으로 취직한 후에도 자료 수집을 계속하면서, 전문가 못지않은 안력(眼力)을 과시하였다.

그날 방송을 통하여 처음으로 조선 노래에 접하던 사이토씨는 곧 당시 대구에서 살았던 삼촌에게 부탁해서 매달 발매되었던 오케 레코드의 신보 음반을 입수하기 시작하였다. 그런데 그는 삼촌한테서 보내 온 음반을 들어 볼 때마다 레코드 라벨이나 가사 카드에 십중팔구 '조명암 작사'라고 인쇄되어 있는 것을 발견하여, "조명암은 복수의 작사가들이 공동으로 사용한 이름이 아닌가?"하는 생각을 했던 것이다. 바꾸어 말한다면 그는 조명암을 세계에서도 보기가 드문 다작(多作)작사가로 인정하였던 것이다.

물론 조명암이란 작사가는 하나밖에 없다. 뿐만 아니라, 나 자신 한국가요에 대한 기본적 지식이 없었을 무렵, '조명암'이란 이름 자체가 본명인 조영출(趙靈出)과 함께 썼던 '김다인(金茶人)', '이가실(李嘉實)', '금운탄(金雲歎)' 등 몇몇 필명 중 하나임을 알아서 또 한 번 크게 경탄하였던 것이다.

내가 조명암이란 작사가를 알게 된 계기는 1965년 2월 하순 모친과 함께 처음으로 모국을 찾아간 데 있다. 25일간의 일정을 마치고 나고야(名古屋)로 돌아가기 하루 전에, 당시 〈동백 아가씨〉로 일세를 풍미하던 이미자의 히트곡집과 남백송과 차은희가 부른 〈흘러간 옛노래〉 등 LP음반 두 장을 샀다. 그래서 이튿날 비행기 안에서 두 음반을 꺼내어 보더니 〈흘러간 옛노래〉에 수록된 10곡 중 8곡에 본래이면 "□□□ 작사(作詞)"로 인쇄되어 있어야 될 자리에 "추미림 개사(秋美林 改詞)"란 글이 적혀 있었다. 가사를 바꾸었다는 뜻이다. 당시 나는 한국말을 배우기 시작한 때라 한글을 잘 읽지는 못하였으나 아직 한자를 많이 썼던 시대여서 그 뜻을 알았던 것이다.

집에 돌아가자 나는 곧 디스크를 들었는데 〈갈매기 쌍쌍〉과 〈산 팔자물 팔자〉가 나오자, 함께 듣던 부모가 "가사가 달라졌구나!" 하였다. '무엇 때문에 가사가 바뀌었을까? 나는 이 수수께끼를 풀고 싶어서 그 후 기회 있을 때마다 자료를 모으기 시작하였다. 이 디스크에 수록된 개사된 노래 8곡의 원작사자는 모두 박영호(朴英鎬)였지만, 그것은 훗날에 알게 된 사실이었다.

2003년 8월의 어느 무더운 날, 한국에서 보내 온 한 권의 두꺼운 책을 받았다. 당시 강원도 원주에 사시던 주경환 선생이 보내 주신 『조명암 시전집』이었다. 이 책을 손에 든 순간 나는 '드디어 이런 책이 나오는 시대가 왔구나!' 하는 깊은 감개를 금할 수가 없었다.

주경환 선생은 조명암의 둘째 따님이신 조혜령 여사의 남편, 즉 조명암의 사위가 되는 분이다. 종전에 직접 만나 뵌 일이야 없었으나, 2000년 6월 25일 한국전쟁 발발 50주년 날이었던 밤에 MBC TV에서 방송한 프로 〈시사 매거진2580─뒤바뀐 노래들〉에서 임영서(林永西) 기자의 취재를 받아서 같은 영상에 나란히 등장한 바 있었다.

한국가요사에 흥미를 갖고 자료를 수집하기 시작한 내가 맨 먼저 입수한 것이 1966년에 창간된 『가요생활』의 창간호 및 2호였다. 1967년에는 레코드 각사가 공동으로 제작한 『한국 레코오드 가요사』를 입수하였다, 이들 자료를 읽고 가요사의 흐름에 대한 이해가 어느 정도 깊어졌지만, 내게 가장 중요시하던 연대 표시가 거의 없었다. 또 표시되어 있다 하더라도 〈황성 옛터〉나 〈타향살이〉, 〈목포의 눈물〉 같은 1930년대 노래들을 1920년대 노래로 쓰는 등 신빙성이 떨어졌다.

'개사'문제에 대한 언급이 전혀 없었으나 문중에 "金□松"이란 기술이 있어 '무슨 사정이 있어서 그랬을까? 혹시나 북한으로 넘어 간 게 아닌가? 하는 의문이 생겼다. 그 후 자료를 수집하면서 읽어가는 과정에서 '의문'이 '확신'으로 변하였다. 그러면 개사되기 전의 원 가사는 어떤 내용이었을까 알고 싶어 하는 것도 자연스러운 일이다. 노래, 특히 대중가요는 시대의 상황이나 흐름을 민감하게 반영한다. 그러기에 나는 드라마나 다큐멘터리에서 '개사'된 노래를 사용하였다면 그 점 하나만으로 영상이 죽어버린다고 믿는다. 시대상을 그리려면 노래는 반드시 그 시절에 불린 가사이어야 한다.

과연 조명암은 월북하였었다. 또 내가 이 문제에 대하여 관심을 갖게 된 박영호도 월북작가였다(그의 경우는 병요양을 위한 귀향이라고도 할 수 있다). 월북한 작곡가로는 김해송(金海松)과 이면상(李冕相)이 대표적인 인물이다.

나는 일본이란 외지에서 태어나서 자랐기 때문에 한국가요사를 더듬어 보기에는 불리한 입장에 있다. 그러나 나는 일본가요사에 대한 지식을 어느 정도 갖고 있었기에 후일 『한국가요사 1895~1945』를 정리하는 데 큰 도움이 되었다. 해방 전 우리 노래 음반을 제작한 유력 레코드사는 주로 일본회사였기 때문이다. 또 하나 내가 일본에 있으면서 가요사를 더듬는 데 큰 역할을 한 존재가 있는데, 그것은 오사카[大阪]의 마키노[牧野] 레코드 등 재일교포들이 운영하였던 레코드사들이다. 특히 마키노 레코드사(K.I. 레코드)는 오케 및 태평 레코드사의 옛 SP 음반의 판매권을 위탁 혹은 이양받았던 모양으로 금속 원판까지 소유하였다. 그래서 LP 시대로 접어들면서는 이들 SP 음반으로 다시 복각 LP를 제작해서 판매하기 시작하였다.

이들 복각 LP에 수록된 노래들은 박영호와 조명암의 작품이 압도적으로 많으며 옛 가사가 그대로 수록되었다. 다만, 가사를 옮겨 쓸 때 오류가 많이 생긴 모양으로, 나 자신 책으로 만들 때 상당 부분에서 오기(誤記)를 하게 되었다.

내가 한국의 노래 역사를 더듬어 보겠다고 마음먹은 것은 1978년 1월 6일 오전 도쿄로 향하는 신칸센[新幹線] 차 안에서였다. 당초 표제는 '목포의 눈물―한국민중의 노래와 정한'이었다. 여러 사람들의 도움을 얻으면서 자료 수집과 더불어 〈복지만리〉 등 SP 음반도 몇 십 장 수집할 수 있었다. 연대에 대해서는 1983년에 1년 동안 매주 토요일 오전 중에 아시아 경제 연구소에 가서 동아일보 마이크로 필름을 열람하여 광고면을 뒤집었다. 가사에 대해서는 '복각 LP' 등을 참조하여 개사된 노래들을 어느 정도 당초 가사로 돌릴 수 있었다.

월북 작가에 대한 자료는 거의 입수 못하였다. 『동아일보』를 열람 중 박영호의 연극론 등을 발견하였지만, 월북 행위 자체와 직결시킬 수는 없었다. 또 『동아일보』 1934년 신춘문예 시 부문 당선작 「동방의 태양을 쏘라」를 보기는 하였으나 작자인 '趙鳴巖'을 발음이 같다 해서 '趙鳴岩'과 동일인물로 보기에도 겁이 났다. 결국 며칠 후에 같은 『동아일보』 신춘문예 가요가사 부문의 가작으로 발표된 '鳴巖 작'의 〈서울노래〉가, 개작되어 발매된 같은 표제의 음반을 입수하여 '趙鳴岩 작사'로 인쇄된 글을 보고 비로소 같은 인물임을 확신하였던 것이다. 그러나 그가 조영출과 동일인물임을 알게 된 것은 책이 나온 후 일이다.

조명암은 또한 공교롭게도 나에게는 대학 동창의 대선배이기도 하다. 1976년에 간행된 『韓國留學生運動史—早稻田大學 우리 同窓會 70年史』에, 1938년 발행된 『早稻大우리同窓會誌』 제2호가 부록 복각자료로 실렸는데, 그중 회원 명부에서 그는 "趙青出·佛文三·忠南牙山郡湯井面梅谷里·普成高普"로 기록되었다. '靈'자가 '青'자로 오기된 것은 '靈'자의 속자(俗字)인 '灵'자를 인쇄소가 못 읽었거나 혹은 활자를 못 찾아서 대신 그릇된 한자를 쓴 것 아닐까 생각한다. 또 1960년대 말에 도쿄에서 재건된 早稻田大學우리同窓會가 1973년에 작성한 명부에는 1941년 졸업생으로 "趙灵出·著作家·京城府三淸町 35-67"이라고 기록되었다. 아마 그가 1948년 월북하기 직전까지 살았던 주소일 것이다. 참고로 1938년 회지에는 광주학생운동의 주동인물로 이름을 떨친 바 있었던 박준채(朴準琛)가 '재학생'으로 「科學의 實踐化를」이란 글을 기고하였으며, 명부에는 또 1924년도 졸업생 중, 1926년에 尹心悳과 함께 정사하게 될 극작가 金裕鎭(金祐鎭)과 그의 친구로 가곡 〈고향〉의 작곡가인 蔡東鮮의 이름이 「大·英文」에서 나란히 나온다.

당시 早稻大 불문과에는 불문학자이자 가요 작사가이며, 아동문학자이기도 한 사이조 야소(西條八十)가 교수로 있었다. 아마 조명암은 사이조 교수의 강의를 받으며 교유관계도 있었지 않을까 생각되지만 확인할 길이 없다. 또 한때 그가 '鳴岩'이란 필명을 쓰게 된 이유가 무엇인지 알고 싶어한 바가 있었는데, 어느 날 그의 고향인 梅谷里 주변의 행정구역도를 보고는 매곡리 바로 옆에 '鳴岩里'란 마을을 발견하여 깜짝 놀랐다. 그는 이웃 마을 이름이 마음에 들어 필명으로 썼던 것이다. 당초에는 '岩'자를 '巖'자로 바꾸어 썼는데 주변 사람들의 의견을 듣고 보다 일반적인 '범'자를 쓰게 된 것이리라 본다.

1970년대 후반 한청(韓靑, 在日韓國靑年同盟)에서 조영출의 시「모든 강물은 바다로 흐른다」가 낭송되어 한 때 재일동포 젊은이들 가슴에 큰 감동을 안겨 주었다. 이 시는, 1970년대 한국에서 잇달아 발생한 재일한국인정치범 사건으로 구속되다가 사형을 포함한 유죄 판결을 선고받은 재일동포들의 구출을 호소하는 운동체에서 제작한 다큐멘터리 영화에서 김학현(金學鉉) 씨가 낭송하였다.

김학현 씨는 강원도 출신으로 서울대학교 재학 중에 6·25를 만나 일본으로 밀항한 문학청년이었다. 그는 불안정한 신분이었지만 NHK 국제라디오방송에서 한국말을 담당하는 등 일을 맡으면서 일본의 추오(中央)대학을 졸업, 동포 학생들에게 장학금을 지급하는 조선장학회(한국·북한·일본 3개국 대표들이 운영)에서 부장직을 맡았었다. 그는 한국에서 민주화운동이 한창 앙양되었던 무렵에 한민통에서 권유를 받아 민족시보사의 편집국장으로 몇몇 해 동안 재임하다가, 학문 세계로 들어가 모모야마(桃山)대학을 거쳐 모교 추오대학 교수로 부임하였다. 당시 재일동포 청년들은 한국말을 잘할 줄 몰랐지만, 「모든 강물은 바다로 흐른다」의 웅대한 시 내용과 아나운서 같은 어조로 낭송하는 김학현 씨의 목소리에 반해 버렸으며, 기회 있을 때마다 그에게 시 낭송을 청하였던 것이다.

2004년 10월 내가 원주로 주경환, 조혜령 내외분 댁을 찾아갔을 때 이 이야기를 하였더니 두 분은 아주 좋아하셨다. 나는 또 1992년 가을 23년 만에 고국 땅을 밟았을 때 신나라레코드사가 발표한『유성기로 듣던 한국가요사 1925~1945』의 해설에서 발견한 "김다인은 박영호의 필명"이라는 기술에 대하여 물어 보았다. 내가 소장한 〈낙화유수〉 음반에는 이 노래 작사자가 '조명암'으로 되어 있는데 오케 레코드의 당시 광고에는 '김다인 작사'로 인쇄되었기 때문에, 나는 김다인이 조명암의 또 하나의 필명으로 알고 있었던 것이다. 이 문제에 대해서는 아직 해명되지 않은 것 같고, 전문가가 아닌 주경환 선생이 아는 바가 아니겠지만, 나는 개인적으로는 당시 작사계를 대표하는 이 두 작사가가 '김다인'을 공유하는 사이였더라면 얼마나 흥미스러운 일이 아닐까하고 마음이 흐뭇하다. 하나 의문이 남는다. '김다인' 명으로 발표된 해방 후 노래 〈고향초〉가, 그대로 '김다인 작사'로 전해져 왔던 이유는 무엇인가?

조명암! 그는 나에게 너무나도 큰 존재이다. 그의 거대한 저작물을 정리하여 기리는 작업에 추천문을 쓰라고 지명해 주신 데 대하여 실로 명예로운 일이라고 받아들이기는 하였지만, 나의 사고력이 모자라서 보잘 것 없는 글이 되어 버렸다. 조명암 대선배님이 대로(大怒)하시지 않을까 싶어 두렵다.

■ ─────────────── **조령출**

조영출

高原의 새벽

재즈송, 조영출 작사, 임벽계 작곡, 김용환 노래, 포리돌 19173, 1935년

새벽 한울 밝는다 밝은 빗이 쩌오른다

넷생각에 흐려잇는 이 가슴에 밝은 빗이 솟는다

넷노래가 흐른다

(이하 가사지 낙장)

都城의 밤 노래[1]

재즈, 조영출 작사, 김탄포 작곡, 김용환 노래, 포리돌 19173, 1935년

(이상 가사지 낙장)

아 술을 마시자 애타는 가슴 지낸 꿈을 이즘도
붉은 입술 네 품에 우슴이란다

※ 닙지는 가을 달 밝은 밤에 외로히 헤메이는 이 신세
아가씨들아 노래를 불으자 한만은 靑春의 노래 불너주면
아 오아씨스다 아 술을 마시자
흘으는 歲月 주름지는 靑春을 잔 가득이 부어서 이저나 보리

---

1   〈도성의 밤 노래〉는 일명 〈술 취한 우유배달부〉라고도 한다.

바다의 靑春

유행가, 조영출 작사, 김면균 작곡, 윤건영 노래, 포리돌 19172, 1935년

바다의 길이 멀어 千萬里런가
님 그리운 한 시절에 꿈길도 머네
물결에 저저 아 눈물에 저저
갈매기에 한 평생이 처량합니다

해당화 꼿이 붉어 靑春이런가
남쪽나라 항구마다 사랑이 잇네
파도에 밀녀 아 추억에 밀녀
슬허진 꿈 옛사랑이 문허짐니다

흐르는 구름 짤어 멋 해이런가
비나리는 波止場도 등불에 젓네
流浪에 十 年 아 설움에 十 年
뱃머리에 님을 잡고 울엇음니다

건국의 노래

조영출 작사, 손목인 작곡, 『건국기념가요집』, 1945년

삼천리를 좁다하랴 무궁화는 굿세엿다
삼천만 동포들의 핏결마다 해방이다
불러라 불러라 건국에 노래
삼천리 색 역사 떨처젓다

피를 흘린 □구 동포 그대들의 꽃이 폇다
청구한 이 강산에 깃발마다 해방이다
불러라 불러라 건국에 노래
삼천리 색 역사 떨처젓다

인경 처라 북 울려라 젊은 나리 건설이다
□□님 주신 피에 새 광명이 빗겨왔다
불러라 불러라 건국에 노래
삼천리 색 역사 떨처젓다

금수강산

조영출 작사, 이면상 작곡, 『건국기념가요집』, 1945년

삼천리 금수강산 꽃보란 듯 새 밝었네
오천 년 흐른 피가 오늘 다시 빛났도다
동포야 한데 모혀 하늘 따에 무궁무궁
무궁화 피는 터에 우리나라 굿게 세자

백두산 우러보니 고구려의 혼이 솟고
□해를 구버보니 □□□이 구비 친다
동포야 한데 모혀 가시성을 넘고 넘어
무궁화 울타리에 새 나라의 □를 세자

삼천만 흐른 피야 꽃도 되고 칼도 되고
정구한 이 강산에 기리기리 빛날세라
동포야 한데 모혀 한 □상의 인경 치고
□□□에 우렁차게 □자 같이 나아가자

금운탄

구십 리 고개

신민요, 금운탄 작사, 조자룡 작곡, 김용환 노래, 포리돌 19392, 1937년

꿈에도 고향 생각 가고 싶은 그 길은
걸어서도 구십 리 고개 넘어 갑시다
에헤여 가다 못 가면 데헤여 쉬어나 가세
열 두나 고개 고개 쉬어 넘어 갑시다

그리운 내 고향에 물레방아 도는 곳
못살아도 내 고향 가고 싶은 구십 리
에헤여 가다 못 가면 데헤여 쉬어나 가세
아리랑 아리 아리 노래하며 갑시다

내 고향 처녀들이 나를 불러주는 듯
하루에도 몇 번씩 가고 싶은 내 고향
에헤여 가다 못가면 데헤여 쉬어나 가세
모본단 댕기 한 벌 사 가지고 갑시다

금노다지 타령

유행가, 금운탄 작사, 이면상 작곡, 김용환 노래, 포리돌 19332, 1936년

노다지 노다지 금노다지 이 강산 저 강산 바람이 났네
에여라차 가며는 갈수록 나오건마는
정들인 이 내 몸 가락지 한 쌍도 못해주노라
에여라차 에여라차 열 길을 파며는 소용이 있나 에여라차

노다지 노다지 금노다지 이 강산 저 강산 바람이 났네
에여라차 있는 정 없는 정 다 버려 두고
금전의 한으로 막걸리 한잔에 흥이로구나
에여라차 에여라차 열 길을 파며는 소용이 있나 에여라차

노다지 노다지 금노다지 이 강산 저 강산 바람이 났네
에여라차 노다지 파내면 누구를 주나
줄 때가 없으면 우리 님 품속에 묻어나 두자
에여라차 에여라차 열 길을 파며는 소용이 있나 에여라차

금송아지 타령

신민요, 금운탄 작사, 김저석 작곡, 이화자 노래, 포리돌 19399, 1937년

노들두 강변에 늘어진 양유를
한 가지 쑥 썩거 피리를 맨들어
시화년 년풍에 金송아지 타고서
얼시구 좃타 절시구나 흥
피리를 불자네

금강두 산꼴에 자라난 칡덩쿨
한줄기 쑥 잘너 감어를 두엇다
아리랑 바람에 가는 님의 허리를
얼시구 좃타 절시구나 흥
동여나 매잔쿠

삼신산 불로초 다 어데 간느냐
한 폭이 쑥 뽑아 화분에 심었다
고흔 님 오시건 늙지를 말자고
얼시구 좃타 절시구나 흥
난우어 먹잔다

〈금노다지 타령〉

〈금송아지 타령〉

남포의 추억[2]

유행가, 금운탄 작사, 이면상 작곡, 선우일선 노래, 포리돌 19172, 1935년

애 타는 이 가슴을 바다물에 적시리
적시다 불이 일면 울어나 보리

바다짜 모래 우에 그 일홈을 쓰노니
물결이 숨어들어 지워 갑니다

애닯은 지난날에 매즌 쑴을 이즈리
갈매기 등에 실어 씌워 보내리

2　　靑鳥映畵社 제작 영화 〈바다여 말하라〉 주제가.

봄나븨

가요곡, 금운탄 작사, 김영길 노래, 포리돌 19216, 1935년

그 짜쯧한 봄바람에 쏫차저 날으는 그 귀하고 아릿짜운 나븨쩨 사랑홉다
너이들은 어데를 향해 한업시 날으느냐 그 우리집 뒷 東山에도 고흔 쏫 만
발햇다

너 무엇을 차즈랴고 쉬잔코 날으느냐 그 향기를 취함인가 그 빗을 탐함인가
그 고흔 쏫 썰어지고서 찬바람 불기 전에 너 그 쏫을 동무 삼어서 마음썻
날어라

沙漠의 밤 눈물

유행가, 금운탄 작사, 김준영 작곡, 조영심 노래, 포리돌 X545 재발매, 1939년

沙漠에 해 저므러 나그네 고달퍼라
椰子樹 그늘 속에 하로밤을 지낼까
님이여 옛사랑의 노래를 불러다오
외로운 駱駝 등에 눈물 넘친다

어제는 故鄕살이 오날은 他鄕살이
달빗에 속삭이는 그 옛날이 그립다
님이여 정처 업시 沙漠을 쩌나가자
나그네 가슴속에 눈물 넘친다

沙漠의 情歌

유행가, 금운탄 작사, 김범진 작곡, 전옥 노래, 포리돌 19232, 1936년

흘너가는 구름 잡어 하소연 할까
오늘도 속절 업시 넓은 사막에 해가 집니다
어제는 오아씨스 사랑의 꿈을
야자수 그늘 아래 매젓음니다

모래 우에 반짝이는 별들이런가
이 마음 속절 업시 락타 등 우에 홀로 웁니다
남 모르게 지는 눈물 말을 새 업서
캬라빵의 이 내 몸이 한이람니다

하로 잇흘 사막 우에 세월은 가고
사랑에 오아씨스 님에 노래는 나젓음니다
도라보니 하날가엔 먼 달이 쓰고
락타 등엔 방울만이 설게 웁니다

上海릴

재즈송, 금운탄 작사, 김용환, 포리돌 19208, 1935년

잇즐 길 업는 님을 차저 거리 거리를 헤매네
슬어진 녯날 꿈을 생각사록 그리워라 上海릴
녯사랑이 잠들은 상하이 그리워지는 리루여
애타는 거리 거리로 埠頭로 울며 찻는 상하이 리루
아름다운 꿈 사랑의 꿈은 찻을 길이 업고
바위와 갓치 날너간 님은 간 곳 업구나
사랑을 잇고 마런마는 눈물이 흘너나리네
잇즐 길 업는 나의 님이 오라 울며 찻는 상하이 리루

잇즐 길 업는 님을 차저 거리 거리를 헤매네
그리운 마음에 님을 불너본다 나의 사랑 上海릴
나팔소리 들니는 上海 써나가야 할 이 내 몸
애타는 가슴 가슴에 안기여 우슴 짓는 上海릴
사랑의 노래 휫파람 치며 발마처 가자
나뷔와 가치 날너온 님은 어엽분 리루
빗나는 바다 풀은 바다 저 멀니 갈멕이 운다
젊은 마음에 사랑 넘친다 나의 사랑 上海릴

旅路人生

유행가, 금운탄 작사, 이면상 작곡, 윤건영 노래, 포리돌 19313, 1936년

물 우에 흘너가는 부평초라면
애타는 이 마음도 식어지련만
나그네 하로밤은 꿈으로 새고
외로운 벼개 우에 밤만감니다

바람에 떠나가는 구름이라면
그리운 내 고향에 도착하련만
은하수 밤길 속에 눈물이 흘러
가던 길 돌아서서 한숨 쉽니다

세월에 늙어 가는 청춘이라면
한 세상 굼결 같이 살아가련만
봄바람 불기 전에 시들은 이 몸
해당화 꽃을 안고 눈물집니다

銀河夜曲

신민요, 금운탄 작사, 저옥저일랑 작곡, 김용환 노래, 포리돌 19312, 1936년

銀河엔 烏鵲橋나 노히지만은
님 쌀아 내 갈길엔 다리도 업네에
無情도 하다 아 無情도 하다

(이하 누락)

情熱의 마도로스

유행가, 금운탄 작사, 이면상 작곡, 포리돌 19343, 1936년

두리둥실 두둥실 배를 씌워라
萬頃蒼波에 님을 두엇다
두리둥실 두둥실 배 써나가자
바람아 솔솔 물결아 스리슬슬
우리네 사랑도 順風에 櫓를 저어서
한 百年 가고지고

두리둥실 두둥실 배를 씌워라
情 들고 못 사는 로류장화라
두리둥실 두둥실 배 써나가자
바람아 솔솔 물결아 스리슬슬
쏫피는 섬마다 情드른 님이로구나
한 百年 살고지고

情恨의 南北

유행가, 금운탄 작사, 김로가 작곡, 김용환 노래, 코리돌 19342, 1936년

찬 이슬을 밟으며 헤매는 마음
문허진 城 돌 우엔 달빗도 처량합니다
南으로 千里길은 님 가실 길이언만
北으로 二千里 길은 내 쩌날 길이라네

(이하 누락)

朝鮮의 밤

신민요, 금운탄 작사, 이면상 작곡, 선우일선 노래, 포리돌 19231, 1936년

白頭山은 잠들어 鴨綠江은 꿈꾸니
南北 한을 數千里에 銀河水만 흐르네
아 朝鮮의 밤이여 고요한 밤이여

東海 물결 치는데 밤 노래가 숨으니
港口마다 잠이 집허 등대불이 외롭네
아 朝鮮의 밤이여 고요한 밤이여

밤안개가 흘으네 밤이슬이 날이네
산에 들에 거리 우네 種소래가 그립네
아 朝鮮의 밤이여 고요한 밤이여

朝鮮의 處女

신민요, 금운탄 작사, 석일송 작곡, 이화자 · 조영심 노래, 포리돌 19431(X535 재발매), 1939년

북으로 백두산은 구름 속에 꿈꾸고

남으로 한라산은 물소리에 꿈꾸네

이 江山 處女들은 三千里 꿈속에

五色실로 아롱아롱 사랑을 수놋네

아리아리 둥둥 스리스리 둥둥

둥둥둥 북을 울려라

二八은 處女時節 노래 불으자

평양도 大同江은 물이 맑어 조쿠나

제일도 江山에는 꽃이 만어 조쿠나

연두나 조고리에 연분홍치마에

이리 굼실 저리 굼실 구경이 조쿠나

아리아리 둥둥 스리스리 둥둥

둥둥둥 북을 울려라

二八은 處女時節 노래 불으자

숫처녀 허리에는 봄바람이 감도네

실버들 늘어진데 선녀들이 춤추네

당홍두 갑사댕기 바람에 날리면

삼수갑산 어름 눈도 녹고야 만다네

아리아리 둥둥 스리스리 둥둥

둥둥둥 북을 울려라
二八은 處女時節 노래 불으자

處女製

신민요, 금운탄 작사, 이면상 작곡, 선우일선 노래, 포리돌 19215, 1935년

南으로 千里
北으로 千里
꽂피는 터전에 자라는 처녀
삼단갓치 늘인 머리 붉은 당기가 멋이로구나
에헤루요 데헤루요
銀河水 물결에 머리를 감세 에헤루요
銀河水 물결에 머리를 감세 데헤루요

白頭山 허리
金剛山 허리
淸치마 紅치마 큰애기 허리
가는 구름 오는 구름 휘휘 감도는 허리로구나
에헤루요 데헤루요
相思의 구름은 눈물이로세 에헤루요
相思의 구름은 눈물이로세 데헤루요

꽂피는 시절
빗나는 시절
열일곱 열여덟 열아홉 시절
연지 찍고 곤지 찍고 시집살이로 써나는구나
에헤루요 데헤루요

處女란 일홈도 한시절일세 에헤루요
處女란 일홈도 한시절일세 데헤루요

〈처녀제〉

靑春의 追憶[3]

재즈송, 금운탄 작사, 김용환 노래, 포리돌 19314, 1936년

오 그리운 나의 녯날은 오 눈물에 새운 하로밤

그대는 써나고 달빗 아래 나만 홀노 울어요

니즐길 업는 녯사랑은 오 슬어저 버린 꿈자최

오 울면 다시 매즈랴 풀어진 그 사랑을

(이하 누락)

3　원곡의 제목은 ⟨Poema⟩이다.

他關千里

가요곡, 금운탄 작사, 김영길 노래, 코리돌 19216, 1935년

가면 갈사록 멀고 먼 曠野엔

시들은 풀만 바람에 날리고

울면 울사록 쩌나온 故鄕이

지는 눈물에 그리워 짐니다

내 故鄕에 돌아간다 그 넷날이 다시 오랴

차라리 他關千里 눈물로 헤매리

故鄕 한울로 흘으는 구름아

눈물비 되여 고요히 나려라

님이 잠들은 金잔듸 무덤에

밤이 새도록 고요히 나려라

이가실

空山夜月

신가요, 이가실 작사, 이운정 작곡, 옥잠화 노래, 콜롬비아 40885, 1942년

산을 넘어 七十里요 물을 건너 三千里에
눈물로 쓴 이 편지를 보내옵니다
空山夜月 깊은 밤에 울며 적은 이 사연을
님이여 읽으시고 회답하소서

구름 넘어 六十里요 안개 넘어 四十里에
한숨 담은 이 편지를 보내옵니다
九曲肝腸 한이 맥혀 눈물로 쓴 이 사연을
님이여 읽으시고 회답하소서

九十春光

신가요, 이가실 작사, 이운정 작곡, 옥잠화 노래, 콜롬비아 40897, 1942년

桃花 江邊 배를 띠워 흘러를 갈 제
끝없이 들리는 갈대피리 그 소리
듣고 나면 열 아홉의 웃음 품은 아가씨
가슴에 꽃이 핀다 구비구비 九十 里

시들었던 꽃가지가 다시 푸르러
청제비 춤추던 그 시절이 몇 핸고
물어보면 구름 속에 반짝이는 저 별빛
물결에 아롱진다 구비구비 九十 里

흘러가는 뱃머리에 달빛을 싣고
노래를 불를까 옷소매를 적실가
물에 띠운 고향 하늘 어머님이 그리워
뱃전에 편지 쓴다 구비구비 九十 里

軍事郵便[4]

신가요, 이가실 작사, 이운정 작곡, 이규남 노래, 콜롬비아 40900, 1942년

어머님의 편지를 앙가슴에 품고 가오
山을 넘고 물을 건너서 進軍三千里
비가 오면 비에 젖고 눈이 오면 눈에 얼며
兵丁으로 죽는 것이 소원이였소

詞) 어머니 어머니
이 아들의 죽엄은 어머님의 자랑입니다
決死隊로 떠나는 이 밤
어머님의 편지를 안고서 달빛이 쏟아지는
참대숲으로 뛰여듭니다
피에 젖은 적삼 하나 받으시거든
내 아들 잘싸윗다 자랑해주시옵소서

살을 만저 보아도 어머님 살이었소
뛰는 맥을 집허보아도 어머님 핏줄
이 아들의 몸을 던저 나랏님께 바친 뒤에
피에 젖은 적삼 하나 보내오리다

---

4 〈군사우편〉은 일명 〈아들의 所願〉이라고도 한다.

꽃 지는 白馬江

신가요, 이가실 작사, 전기현 작곡, 마월송 노래, 콜롬비아 44033, 1941년

달빛 어린 白馬江의 구비친 물은
釣龍台를 싸고돌며 흐득이는 듯
눈물겨운 그 옛날의 歲月은 늙어
扶蘇山을 바라보니 달만 걸렸네

三千宮女 치마 쓰고 살어진 옛터
落花岩은 한이 맺혀 말이 없고나
大王浦로 배를 디워 찾어볼꺼나
百濟 서울 七百年도 꿈결이로세

皐蘭寺의 쇠북 소리 울어주는 듯
지나가는 나그네를 부여잡으니
百花亭에 걸터앉어 님을 부르면
白馬江에 우는 새가 대답을 하네

꽃 詩集

신가요, 이가실 작사, 한상기 작곡, 고운봉 노래, 콜롬비아 40912, 1943년

창머리에 흔들리는 별그림자도
끝없이 그리운 벵가루의 밤이여
어드맨들 못가랴만 품에 안은 꽃 詩集
이 밤도 꿈을 꾼다 사구라의 옛동산

이 들창도 저 하늘도 별빛을 보며
希望을 부르는 벵가루의 밤이여
사랑하면 가슴속에 떠오르는 꽃동산
사구라 일 일홈을 안타가히 부른다

銀河 속에 고히 잠든 샛별을 찾어
저 하늘 외로히 처다보는 안개 어린 옛날도
이 범은 잊었단다 꽃 詩集을 안고소

꿈꾸는 揚子江

유행가, 이가실 작사, 김준영 작곡, 계수남 노래, 콜롬비아 44022, 1941년

달빛 어린 揚子江에 우는 물새야
滄浪에 흘러가는 恨을 일러라
洞庭湖 잠든 밤에 離別튼 님은
淸沙초롱 불을 들고 어데로 갔나

峨嵋山에 걸린 달이 구슬픈 밤에
胡弓은 흐득이며 누굴 부르나
江물에 도라드는 花舫欄干에
분바르며 한숨 짓는 姑娘 아가씨

千里萬里 흘러가는 푸른 물 딿아
꿈 실어 보낸 세월 몇 해이런고
浦口라 찾어들면 船艙머리엔
부슬비에 사모치는 쌍고동 소리

님 실은 퐁퐁船

유행가, 이가실 작사, 김준영 작곡, 왕죽희 노래, 콜롬비아 44031, 1941년

비오는 南浦바다 퐁퐁船은 떠난다
물새도 우러 우러 눈물이 넘치는데
퐁퐁船은 무슨 일로 닻줄을 감엇는가
우는 것이 인삽니다 단여오서요

한 많은 南浦항구 퐁퐁船은 떠난다
연기도 비를 맞어 목미여 풍기는데
가는 님은 무슨 일로 정들자 가시는가
우는 것이 맹셉니다 단여오서요

해 저믄 南浦여울 퐁퐁船은 떠난다
비 오고 바람 부러 물결은 사나운데
퐁퐁船은 무슨 일로 한사코 떠나는가
우는 것이 정픕니다 단여오서요

東亞의 黎明

신가요, 이가실 작사, 한상기 작곡, 김영춘 노래, 콜롬비아 40907, 1943년

山川이 깨여졌다 草木이 울었다
正義의 칼앞에는 바다도 떨었다
저곳이다 南쪽이다 馬來半島의
罪 많은 宮闕이 문허졌고나

번개도 물러갔다 구름도 걷혔다
亞細亞 백성들의 瑞氣가 뻗혔다
저곳이다 南쪽이다 푸른점(?)마다
핼그린 旗발이 펄렁거린다

꿈결이 부서졌다 刑罰이 나렸다
數十萬 捕虜兵이 故鄕을 잃었다
저곳이다 南쪽이다 十字星 아래
섬사람 다가치 기뻐하누나

望鄕曲

유행가, 이가실 작사, 이용준 작곡, 마월송 노래, 콜롬비아 44023, 1941년

뚫어진 창문으로 흘기는 달빛
애달픈 생각 속에 감을감을 서린다
지나는 바람결에 우는 문풍紙
울어서 내 가슴엔 눈물이 솟는다

고향이 멀다만은 생각엔 咫尺
情든 님 옷자락이 하늘하늘 날린다
눈물의 纖纖玉手 만저 보내며
울어서 離別한 지 몇 해나 되는가

지나친 눈물 속에 시드른 청춘
한 많게 보낸 님이 새록새록 그립다
달빛이 젖엇는가 흐리는 世上
사나히 긴 한숨을 그 누가 알소냐

모두가 꿈속이요

유행가, 이가실 작사, 김준영 작곡, 마월송 노래, 콜롬비아 44020, 1941년

눈앞에 어른어른 열두폭 치마
가는 허리 휘여 안고 지새는 달빛
모두가 꿈속이요 남어지 追憶
술을 들어 잊으리다 못 오실 님이여

귓전에 속은 속은 끝없는 사연
구슬 같은 목소리로 부르든 노래
모두가 옛날이요 남어지 未練
醉해서나 잊으리다 못 오실 님이여

가슴에 아롱아롱 얼룩진 눈물
검은 머리 쓰다듬어 울리든 그 날
모두가 運命이요 남어지 사랑
눈을 감어 잊으리다 못 오실 님이여

牧丹江 술집

유행가, 이가실 작사, 전기현 작곡, 계수남 노래, 콜롬비아 44019, 1941년

흘러가는 牧丹江에 해는 저므러
흘러가는 江물 우에 물새가 운다
他關千里 머나먼 하늘 별빛 아래서
눈물의 술을 붓는 酒幕 아가씨

술잔 우에 어리우는 고향 하늘도
술잔 우에 흐려지는 눈물의 술집
눈을 감어 다스리는 가슴속에는
오늘도 옛사랑이 발버둥 친다

牧丹江에 우러우러 보낸 세월이
牧丹江에 구비구비 恨이로구나
두 번 없는 내 사랑에 버럼받은 몸
애꾸즌 술을 들어 未練에 운다

房物장사 아주머니

유행가, 이가실 작사, 전기현 작곡, 왕죽희 노래, 콜롬비아 44026, 1941년

房物장사 아주머니
房物장사 아주머니
富寧淸津 단여오는 길에
님 消息을 전해주소
정어리 工場 큰애기한테
넋이 빠저 못 오는 님을
달대달대 보내주소
부디부디 보내주소

房物장사 아주머니
房物장사 아주머니
편지로는 하고많은 사연
못 쓴다고 전해주소
연자나방아 돌고나 도라
못다 찣는 한 많은 서름
부디부디 전해주소
부디부디 전해주소

房物장사 아주머니
房物장사 아주머니
三水甲山 도라오는 길에

님의 맘을 알고 오소
젊으나 젊은 남의 집 딸을
무슨 죄로 싫다는지를
알고알고 도라오소
부디부디 알고오소

俳優日記

신가요, 이가실 작사, 한상기 작곡, 이해연 노래, 콜롬비아 40881, 1942년

山 넘고 물을 건너 他鄕사리다
三等車에 몸을 실은 나그네 카추샤
이 마을 저 마을에 劇場을 찾어
울고나면 旅館房의 등불이 외롭다

구슬픈 군악소리 가레스스끼
오늘밤은 長恨夢의 沈順愛 신세다
무엇이 사랑인가 생각을 할 제
알고 보면 젊은 꿈에 빠질 건 아니다

낯설은 가꾸야에 분을 바를 제
故鄕 생각 넘처나면 父母가 그립다
손님을 울리자는 春姬의 눈물
윈일일까 내것처럼 볼우에 흐른다

白蓮紅蓮

신가요, 이가실 작사, 고하정남 작곡, 이해연 노래, 콜롬비아 40876, 1941년

꽃피는 北京에 靑紗燈이 켜질 때
나는 요 꿈을 꾸는 中國 아가씨
蓮꽃을 바라보면 그 사람이 그리워
꽃닢은 여덜아홉
꽃닢은 여덜아홉 하소연은 한줄기

새빨안 蓮꽃마다 바람결에 흔들려
그대의 검은 머리 향그러웁다
사랑의 조각배를 저어가는 두 사람
물결은 찰랑찰랑
물결은 찰랑찰랑 행복 찾어 가자네

그대는 해뜨는 곳 사쿠라의 사나히
이 몸은 내 고향의 하얀 水仙花
몸이야 다를망정 마음만은 한가지
언제나 기다리는
언제나 기다리는 꽃이 피는 亞細亞

봄날의 花信

신가요, 이가실 작사, 손목인 작곡, 옥잠화 노래, 콜롬비아 40912, 1943년

봄 까치 울어울어 꽃피는 아츰에
당신이 보낸 편지 받었읍니다
글짜에 담은 忠誠 범연하겠소
당신께 바라는 건 빛나는 죽엄이요

품안의 어린 것이 아빠를 부르며
당신의 편지 보자 손을 듭니다
이것이 아버님의 필적이란다
사연을 읽어주면 아는 듯 싱글벙글

당신이 떠나실 젠 손꼽아 아홉달
이 편지 쓰올 적엔 두 살입니다
당신도 보고 싶을 아들의 얼골
寫眞을 보내오니 보시고 진이소서

뻑국새 우는 밤

유행가, 이가실 작사, 이용준 작곡, 박소성 노래, 콜롬비아 44030, 1941년

뻑국새 우는 밤엔 꿈도 구슬퍼
못 잊을 옛사랑에 흘리는 눈물
꽃닢에 맺은 맹세 시들어 가고
시드는 청춘에는 눈물뿐이다

물 우의 거품이냐 그림자러냐
흘러간 追憶에는 흔적도 없네
우러서 다시 만날 사랑이라면
뻑국새 우러 우러 밤을 새워라

한많은 세상에서 누굴 믿으랴
으스름 달빛만이 지새는 이 밤
열백 번 속고 속은 뜨내기 사랑
뻑국새 네가 울면 도라올소냐

紗窓 夜月

유행가, 이가실 작사, 전기현 작곡, 손복춘 노래, 콜롬비아 44019, 1941년

鏡臺를 앞에 놓고 얼굴을 다듬으나
검은 눈섭 두 눈에는 눈물이 잠겻소
사랑도 내 청춘도 지냇건만은
쓰라린 가슴속은 쓰라린 가슴속은
그 무엇의 탓인가

찌저진 紗窓 우에 달빛이 새여들어
검은머리 흩어진 벼개를 휘감소
운다고 아픈 傷處 나으랴만은
걸을 길 없는 눈물 걸을 길 없는 눈물
그 누구의 탓인가

蘇州 뱃사공[5]

신가요, 이기실 작사, 손목인 작곡, 이해연 노래, 콜롬비아 40890, 1942년

복숭아 꽃이 피는 삼사월 소주 땅
물새가 울어 울어 해질 무렵에
저 멀리 돌아든다 흰 돛대 붉은 돛대
행복의 꿈을 싣고 꿈을 싣고 손짓을 한다

꽃잎이 부서지는 사랑의 뱃놀이
바람아 불지 마라 봄날이 간다
저 멀리 떠나가는 소주 땅 뱃사공은
봄향기 가득 싣고 가득 싣고 어데로 가나

한산사 종소리에 해지고 달이 떠
흐르는 물결마다 흐르는 달빛
뱃사공 아저씨에 보내는 편지에는
그리운 나가사끼 나가사끼 항구의 소식

---

5   〈소주 뱃사공〉의 1절과 2절 가사는 작곡자 손목인의 회고록 『못다 부른 타향살이』(Hotwind,
     1991), 75쪽에서 확인하였음.

아가씨 愁心

유행가, 이가실 작사, 김준영 작곡, 왕죽희 노래, 콜롬비아 44018, 1940년

밤늦은 南大門의 달빛 아래서
맹세를 속삭이든 아가씨 純情
無情한 南行車에 님은 떠나고
離別에 남은 것은 싸늘한 눈물

밤 깊은 하늘 우에 헤매는 마음
흐르는 별빛처럼 스러진 사랑
남몰래 울어 보낸 어린 가슴은
날리는 풀닙처럼 설레입니다

밤바람 지나가는 街路樹 그늘
울다가 바라보면 흐리는 달빛
적삼의 은댄추가 반짝 어리고
말 못해 보낸 님을 불옵으니다

야루강 春色

유행가, 이가실 작사, 전기현 작곡, 손복춘 노래, 콜롬비아 44030, 1941년

흘러를 가는 흘러를 가는
鴨綠江 七百 里에 봄도 저무러
뗏목 우에 노래하는 젊은 뱃사공
옛사랑 실어 보낼 곳은 어덴가

바람에 지는 바람에 지는
江변의 복사꽃이 물우에 흘러
빨래하는 아가씨의 수집은 마음
꽃닢을 딸아 딸아 꿈을 꿈니다

들려를 오는 들려를 오는
鴨綠江 사내들의 노래는 슬퍼
白頭山에 솟은 물이 바다로 가면
언제나 다시 오나 흘러간 사랑

梁山道 봄바람

신가요, 이가실 작사, 이운정 작곡. 옥잠화 노래, 콜롬비아 40906, 1943년

에헤이에 에헤이에
梁山道 봄바람에 범나비 날고
진달내 가지에는 실비가 온다
梁山道 梁山道 길두나 멀어
에라 노아라 아니 못 노켓네 아니 못 노켓네
이 봄이 다 가도 나는 못 놔요

에헤이에 에헤이에
西山에 해 저므러 달 없는 밤엔
梁山道 九十 里에 杜鵑만 운다
梁山道 梁山道 길두나 멀어
에라 넘어라 아니 못 넘겟네 아니 못 넘겟네
초롱불 없서서 나는 못 넘소

에헤이에 에헤이에
杏花村 아주머니 언제나 오나
소나무 가지 우엔 달빛이 잔다
梁山道 梁山道 길두나 멀어
에라 가거라 아니 못 가겟네 아니 못 가겟네
정든 님 두고서 나는 못 가요

熱砂의 盟誓

신가요, 아가실 작사, 고하정남 작곡, 이규남 노래, 콜롬비아 40902, 1943년

기뿐 노래 부르련다 새벽하늘에
붉은 薔薇 꽃이 피는 황야의 구름
亞細亞다 亞細亞다 우리 東洋의
산에 들에 사모쳐라 建設의 노래 소리

저 山川에 □□□□ 용감스럽게
끓는 피를 뿌려놓은 兄弟들이여
때는 왔소 웃어 주소 기뻐해 주소
새 天地에 솟아나는 建設의 노래

이 나라의 사나히로 탄생하여서
살과 뼈를 애낌없이 넓은 大地에
파묻어라 일르시고 가신 어머님
그 말슴이 반짝(?)인다 푸른 하늘의 별빛

西쪽으론 沙漠에서 남쪽은 바다
찰난하게 피여나는 국화이러냐
솟아온다 붉은 광명 東쪽 하늘에
온 세상에 사모쳐라 建設의 노래 소리

嶺東 아가씨

신가요, 이가실 작사, 손목인 작곡, 이해연 노래, 콜롬비아 40908, 1943년

산딸기 따서 안고 半月嶺을 넘을 제
당자주 오지랖헤 찬이슬이 앉었소
선머슴 오라버니 千里遠程 보내고
嶺 넘어 딸기 따는 嶺東 아가씨

산버들 피리 불며 半月嶺을 넘을 제
홍갑사 댕기 끝에 봄바람이 얽혓소
정 깊은 오라버니 싸홈터로 보내고
嶺 끝에 피리 부는 嶺東 아가씨

산제비 집을 짓는 半月嶺을 넘을 제
미투리 신 자욱에 푸른 별이 흘렀소
갓 스물 오라버니 노새 태워 보내고
嶺 우에 旗를 세운 嶺東 아가씨

울리는 백일홍

유행가, 이가실 작사, 전기현 작곡, 계수남 노래, 콜롬비아 44010, 1940년

백일홍 꽃밭 위에 싸늘한 눈물 비는 설움의 실마린가
오늘도 부슬부슬 오 그리운 날의 희미한 추억이여
비 젖는 백일홍에 내 맘도 운다 우 우 우 우 운다

창 앞에 노래하던 새장의 카나리아 어디로 날러갔나
조그만 발자욱아 오 날러간 꿈의 희미한 사랑이여
텅 비인 새장 안에 내 맘이 운다 우 우 우 우 운다

나리는 부슬비에 외로운 새장 옆에 그 누굴 기다리나
쓸쓸한 내 가슴은 오 못 믿을 임의 희미한 얼굴이여
백일홍 꽃밭 위에 내 맘이 운다 우 우 우 우 운다

第三 아리랑

신가요, 이가실 작사, 이운정 작곡, 옥잠화 노래, 콜롬비아 40906, 1943년

아리랑 아리랑 아리 아리 아리랑
아리랑 고개는 웬 고갠고
아리랑 江南은 千里나 遠程
정든 님 올 때만 기다린다네
아리아리로 넘어 넘어서
夜月三更 고요한 밤에
杜鵑아 울지를 마러라 울지를 마라

아리랑 아리랑 아리 아리 아리랑
아리랑 고개는 웬 고갠고
꽃가지 어서 단장을 말고
미나리 江邊에 일하러 가세
아리아리로 넘어 넘어서
五月南風 실바람 불 제
桃花야 지지를 마러라 지지를 마라

아리랑 아리랑 아리 아리 아리랑
아리랑 고개는 웬 고갠고
이왕에 이 고개 넘을 바에는
님에게 한 목숨 바쳐를 보세
아리아리로 넘어 넘어서

二八靑春 좋은 時節에
歲月아 가지를 마러라 가지를 마라

二八靑春 좋은 時節에
歲月아 가지를 마러라 가지를 마라

晋州라 千里 길

신가요, 이가실 작사, 이운정 작곡, 이규남 노래, 콜롬비아 40875, 1941년

晋州라 千里 길을 내 어이 왔든고
矗石樓엔 달빛만 나무 기둥을 얼싸안고
아 타향사리 심사를 위로할 줄 모르누나

(대사) 晋州라 千里 길을 어이 왔던가
연자방아 돌고 돌아 세월은 흘러가고
인생은 오락가락 청춘도 늙었서라
늙어 가는 이 青春에 젊어 가는 옛 追憶
아 손을 잡고 헤여지든 그 사람
그 사람은 간 곳이 없구나

晋州라 千里 길을 어이 왔든고
南江 가에 외로히 피리 소리를 들을 적에
아 모래알을 만지며 옛 노래를 불러 본다

〈진주라 천리 길〉

챠이나 달밤

신가요, 이가실 작사, 복부양일 작곡, 이규남 노래, 콜롬비아 40877, 1941년

챠이나 탕고 그리운 노래 연분홍 초롱불이 가믈거린다
바람에 가믈 노래에 가믈 슬며시 깜박이는 中國의 거리
챠이나 타운 달뜨는 밤 챠이나 탕고 꿈길 이리저리로
가벼운 한숨 스러저가고 먼데 등불 아래 노래 부르는
姑娘(꾸냥)의 검은 머리에 애타는 이 한밤이 깊어를 간다

챠이나 탕고 追憶의 노래 검푸른 밤하늘에 깜박어리며
이슬에 젖어 노래에 젖어 蘇州로 떠나가는 쟝크의 별
챠이나 타운 달뜨는 밤 챠이나 탕고 꿈길 이리저리로

牧丹의 피는 주홍빛 들창 珠簾을 늘어트린 새파란 그늘
姑娘(꾸냥)의 검은 머리에 그림자 하늘하늘 밤이 깊는다

참사랑

신가요, 이가실 작사, 손목인 작곡, 옥잠화 노래, 콜롬비아 40909, 1943년

똑딱선 떠나가는 달빛 잠긴 浦口에
님께서 남기신 말 남겨주신 그 사랑
軍國의 안해 되여 한시런들
잊으오리 잊으오릿가

碧梧桐 가랑닢에 밤새 우는 들창에
님께서 남기신 꽃 남겨주신 그 血屬
軍國의 大丈夫로 씩씩하게
키우오리 키우오리라

勝戰鼓 울리시고 도라오실 그날엔
님께서 남기신 피 남겨주신 그 뼈를
聖上께 밧드러서 還故鄉을
奉告하리 奉告하리다

청노새 劇場

신가요, 이가실 작사, 한상기 작곡, 김영춘 노래, 콜롬비아 40886, 1942년

고향길을 도라보며 노새야 울지마라
어덴들 못갈소냐 흐르는 劇場
저 언덕 넘어가면 넘어가면 우리 同胞 開拓地
쩔렁뚜벅 쩔렁뚜벅 어서 가자 노새야

낯선 마을 지난다고 노새야 울지마라
저녁별 반짝인다 꽃바람 분다
떠나는 假設劇場 假設劇場
크라리넬 불면서
쩔렁뚜벅 쩔렁뚜벅 어서 가자 노새야

黑龍江을 넘는다고 노새야 울지마라
포장 친 푸른 마당 횃불을 세워
얼골에 분바르는 분바르는
우리들은 피에로
쩔렁뚜벅 쩔렁뚜벅 어서 가자 노새야

추억의 청춘가

유행가, 이가실 작사, 고하정남 작곡, 마월송 · 왕죽희 노래, 콜롬비아 44012, 1940년

종로의 네 거리 오늘도 저물어
네온의 꽃피는 그리운 서울 그리운 서울
하늘대는 아가씨들의 옷자락은 연지빛
노래를 불러 꿈을 꾸는 아름다운 이 밤에
달빛도 흘러다오 서울이라 들창 밑

아리랑 노래 가냘픈 노래가
사랑을 찾아서 꿈꾸는 서울 꿈꾸는 서울
가슴속에 피어오르던 안타까운 하소연
그대를 불러 눈물 지운 열아홉의 어린 꿈
바람도 부드럽다 서울이다 지붕 밑

은행 잎 푸른 가로수 그늘에
휘파람을 불어 기다린 그대 기다린 그대
비가 오면 고요한 찻집 창문 아래 앉아서
메롱을 마신 그 옛날의 아름다운 젊은 꿈
이 밤도 그리웁다 서울이다 첫사랑

他鄉 千里

유행가, 이가실 작사, 전기현 작곡, 손복춘 노래, 콜롬비아 44016, 1940년

울지 말라 달래든 속이
날 때리고 가시는구려
千里 他鄉 떠나와서
맞는 것도 한인 것을
개(?)려 놓고 가시는구려

남은 情도 싸늘이 식어
칼날 같은 괄세로구려
임자 없는 白沙地에
숨(?)어 사는 한일망정
맞는 내가 떠나오리다

눈물 써서 어르든 손이
날 밀치고 가시는구려
맘에 없는 임자한테
離別만이 幸福이면
우는 내가 떠나오리다

파랑새

신가요, 이가실 작사, 이운정 작곡, 옥잠화 노래, 콜롬비아 40901, 1943년

울지마라 파랑새야 녹두밭에 울지마라
녹두꽃이 떠러지면 생일잔치 그만일다
내 생일은 좋다만은
나랏님께 나랏님께 바치련다

날지마라 파랑새야 녹두밭에 날지마라
녹두알이 떨어지면 청포장사 울고간다
청포장사 울고가면
녹두 흉년 녹두 흉년 영낙없다

앉이마라 파랑새야 녹두밭에 앉이마라
파랑 녹두 널 다주면 남는 것은 노랑가지
너 줄라고 심엇드냐
진상하려 진상하려 심은게지

푸념 四巨里

신민요, 이가실 작사, 전기현 작곡, 손복춘 노래, 콜롬비아 44032, 1941년

만나러 가는 길엔 싸늘한 이슬
못 보고 오는 길엔 뜨거운 눈물
옥양목 치마깃이 발길에 감겨
미친 듯 허둥지둥 헤매입니다

만나든 그날 밤엔 수집은 달빛
이별튼 그날 밤엔 야속한 별빛
손수건 입에 물고 말은 못하고
눈물로 소리 없이 하소연했소

아픈 맘 달래보는 버들피리도
우는 맘 타이르는 허튼 노래도
님 가신 하늘 저편 바라만 보면
어느듯 방울지는 눈물입니다

풀각씨 靑春

신가요, 이가실 작사, 김준영 작곡, 옥잠화 노래, 콜롬비아 40878, 1941년

五里동동 산을 넘어 十里동동 들을 지나
풀각씨를 안고서 님을 찾어 갑니다
풀각씨는 내 靑春 울지마라 달내면서

五里동동 落落長松 十里동동 疊疊 山中
쪽도리를 쓰고서 고개 넘어 갑니다
쪽도리는 내 사랑 우리 친정 이별했소

五里동동 비가 오고 十里동동 바람 불 제
비녀 쪽진 머리에 가랑닢이 집니다
떠나가면 한평생 오지 못할 시집사리

港口의 前夜

신가요, 이가실 작사, 손목인 작곡, 김영춘·이해연 노래, 콜롬비아 40920, 1943년

선창에 두고 가는 누이동생아
떠나는 이 오빠를 설다 마러라
사나히 가는 길엔 希望이 있다

닻줄을 감을 적에 맹서를 하오
오빠는 저 바다의 갈맥이 친구
내일의 그 成功을 빌고 빕니다

港口의 전날 밤은 離別의 밤길
어머님 부르면서 맹서를 하오
두 손길 꽃을 잡고 다시 만나리

幸福한 離別

신가요, 이가실 작사, 한상기 작곡, 고운봉 노래, 콜롬비아 40905, 1943년

離別을 생각하면 우는 법도 있으나
希望을 생각하면 가슴이 뛴다
몸성히 잘있거라 消息을 傳해주마
어머님 사랑 속에 幸福이 온다

바다의 길이 멀어 가는 날이 멀다면
잘 되어 오는 날도 멀고 멀리라
이 몸이 살어오거나 이 몸이 죽어오나
나라에 恩惠갚긴 한 가지 정성

하늘의 비둘기는 두 날개를 흔들고
떠나는 정거장엔 旗를 흔들어
幸福을 노래하세 사랑을 노래하세
나랏님 큰 사랑에 봄꽃이 핀다

胡弓 處女

유행가, 이가실 작사, 김준영 작곡, 왕죽희 노래, 콜롬비아 44022, 1941년

離別한 父母兄弟 消息인들 알리요
떠도는 비둘기의 신세랍니다
어제는 荒野 벌판 날이 새면 南쪽 길
胡弓을 울리면서
胡弓을 울리면서 떠나갑니다

낮 설은 마을 중에 꿈을 꾸는 벼개는
언제나 아롱아롱 눈물에 젖어
서름에 소스라친 가슴속이 아프면
胡弓을 울리면서
胡弓을 울리면서 달래줍니다

바람에 나붓기는 흩으러진 앞머리
귀고리 대롱대롱 流浪 아가씨
그리운 娘娘祭의 名節날이 오면은
胡弓을 울리면서
胡弓을 울리면서 춤도 춥니다

紅燈의 뒷골목

유행가, 이가실 작사, 김준영 작곡, 계수남 노래, 콜롬비아 44018, 1940년

뜬세상 휘더듬는 얄구즌 내 청춘은
골목 紅燈 아래 언제나 피눈물
참사랑은 안 하리라 맹세는 햇건만
새빩안 술잔마다 가슴이 뛰논다

사랑에 버림받은 서글픈 내 추억은
싸늘한 가슴속에 언제나 긴 한숨
臙脂 바른 얼골에도 純情은 있건만
紅燈의 그늘마다 청춘이 시든다

세월에 상처받은 외로운 내 신세는
허무한 뒷골목에 언제나 우는 밤
옛추억은 안 하리라 맹세는 햇건만
구슬픈 노래마다 마음이 설렌다

花草 念佛

신가요, 이가실 작사, 이운정 작곡, 옥잠화 노래, 콜롬비아 40893, 1942년

진달내도 한들한들 개나리도 한들한들
夏四月 明沙十里 海棠花도 한들한들
深花蜂蝶 춤을 추네 靑실紅실 춤을 추네
五色 꽃이 한들한들 한들한들

蘭草 꽃이 한들한들 芭蕉 꽃이 한들한들
陽山道 百 里 길에 복사꽃이 한들한들
가는 노새 춤을 추네 江南제비 춤을 추네
花柳春風 한들한들 한들한들

참배꽃이 한들한들 맨드래미 한들한들
天安도 三巨里의 버들꽃이 한들한들
쌍가마가 춤을 추네 쌍조군이 춤을추네
奇花妖草 한들한들 한들한들

黃海道 노래

신가요, 이가실 작사, 손목인 작곡, 이해연 노래, 콜롬비아 40910, 1943년

載寧信用 나무릿벌 풍년이 들면
長淵 읍내 달구지에 금쌀이 넘치네
어서 가세 어서 가세 방아 찌러 어서 가세
우리 고을 풍년방아 연자방아 도라간다

海州淸風 바람결엔 달빛도 좋와
延安 白川 모래 틈엔 더운 물이 넘치네
어서 가세 어서 가세 머리 빨러 어서 가세
참 메나리 캐었다고 纖纖玉手 못될 손가

新溪谷山 명주 애기 분단장하고
鳳山 탈춤 구경 가네 五月이라 端午ㅅ날
어서 가세 어서 가세 탈춤 구경 어서 가세
망질하는 平山 애기 황소 타고 찾어가네

울어라 은방울[6]

대중가요, 이가실 작사, 김해송 작곡, 장세정 노래, 오케 8151, 1948년

해방된 역마차에 태극기를 날리며
누구를 싣고 가는 서울 거리냐
울어라 은방울아 세종로가 여기다
삼각산 바라보니 별들이 떴네

자유의 종이 울어 8·15는 왔건만
독립의 종소리는 언제 우느냐
멈춰라 역마차야 보신각이 여기다
포장을 들고 보니 종은 잠자네

연보라 코스모스 앙가슴에 안고서
누구를 찾아가는 서울 색시냐
달려라 푸른 말아 덕수궁이 여기다
채찍을 휘두르니 하늘이 도네

〈울어라 은방울〉

6   1948년 〈해방된 역마차〉로 부분 개작되어 재취입되었다.

조명암

가거라 똑딱선

유행가, 조명암 작사, 이봉룡 작곡, 이난영 노래, 오케 K5001, 1940년

가는구나 가는구나
어리는 눈물 속에 똑딱선은 가는구나
내 님을 실었거든 쌍고동을 울려라
울려라 울려라 이 몹쓸 똑딱선아

가는구나 가는구나
우는 나를 보이지 말고 똑딱선은 가는구나
인연이 남았거든 검은 연기를 뿜어라
뿜어라 뿜어라 이 몹쓸 똑딱선아

가는구나 가는구나
부두에 나를 두고 똑딱선은 가는구나
차라리 가려거든 소리 높이 가렴아
가거라 가거라 이 몹쓸 똑딱선아

가거라 草笠童

신민요, 조명암 작사, 김영파 작곡, 이화자 노래, 오케 31027, 1941년

어리광도 피웠소 울기도 하였소
홍갑사 댕기를 사달라고 졸라도 보았소
아리살짝궁 응 쓰리쓰리 응
문경 새재 넘어간다 초립동이 아저씨 떠나간다
간다 간다 초립동이 간다 간다 초립동이
아저씨 떠나간다

가지 말라 잡았소 발광도 부렸소
고무신 한 켤레 사달라고 응석도 부렸소
아리살짝궁 응 쓰리쓰리 응
문경 새재 넘어간다 초립동이 아저씨 떠나간다
간다 간다 초립동이 간다 간다 초립동이
아저씨 떠나간다

노잣돈도 뺏었소 봇짐도 뺏었소
영 넘어 오 백 리 가는 사람 신발도 뺏었소
아리살짝궁 응 쓰리쓰리 응
문경 새재 넘어간다 초립동이 나를 두고 못 떠나요
못가 못가 초립동이 못가 못가 초립동이
날 두고 못 떠나요

街燈의 小夜曲

유행가, 조명암 작사, 낙랑인 작곡, 이인권 노래, 오케 20020, 1940년

가등 밑에 울고 가는 아가씨 아가씨 아가씨는 누굴까
일그러진 사랑에 애달픈 추억
날 울린다 내 가슴에 음
불이 붙는다 불이 붙는다

창문밖에 흐득이는 궂은 비 궂은 비 궂은 비는 구슬퍼
너와 나와 이별 그날 밤처럼 날
울린다 내 청춘이 음
외로움구나 외로움구나

밤거리에 들려오는 소야곡은 소야곡은 소야곡은 처량해
너와 나와 부르던 그 노래처럼
날 울린다 옛사랑에 음
나는 슬프다 나는 슬프다

〈가거라 초립동〉

〈가등의 소야곡〉

가시면 못 오시나

유행가, 조명암 작시, 김준영 작곡, 김초운 노래, 콜롬비아 40742, 1936년

가시면 못 오시나 못 오실 길을 오셧든가
손잡고 우시는 님의 그 마음 내 몰라라
그 마음 내 몰라라

창박게 오는 비야 내 가슴에도 나려다오
탈사록 그릴 사랑을 차라리 식혀다오
차라리 식혀다오(未吹込)

울 길을 왜 왓나요 울려줄 길을 왜 왓나요
차라리 안 오셧드면 이 설음 몰을 것을
이 설음 몰을 것을

그리워 만낫스나 그릴 생각에 눈물 지니
리별이 사랑이든가 가시면 못 오시나
가시면 못 오시나

가을의 만유기漫遊記

유행가, 조명암 작사, 손목인 작곡, 김정구 노래, 오케 12283, 1939년

하늘은 푸른 누리 말쑥하다
한 조각 구름이 바다로 흐른다 (헤이)
어서 가자 저 구름을 타고서
흘러라 흘러라 저 바다에 흘러라
구름 타고 철철철 기력이 넘친다 넘치누나
라라 흘러라 가을 바다로

기러기 울고 가는 이별이다
꿈꾸는 청춘은 가을에 지났다 (헤이)
어서 가자 저 날개를 타고서
날아라 날아라 날개 치며 날아라
눈물같이 우수수 낙엽이 날린다 날려가자
라라 날려라 가을 지평선

바람은 비단처럼 부드럽다
날리는 옷자락 가을은 즐겁다 (헤이)
어서 가자 저 바람을 타고서
가잔다 가잔다 고개 넘어 가잔다
금잔디에 누워서 노래를 부르자 불러보자
라라 가잔다 가을의 벌판

가을의 黃昏

유행가, 조명암 작사, 김영파 작곡, 고복수 노래, 오케 12218, 1939년

가을 꽃 다 저물어 흰 눈발이 날리는
아득한 황야에서 누굴 찾아 헤매나
처량한 트로이카 방울 소리 울리며
사랑도 없는 길을
아 떠나갑니다

외롭다 우는 때는 눈물까지 얼구요
슬프다 노래하면 가슴속이 무너져
광야의 흰 눈발을 헤쳐가며 갈 사람
사랑의 불길조차
아 식어갑니다

하루 해 다 저물어 하늘까지 어두워
지난 일 생각하니 마음까지 어둡다
처량한 트로이카 칸델라의 붉은 등
눈길을 비쳐가며
아 떠나갑니다

〈가을의 황혼〉 광고(『동아일보』, 1939.2.16)

〈가을의 황혼〉

感激의 水平線

가요곡, 조명암 작사, 박시춘 작곡, 남인수 노래, 오케 31184, 1943년

풀은 제비 흘러가는 흘러가는
希望의 南쪽으로 옵바는 간다
아 풀은 바다 풀은 水平線
피 끌는 사나희의 맹서가 뛴다

하얀 구름 흘러가는 흘러가는
建設의 南 쪽으로 옵바는 간다
아 풀은 한을 풀은 水平線
男兒의 일터전이 눈 앞에 있다

복숭아꽃 흘러가는 흘러가는
幸福의 南쪽으로 옵바는 간다
아 풀은 도빼 풀은 海岸線
넘치는 감격 속에 幸福이 있다

江南의 나팔수

가요곡, 조명암 작사, 김해송 작곡, 남인수 노래, 오케 31085, 1942년

(대사) 강남의 나팔수야 너희는 진실로 용감한 병정이다
입술에 □□□□ □□ 나팔을 불어주는 동무야
빛나는 상을 받을 □□□□□

(노래) 동무야 잘 싸윗다 江南의 喇叭手
총 끗헤 번개불을 번쩍거리며
여(?)山은 七十里를 쳐들어간 밤 여산은 칠십 리를 쳐들어간 밤
입술에 피 흘니고 너는 갓고나

江原道 아리랑

민요, 조명암 보사, 이화자 노래, 오케 31034, 1941년

아리랑 아리랑 아라리요
아리랑 고개고개 넘어간다
화류게 골목은 돈 쓰는 골목
백수야 건달은 눈물일세

님자 당신 나 실타고 울치고 담치고
열무김치 소금 치고 배추 김치 초 치고
칼로 물 벤 듯이 싹 도라스드니
단 십 리 못 가서 웨 쏘 왔나

얼골이 잘나서 天下一色인가
사랑이 가면은 이쩌진다
아리랑 아리랑 아라리요
아리랑 고개로 넘어간다

決死隊의 안해

가요곡, 조명암 작사, 박시춘 작곡, 이화자 노래, 오케 31145, 1942년

상처의 붉은 피로 써 보내신 글월인가
한 자 한 맘 맺힌 뜻을 울면서 쓰셨는가
결사대로 가시던 밤 결사대로 가시던 밤
이 편지를 쓰셨네

세상에 어느 사랑 이 사랑을 당할 손가
나랏님께 바친 사랑 달 같고 해와 같아
철조망을 끊던 밤에 철조망을 끊던 밤에
한 목숨을 바쳤소

한 목숨 넘어져서 천병만마 길이 되면
그 목숨을 아끼리오 용감한 임이시여
이 아내는 웁니다 이 아내는 웁니다
감개무량 웁니다

〈결사대의 아내〉 광고(『매일신보』, 1943.1.31)

〈결사대의 아내〉

경기 나그네

가요곡, 조명암 작사, 김해송 작곡, 백년설 노래, 오케 31096, 1942년 3월

십자가 비석 아래 신들메를 고치고
남산별 바라보는 경기 나그네
오늘은 어드메요 내일은 어드메요
아 송도로 가는 길은 멀기도 하오

무학재 마루턱에 솔방울을 굴리고
홍제원 바라보는 경기 나그네
오늘은 어드메요 내일은 어드메요
아 큰 벼슬 생길 날은 아득하구료

오리정 십리 허에 청노새를 세우고
염낭을 만져 보는 경기 나그네
오늘은 어드메요 내일은 어드메요
아 노새도 절름대는 황혼이구료

고향

가요곡, 조명암 작사, 김해송 작곡, 이난영 노래, 오케 31053, 1941년

해 저문 고향길에서 맹세를 지은 그 옛날이여
해당화 꺾어 들고서 철없이 울던 그때가
지금은 그 어데로 갔는가
다시는 못 올 꿈이었던가
말없는 고향길에는 십 년이 흘러갔구나

비 오는 고향길에서 치마를 접던 그 옛날이여
떠나온 길을 보면서 남몰래 울던 그때가
세월을 따라 흘러갔는가
추억을 따라 남아 있는가
쓸쓸한 고향길에는 오늘도 실비가 온다

꽃 피는 고향길에서 만나서 놀던 동무들이여
어깨를 서로 안고서 피리를 불던 그때가
눈물에 흘러 스러졌는가
웃음을 품고 다시 올쏜가
외로운 고향길에는 까치만 울어 주노라

고향소식

가요곡, 조명암 작사, 이촌인(생)[7] 작곡, 백년설 노래, 오케 31182, 1943년

사공아 뱃사공아 울진 사람아
인사는 없다마는 말 물어보자
울릉도 동백꽃이 피어 있더냐
정든 내 울타리에 정든 내 울타리에 새가 울더냐

사공아 뱃사공아 울진 사람아
초면에 염치없이 다시 묻는다
울릉도 집집마다 기가 섰더냐
정든 내 사람들은 정든 내 사람들은 태평하더냐

사공아 뱃사공아 울진 사람아
어느 때 울릉도로 배를 굴리건
이렇단 젊은 사람 나라일 많아
환고향(還故鄕) 못한다고 환고향 못한다고 전하여다오

---

7 『유성기음반총람자료집』(김점도 편)에는 이촌인(李村人)으로, 『한국유성기음반』(한국음반
  아카이브연구단 편)에는 이촌생(李村生)으로 표기되어 있다.

관서 신부 關西新婦

유행가, 조명암 작사, 손목인 작곡, 이화자 노래, 오케 31008, 1940년

가요 가요 가요 가요 가요
관서천리 머나먼 길 나를 데려 가요
독수공방 사창 달에 나를 두고 가시면
관서천리 고개마다 궂은비가 주르룩 주르룩 옵니다

가요 가요 가요 가요 가요
노새 등에 안장 놓고 나를 데려 가요
천길같이 깊이 든 잠 버리시고 가시면
청노새가 울어 울어 소낙비가 주르룩 주르룩 옵니다

가요 가요 가요 가요 가요
청춘시절 놓지 말고 나를 데려 가요
눈물 젖는 노랑치마 울리고 가시면
관서천리 주막마다 까마귀가 까르룩 까르룩 옵니다

괄세를 마오

유행가, 조명암 작사, 박시춘 작곡, 이난영 노래, 오케 12155, 1938년

이왕에 못 살 바엔 분풀이나 해볼까요
이왕에 갈 바에는 미련 없이 가렵니다
열두 번 속은 끝에 내가 울며 내가 울며
열두 번 괄세 끝에 내가 갑니다 내가 갑니다
아 괄세를 마오 괄세를 마오
괄세를 말아요

모두가 어리석은 수작인줄 알건마는
모두가 야속해서 내가 먼저 가렵니다
열두 번 참는 끝에 내가 울며 내가 울며
열두 번 성화 끝에 내가 갑니다 내가 갑니다
아 괄세를 마오 괄세를 마오
괄세를 말아요

마지막 떠나가면 두 번 다시 못 올 길을
나머지 분풀이에 맘을 풀고 가렵니다
곰곰이 생각 끝에 내가 울며 내가 울며
버릴 것 다 버리고 내가 갑니다 내가 갑니다
아 괄세를 마오 괄세를 마오
괄세를 말아요

國境列車

유행가, 조명암 작사, 박시춘 작곡, 송달협 노래, 오케 12124, 1938년

눈물을 베개 삼아 하룻밤을 새고 나니
압록강 푸른 물이 창밖에 굽이친다
달리는 국경열차 뿜어내는 연기 속에
아아 어린다 떠오른다 못 잊을 옛사랑이

차창에 기대앉아 파이프를 입에 물고
조용히 다시 못 올 고향을 생각하니
달리는 국경열차 사모치는 기적 속에
아아 울린다 넘쳐난다 추억의 멜로디가

낯 설은 타관 여자 마주 앉아 밤을 새니
어여쁜 그 얼굴에 추억이 풀어진다
달리는 국경열차 흔들리는 창머리 위에
아아 슬프다 처량하다 못 잊을 로맨스가

〈괄세를 마오〉

〈국경열차〉

國境의 茶房

유행가, 조명암 작사, 이봉룡 작곡, 이인권 노래, 오케 31009, 1941년

청춘아 청춘아 울지를 마러라
사랑을 배운 것이 눈물이드냐
그렇다고 千里他鄕 낯 설은 찻집에서
레코드에 설움 싫고
아 아 주책이 없이 울어야 하랴

저무는 저무는 하늘 저 南쪽에
애달픈 쪼각달이 흘러왓기로
그렇다고 달빛 아래 눈물을 못 참어서
흘려 보낸 녯추억에
아 아 보람이 없이 울어야 하랴

웃음도 사랑도 흘너를 간 이 밤
세상의 모든 것이 눈물이기로
그럿타고 젊은 가슴 희망을 저바리며
테불 가에 쓰러저서
아 아 생각이 없이 울어야 하랴

그대와 나[8]

가요곡, 조명암 작사, 김해송 작곡, 남인수·장세정 노래, 오케 31084, 1942년

꽃피는 고개 너머 하늘에는 새날이 밝는다
영원한 길을 닦는 지평선에서
노래를 부르잔다 키미토보쿠(君と僕)[9]
노래를 부르잔다 키미토보쿠(君と僕)

그대는 반도 남아 이 내 몸은 야마토 사쿠라[10]
건설의 해가 솟는 지평선에서
노래를 부릅시다 아이노우타(愛の歌)[11]
노래를 부릅시다 아이노우타(愛の歌)

여기는 아세아다 우리들의 희망은 빛난다
깎듯이 손을 잡고 깃발 아래서
충성을 맹세 짓는 키미토보쿠(君と僕)
충성을 맹세 짓는 키미토보쿠(君と僕)

8　조선군보도부(朝鮮軍報道部)에서 제작한 내선일체(內鮮一體) 〈그대와 나[君と僕]〉의 주제가
　　이다.
9　키미토보쿠(君と僕)는 '그대와 나'란 의미이다.
10　야마토 사쿠라(大和櫻)는 '일본의 벚꽃'이란 의미이다.
11　아이노우타(愛の歌)는 '사랑의 노래'란 의미이다.

그리운 그대

유행가, 조명암 작사, 박시춘 작곡, 김능자 노래, 오케 12282, 1939년

흘너가는 물 우에 편지를 뛰우고
흘너가는 구름에 안타가운 마음을 뛰워서
처녀 열아홉살에 아름다운 꿈 속에 아이 라이크 유
당신만이 좃타면 노래를 부르며
당신만이 좃타면 째쓰마처 춤을 추리다요

타오르는 가슴에 달빗을 안고서
향기로운 가슴에 아화이안 끼타를 안고서
처녀 열아홉살에 불이 붓는 듯 아이 라이크 유
당신만이 그리워 눈물의 째쓰요
당신만이 오시면 달빗 아래 춤을 추리다요

부러오는 바람에 가슴을 헤치고
도라가는 물랑에 얼크러진 생각을 감으며
처녀 열아홉살에 피여나는 사랑에 아이 라이크 유
거리에서 맛나는 동무도 실여요
당신만이 오시면 노래하며 춤을 추리다요

〈국경의 다방〉

〈그리운 그대〉

그리운 그 茶집

유행가, 조명암 작사, 박시춘 작곡, 남인수 노래, 오케 31030, 1941년

등불도 꿈을 꾼다 황혼의 거리
만나든 그 찻집은 꽃닢이 진다
울어도 젊은 날은 울어도 젊은 날은
달콤한 時節
불으자 불으자 불으자 불으자
달콤한 그 時節의 푸른 希望을

안개도 追憶이다 그리운 거리
만나든 그 등잔엔 불이 흐렷다
말 못해 보낸 사람 말 못해 보낸 사람
갸름한 얼골
불으자 불으자 불으자 불으자
갸름한 그 얼골에 숨은 하소연

노래도 사랑이다 微風의 거리
만나던 그 골목엔 밤새가 운다
달콤한 홍차 끓는 달콤한 홍차 끓는
茶집의 追憶
불으자 불으자 불으자 불으자
그리운 그 찻집에 매즌 로맨스

그리운 장미화

조명암 작사, 김형래 작곡, 조선악극단 가극 〈가면무도회〉의 주제가, 오선사(五線社) 발행, 1946년

그리운 장미화는 꿈을 안고 피엿는가
힌비둘기 짝을 지어 전 언덕 넘어가네
언덕을 넘어가면 향내 어린 지평선(地平線)
젊은이 가슴에 향내 어린 지평선(地平線)은
언제나 그리워

그리운 장미화는 꿈을 안고 피엿는가
붉은 리봉 짝을 지어 저 언덕 넘어가네
언덕을 넘어가면 향내 어린 지평선(地平線)
젊은이 가슴에 사랑 어린 지평선(地平線)은
언제나 그리워

岐路의 黃昏

유행가, 조명암 작사, 박시춘 작곡, 남인수 노래, 오케 12175, 1938년

그러냐 그러냐 뜬세상 인심이란 모두가 그러냐
흩어진 인정이요 흩어진 사랑이언만
부평 같은 내 신세 흘러가는 내 팔자에
인정도 없고 돈도 없고 사랑도 없다

그러냐 그러냐 낯 설은 타관이란 모두가 그러냐
들어찬 사랑이요 들어찬 술집이언만
봄을 등진 내 한 몸 버림 받은 내 앞에는
사랑도 없고 길도 없고 술집도 없다

그러냐 그러냐 실없은 애정이란 모두가 그러냐
쌔뻐린 웃음이요 쌔뻐린 눈물이언만
얼이 빠진 내 마음 넋이 빠진 내 얼골엔
웃음도 없고 피도 없고 눈물도 없다

〈기로의 황혼〉 광고(『동아일보, 1938.11.1)

〈기로의 황혼〉

꼬집힌 풋사랑

유행가, 조명암 작사, 박시춘 작곡, 남인수 노래, 오케 12110, 1938년

발길로 차려무나 꼬집어 뜯어라
애당초 잘못 맺은 애당초 잘못 맺은
아 꼬집힌 풋사랑

마음껏 울려다오 네 마음껏 때려라
가슴이 찢어진들 가슴이 찢어진들
아 못 이겨 갈쏘냐

(대사)(여) 발길로 차라구요 꼬집어 뜯으라구요
마음껏 차고 싶고 꼬집어 뜯고 싶어요
누가 당신을 가라고 했소 싫다고 했소
밤거리 사랑이란 담뱃불 사랑
맘대로 피우다가 버리는 사랑
하지만 당신만은 당신만은 아

뿌리친 옷자락에 눈물이 젖는다
속아서 맺은 사랑 속아서 맺은 사랑
아 골수에 사무쳐

〈꼬집힌 풋사랑〉

꼴망테 牧童

신민요, 조명암 작사, 김영파 작곡, 이화자 노래, 오케 12190, 1938년

꼴망태 둘너 메고 소를 모는 저 牧童
곱비를 툭툭 채며 콧노래를 불으다가
이랴 씰씰 어서 가자 情든 님 기다릴나

夕陽山 바라보며 타령하는 저 牧童
골통대 툭툭 털어 닙담배를 피여 물고
이랴 씰씰 어서 가자 情든 님 기다릴나

마을 압 실개천에 얼골 씻든 저 牧童
고이춤 축축 거더 농구 망태 다시 메고
이랴 씰씰 어서 가자 情든 님 기다릴나

〈꼴망태 목동〉

숯 업는 花瓶

유행가, 조명암 작사, 손목인 작곡, 남인수 노래, 오케 20017, 1940년

버젓이 버젓이 맺지 못할 인연을
무리로 무리로 맺은 것이 원수다
꽃 없는 화병에 꽃이 필소냐
아 철없는 청춘이 원망스럽다

번연히 번연히 알아차릴 결말을
웃으며 웃으며 속인 것이 원수다
피 없는 가슴에 맥이 뛸소냐
아 꽃다운 청춘이 야속스럽다

눈 뜨곤 눈 뜨곤 꺾지 못할 꽃송이
눈 감고 눈 감고 꺾은 것이 원수다
때 아닌 밤중에 해가 뜰소냐
아 못생긴 청춘이 야박스럽다

〈꽃 없는 화병〉 광고(『동아일보』, 1940.2.21)

〈꽃 없는 화병〉

꽃 거리 사정

신민요, 조명암 작사, 박시춘 작곡, 이화자 노래, 오케 31040, 1941년

비오는 牡丹 우에 나븨가 날너
내 신세 나븨처럼 비에 저젓소
맹서는 날너가고 이 몸만 외로워
아 꽃 거리 사정은
사정을 등젓느냐

연붉은 장미꽃은 어이 붉은가
서울의 푸른 집웅 전등불 알에
실비가 나리는 밤 울지나 마러라
꽃 거리 사정은
밤비도 몰나주느냐

〈꽃 거리 사정〉

꽃피는 浦口

유행가, 조명암 작사, 손목인 작곡, 이은파·이난영 노래, 오케 12147, 1938년

갈매기 우는 포구의 이 밤
아 옛사랑이 그리워

해당화 피는 포구의 사랑
아 섬 아가씨 운다

조갑지 줍는 포구의 처녀
아 혼자 애를 태우네

〈꽃피는 포구〉

꿈꾸는 백마강

유행가, 조명암 작사, 임근식 작곡, 이인권 노래, 오케 31001, 1940년

백마강 달밤에 물새가 울어
잊어버린 옛날이 애달프구나
저어라 사공아 일엽편주 두둥실
낙화암 그늘에 울어나 보자

고란사 종소리 사무치면은
구곡간장 올올이 찢어지는 듯
누구라 알리요 백마강 탄식을
깨어진 달빛만 옛날 같으리

꿈꾸는 處女園

유행가, 조명암 작사, 이봉룡 작곡, 장세정 노래, 오케 12285, 1939년

날개 접은 밤 비둘기 꿈을 꾸는 봄
남 모를 설움 속에 등불을 끄고
나 혼자 울었나이다
창문 위에 달빛만이 내 마음 알아주는 듯
문풍지에 찬바람도 울어줍니다

초저녁에 이별하고 돌아온 이 밤
비단 폭 치마끈이 눈물에 젖어
나 혼자 탄식합니다
가신다는 그 말씀이 내 가슴 찔러주는 듯
하염없이 원망하며 울었나이다

선물이라 주신 것은 손수건이나
철없이 받은 것은 눈물이오니
야속타 원망하네요
밤하늘의 기적소리 내 행복 뺏어 가는 듯
설레이는 가슴속에 사무칩니다

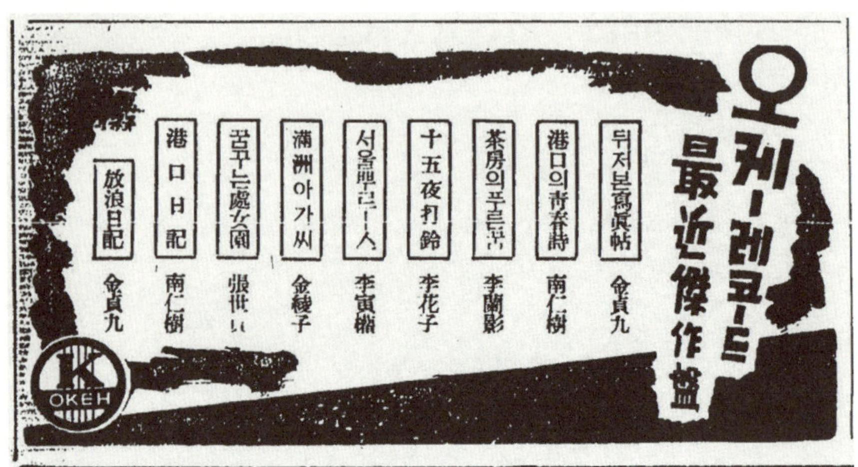

〈꿈꾸는 처녀원〉 광고(『동아일보』, 1939.11.30)

〈꿈꾸는 처녀원〉

138 조명암

꿈인가 추억인가

유행가, 조명암 작사, 송희선 작곡, 남인수 노래, 오케 12229, 1939년

범나비 꿈을 꾸는 꽃밭에 둘이 앉아
개나리 손에 들고 놀리든 시절
애련한 목소리로
"여보" "음" "벌써 봄이지" "음"
"아 이렇게 해서 보내던 한철도 있었건만"
세월은 흐르고 두 사람은 흩어져
무정한 바람에 바람에
낙화만 흩날립니다

갈매기 춤을 추는 해변에 둘이 서서
흰 구름 수평선에 마음을 보내며
힘 있는 목소리로
"여보" "음" "벌써 여름이지" "음"
"아 이렇게 아름답던 여름도 있었건만"
이제는 물결만 드나드는 달밤에
외로운 그림자 그림자
하나만 헤매입니다

백양목 잎이 지는 숲길을 거닐면서
두 손길 서로 쥐고 꿈꾸던 그 시절
정다운 목소리로

"여보" "음" "벌써" "가을이지"
"이렇게 정다웁던 시절도 있었건만"
그날도 정처없이 흘러간지 몇 핸고
쓰라린 가슴에 가슴에
추억만 처량합니다

〈꿈인가 추억인가〉

끝없는 생각

가요곡, 조명암 작사, 박시춘 작곡, 백년설 노래, 오케 31183, 1943년

한없이 하염없이 흘러가는 강물에
끝없이 정처없이 떠나가는 조각배야
내 고향 동백꽃은 봄 아가씨 풋선물
어제에 실어오는 그 시절이 언제냐 언제냐

한없이 하염없이 반짝이는 은하수
끝없이 정처없이 날아가는 기러기냐
내 고향 등잔불은 어머님의 첫사랑
편지로 젖어오는 그 시절이 언제냐 언제냐

한없이 하염없이 흘러오는 포구에
끝없이 정처없이 떠나가는 내 마음아
내 고향 가는 길은 앵화 피는 양산도
성공해 돌아가는 그 시절이 언제냐 언제냐

낙동강 손님

가요곡, 조명암 작사, 박시춘 작곡, 백년설 노래, 오케 31183, 1943년

쌍돛대 흔들흔들 뱃머린 돈다
낙동강 건너가는 아낙네 손님
산딸기 끌어안고 앞치마 속에
풍년이 왔구려 풍년이 왔구려
아 아 산딸기 풍년

물 타고 춤을 추는 제비도 간다
낙동강 건너가는 아가씨 손님
댕기를 끌어안고 오지랖 속엔
노래가 숨었소 노래가 숨었소
아 아 순국의 노래

황혼에 황포 돛대 하늘은 돈다
낙동강 건너가는 모자 쓴 손님
뱃사공 손을 잡고 맹세를 할 때
잘되기 바라오 잘되어 오겠소
아 아 행복의 문답

〈끝없는 생각〉

〈낙동강 손님〉

낙화삼천落花三千[12]

가요곡, 조명암 작사, 김해송 작곡, 김정구 노래, 오케 31084, 1942년

반월성 넘어 사자수 보니
흐르는 붉은 돛대 낙화암을 감도네
옛 꿈은 바람결에 살랑거리고
고란사 저문 날엔 물새만 운다
물어보자 물어 봐 삼천궁녀 간 곳 어데냐
물어보자 낙화삼천 간 곳이 어데냐

백화정 아래 두견새 울어
떠나간 옛 사랑의 천년 꿈이 새롭다
왕흥사 옛 터전에 저녁 연기는
무심한 강바람에 퍼져 오른다
물어보자 물어 봐 삼천궁녀 간 곳 어데냐
물어보자 낙화삼천 간 곳이 어데냐

청마산 우에 햇발이 솟아
부소산 남쪽에는 터를 닦는 징 소리
옛 성터 새 뜰 앞에 꽃이 피거든
산유화 노래하며 향불을 사르자
물어보자 물어 봐 삼천궁녀 간 곳 어데냐

12　朝鮮軍報道部 製作 內鮮一體 映畵 〈君と僕〉 주제가.

물어보자 낙화삼천 간 곳이 어데냐

〈낙화삼천〉

落花流水

가요곡, 조명암 작사, 이봉룡 작곡, 남인수 노래, 오케 31110, 1942년

이 강산 낙화유수 흐르는 봄에
새파란 잔디 얽어 지은 맹세야
세월에 꿈을 실어 마음을 실어
꽃다운 인생살이 고개를 넘자

이 강산 흘러가는 흰 구름 속에
종달새 울어 울어 춘삼월이냐
홍도화 물에 어린 봄 나루에서
행복의 물새 우는 포구로 가자

사랑은 낙화유수 인정은 포구
보내고 가는 것이 풍속이더냐
영춘화 야들야들 피는 들창에
이 강산 봄소식을 편지로 쓰자

〈낙화유수〉 광고(『오케매월신보』, 1942.6)

〈낙화유수〉

落花의 꿈

유행가, 조명암 작사, 정진규 작곡, 유종섭 노래, 콜롬비아 40823, 1938년

가는 봄 지는 꽃도 한이 만커던
어이타 님 가실 때 안이 울겟소
못처럼 오섯다가 오섯다가
속절업시 가신다니 야속함니다

못 올 길 가실 줄을 알고 남지만
턱업시 미더지는 원수의 마음
못처럼 오섯다가 오섯다가
속절업시 가신다니 야속함니다

가는 님 가슴속에 무든 사랑은
봄밤에 흐터지는 꽃닙이런가
못처럼 오섯다가 오섯다가
속절업시 가신다니 야속함니다

蘭花扇

가요곡, 조명암 작사, 박시춘 작곡, 장세정 노래, 오케 31185, 1943년

난초그림 부채 살에 달빛이 흘러
가슴속의 만단 사연 서로 얽히네
하루 밤을 드새어도 만리성일세
만리장성 멀고 먼 길 어이 가셨나

가오리라 산해관의 눈길을 찾아
가오리라 가신 님의 솜옷을 안고
하로밤을 드새어도 만리성일세
蘭花扇에 지은 맹세 잊으오리까

북쪽하늘 눈 날리는 한겨울밤에
솜저고리 솜바지를 꾸며서 놓고
보낼 길이 없는 것도 조바심일세
蘭花扇을 바라보며 하소연이요

날짜 없는 일기

유행가, 조명암 작사, 김해송 작곡, 이난영 노래, 오케 31019, 1941년

책장을 넘깁니다 책장마다 울고 넘소
날짜 없는 일기책엔 세월이 흘러갔소
봄철에 맺은 꿈이 가을철에 흩어져
세월이란 이런 거냐고 세월이란 이런 거냐고
음 생각을 했소

책장을 찢습니다 글자마다 울며 찢소
당신 이름 적힌 줄에 눈물이 아롱졌소
현해탄 저편에서 얽은 맹서 꿈 만해
청춘이란 이런 거냐고 청춘이란 이런 거냐고
음 애를 태웠소

날짜도 없습니다 그 옛날도 희미했소
살러버릴 그 일기엔 꿈만이 가득 찼소
생각이 떠오르면 내 가슴을 만지며
희망이란 이런 거냐고 희망이란 이런 거냐고
음 눈을 감았소

〈날짜 없는 일기〉

男妹

가요곡, 조명암 작사, 이봉룡 작곡, 남인수 노래, 오케 3111, 1942년

세상은 넓다마는 남매는 단둘이다
언제나 같이 살자 맺은 맹서가
바람에 날렸느냐 구름에 흘렀느냐
그리운 그 날 밤의 그 항구 그 이별

앵무새 울어 울어 선잠을 깨고 나니
한자리 속삭이던 어머님 꿈은
망각에 흐렸느냐 앵무가 깨뜨렸나
그리운 그 시절의 그 얼굴 그 말씀

봄날은 아름다운 꿈속에 오는 시절
꽃피는 우리들의 남매는 젊어
하늘을 바라본다 희망에 웃어본다
그리운 그 어머님 그 사랑 그 말씀

〈남매〉

男兒一生

가요곡, 조명암 작사, 이봉룡 작곡, 남인수 노래, 오케 31158, 1943년

임진강 얼음장에 팽이 치는 아이야
삼각산 가는 길에 백설이 쌓였느냐
새파란 손을 꼽아 따져보는 그 세월
굳세게 빛나거라 사나이 별빛

古い船場の白雪踏めば
男の胸に血潮がひえる
ひえてたまるか命の空だ
もえろかがやけ男星[13]

고향을 떠나올 때 선물 받은 염낭에
엽전이 남았는고 은전이 남았는고
임진강 나루터에 흘겨보는 그 옛날
사나이 붉은 피가 남아 있구려

---

13 2절 가사의 뜻은 다음과 같다. '오래된 선창 위에 하얀 눈을 밟으면 / 사나히 가슴속에 끓는 피
식는구나 / 식어서 참겠는가 목숨은 하늘이다 / 타거라 빛나거라 사나이 별빛'(편자 주)(『조명
암 시전집』)

남장미인

유행가, 조명암 작사, 박시춘 작곡, 장세정 노래, 오케 12165, 1938년

거리의 남자여

내가 만일 남자라면 내가 만일 남자라면

금단초 학생 양복 척 입고

사각모자를 쓱 쓸테야 그것뿐인가

휘파람 불며 불며 뽐낼 테야

街の人氣者 私そうなって 欲しいわ

(거리의 인기인, 내가 그렇게 되고 싶어요)

거리의 남자여

내가 만일 남자라면 내가 만일 남자라면

연두빛 세비로를 척 입고

붉은 넥타이 쓱 맬테야 그것뿐인가

스테키[14]려 가며 뽐낼 테야

街の人氣者 私そうなって 欲しいわ

거리의 남자여

내가 만일 남자라면 내가 만일 남자라면

새까만 연미복을 척 입고

결혼 예식을 쓱 할테야 그것뿐인가

---

14 스테키는 '지팡이'를 뜻하는 스틱(stick)의 일본식 발음이다.

□□□□려 가며 뽐낼 테야
마치노 닌끼모노 와타시 소우 낫테 호시이와

〈남장미인〉

남쪽의 달밤

가요곡, 조명암 작사, 박시춘 작곡, 남인수 노래, 오케 31122, 1942년

나는 몰은다 나는 몰은다
동백꽃 피는 내 고향 떠나왓스니
사나희 내 목숨을 낸들 어이 알소냐
쎅국새 울지 마라 쎅국새 울지 마라 南쪽의 달밤

흘너를 간다 흘너를 간다
南쪽의 항구 쌍돛대 화륜선 우에
고향을 차저가는 내 마음이 흘은다
어머님 불너보는 어머님 불너보는 陣中의 달밤

來日은 간다 來日은 간다
나라에 밧친 한가지 꽂을 안고서
험한 山 千里 荒野 붉은 피를 무치며
落花로 가리로다 落花로 가리로다 사나희 목숨

南行列車

유행가, 조명암 작사, 박시춘 작곡, 이난영 노래, 오케 12247, 1939년

끝없이 흔들리는 남행 열차에
홍침을 베고 누어 눈물집니다
사랑하는 까닭에 사랑하는 까닭에
떠나를 가며
가엾다 내 청춘은 누구를 주나

세상이 다 모르는 내 가슴속에
눈물을 가득 싣고 떠나가건만
사랑하는 까닭에 사랑하는 까닭에
버린 내 사랑
야속한 추억만이 괴롭습니다

〈남쪽의 달밤〉

〈남행 열차〉

낭자일기

가요곡, 조명암 작사, 박시춘 작곡, 남인수 노래, 오케 31127, 1942년

낭자는 꽃이었소 아름다웠소
한마음 붉게 피는 동백이었소
천만산 넘고 넘어 싸움터로 가는
이 산천 젊은이의 아내이었소

낭자는 일꾼이요 씩씩하였소
먼 곳에 가신임께 지지 않었소
부모는 남북으로 한별(恨別)이언만
충성을 맹세하던 한가지였소

낭자는 꽃이었소 붉은 정성에
한 조각 떨어지는 낙화이었소
맘대로 못다 하는 생사일망정
떳떳이 죽는 것이 소원이었소

내 故鄕

가요곡, 조명암 작사, 박시춘 작곡, 백년설 노래, 오케 31121, 1942년

영(嶺) 끝에 구름 돌고 구름 끝에 해가 져서
진달래 얼싸 안고 고향 길을 돌아오니
연자방아 도는구나 연자방아 도는구나
어머님 치마폭에 어머님 치마폭에
인사 없이 앉았네

손잡고 웃는 얼굴 기쁜 눈물 적시면서
내 아들 잘 왔느냐 눈으로만 말씀할 때
가슴만이 뛰는구나 가슴만이 뛰는구나
어머님 머리 우에 어머님 머리 우에
꽃 하나를 꽂았소

등잔에 불을 켜니 내 책상이 여전하다
씀바귀 나물 무친 저녁상을 받고 보니
눈시울이 뜨겁구나 눈시울이 뜨겁구나
행복에 목이 메여 행복에 목이 메여
물을 먼저 마셨네

〈낭자일기〉

〈내 고향〉

내 고향은 항구[15]

가요곡, 조명암 작사, 박시춘 작곡, 이인권 노래, 오케 31075, 1941년

내 고향은 항구였다 동백꽃 항구
이별하는 사랑도 만나보는 사람도
여기서는 울었다 여기서는 웃었다
동백꽃 향기 속에 옛사랑은 잘 있느냐

내 이름은 마도로스 젊은 뱃사공
사랑했던 시절도 노래하던 옛날도
쌍고동이 보냈다 파도 속에 묻었다
파이프 물었으니 연기나 내뿜어 보자

내 사랑은 항구였다 못 잊을 항구
줄을 붙는 여자도 잔을 드는 사내도
정을 두고 사렸다 그 마음을 믿었다
동백꽃 향내 속에 세월만이 무정쿠나

---

15 『애수의 소야곡—박시춘 명작집』에는 '내 고향은 항구'가 '내 고향은 항구였다'로 표기되어
   있다.

노랑 저고리

신민요, 조명암 작사, 김영파 작곡, 이화자 노래, 오케 31017, 1941년

샛노랑 저고리에 다홍치마 걸쳐 입고
계룡산 구십 리를 열흘만에 다녀왔소
갈 때는 좋았지만 돌아올 땐 서러워
저고리 속 앞섶에 눈물 꽃이 피었소

샛노랑 바구니에 시루떡을 담아들고
진달래 고개 넘어 맨드라미 마을 찾아
갈 때는 좋았지만 돌아올 땐 서러워
바른 산 온산에 뻐꾹새가 울었소

노랑돈 서너 푼에 철렁대는 염낭 차고
계룡산 구십 리를 정든님 이 떠나갔소
갈 때는 좋았지만 돌아올 땐 서러워
가락지 받은 손에 눈물이 고였소

〈노랑 저고리〉 광고(『매일신보』, 1941.4.12)

〈노랑 저고리〉

누님의 사랑

가요곡, 조명암 작사, 박시춘 작곡, 백년설 노래, 오케 31139, 1942년

새벽 차 기다리는 정거장에서
난로 불에 태워버린 편지의 사연
이 편지를 넣까 말까 망설이다가
말없이 소식 없이 떠나갑니다

못 가게 잡는 것도 누님의 사랑
고향에서 살자함도 지당하오나
사나이로 태어나서 할 일이 있소
새 세상 너른 땅을 그냥 두리까

바람에 날린 꽃씨 강남 천리에
이슬 맞고 비를 맞아 꽃이 필 때면
어엿하게 만리장서 쓰겠나이다
남쪽의 갖은 선물 보내오리다

눈 오는 네온가

유행가, 조명암 작사, 박시춘 작곡, 남인수 노래, 오케 31006, 1940년

이 등잔 저 등잔에 불은 꺼지고
넘어진 술잔마다 서리는 피눈물
울다가 만져보는 치맛자락엔
그 누가 그 누가 쏟았는가 술이 어렸다

이 들창 저 들창에 눈은 퍼붓고
쓰러진 테이블엔 휘도는 긴 한숨
울다가 맺어 보는 저고리 끈은
그 누가 그 누가 뜯었는가 흠집이 졌다

이 거리 저 거리에 밤은 깊었고
가슴은 생각마다 두 발을 구르네
울다가 찾아보는 머리의 꽃은
그 누가 그 누가 가져갔나 종적이 없네

〈눈 오는 네온가〉

눈물의 노리개

유행가, 조명암 작사, 김해송 작곡, 이화자 노래, 오케 31008, 1940년

아 그리운 임이여 모두가 오해입니다
술잔에 넘친 술이 눈물이 아니라면
이불을 쓰고 누워 우는 나를 보고 가서
웃어야 살아가는 한 많은 노류춘화를
임이여 임이여 왜 몰라주시옵니까

아 그리운 임이여 모두가 눈물입니다
수심과 내 곡조에 가슴이 천년 만년
거문고 부여안고 우는 날 보고 가서
값없는 사람에게 사랑도 전하오리까
임이여 임이여 한 많아 못살겠어요

아 그리운 임이여 모두가 춘몽입니다
방문이 부서져라 밀치고 떠날 바엔
노리개 장난이라 비웃지 말고 가소
하룻밤 꿈일망정 사랑은 사랑이었소
임이여 임이여 모두가 웃음입니까

눈물의 메리켕 メリケン

유행가, 조명암 작사, 송희선 작곡, 남인수 노래, 오케 12231, 1939년

□고 지는 잔을 들고 눈물 참으며
천리 타관 그리움 속에 떠도는 신세이드냐
명색 없는 사나이의 피눈물이여
기약(?) 없이 떠나가는 기적이 운다 음

□방 속에 홀로 낮아 생각을 하면
파이프에 흩어지는 사나이 눈물이여
피다 말다 시들어진 옛 사랑이여
오늘밤도 타향에는 눈보라쳤다

앨범(?) 속에 남어 있는 고향 아가씨
한 평생을 맹세하던 사랑이여 남았구려
날개 없이 날러가는 눈물의 순정□□
저 하늘에 떠나가면 언제나 오나

〈눈물의 노리개〉

〈눈물의 메리켕〉

눈물의 埠頭

유행가, 조명암 작사, 김준영 작곡, 채규엽 노래, 콜롬비아 40612, 1935년

비에 저즌 해당화 붉은 마음에
맑은 모래 십리 벌 추억은 이네

한 옛날에 가신 님 행여 오실까
비나리는 부두에 기달입니다

저녁 바다 갈맥이 슲갓흔 울음
뱃사공의 노래에 눈물집니다

눈물의 事變

유행가, 조명암 작사, 박시춘 작곡, 이난영 노래, 오케 12232, 1939년

턱없이 화를 내고 떠나가면서
날더러 괄세라니 죄가 되지라우
못생긴 양반아 알뜰한 양반아
울어야 아신다면 울겠습니다

세상이 다시없는 임자이길래
역정도 임자 앞에 내는 것이라우
못생긴 양반아 알뜰한 양반아
웃어야 아신다면 웃겠습니다

금시로 쪼개지는 가슴이언만
쌀쌀히 구는 것은 내 체면이라우
못생긴 양반아 알뜰한 양반아
일러야 아신다면 말씀하지요

눈물의 信號燈

유행가, 조명암 작사, 박시춘 작곡, 김정구 노래, 오케 12193, 1938년

울어야 보지 못할 사람이라면
차라리 그 이름도 잊으련마는
비오는 저문 거리 깜박이는 등불에
가슴속 타오른다
아 눈물의 추억

빗방울 유리창에 부딪칠사록
흐르는 식은 눈물 쉴 새 없나니
떨리는 이 가슴을 혼자 안어 보면서
마음 속 불러본다
아 그리운 사랑

애꿎은 입술만을 깨물어 가며
아프고 쓰린 심정 참아보건만
거울에 비친 얼굴 여외 가는 청춘에
눈물이 넘쳐난다
아 흘러간 사랑

〈눈물의 事變〉

〈눈물의 신호등〉

눈물의 太平洋

유행가, 조명암 작사, 손목인 작곡, 남인수 노래, 오케 12263, 1939년

생각을 말아야 생각을 말아야
고향도 부모도 잊을 수 있으련만
생각다 못해 흐득이며 떠나갑니다
인제 가면 언제 오나 고향 산천아
꽃 피고 새가 울면 너를 찾으마

울지를 말아야 울지를 말아야
사나이 희망이 빛날 수 있으련만
참지를 못해 혼자 우는 삼등 침대실
흔들리는 베겟맡에 편지를 놓고
이 생각 저 생각에 잠이 듭니다

〈눈물의 태평양〉 광고(『동아일보』, 1939.9.2)

〈눈물의 태평양〉

님이여 잘 잇거라

유행가, 조명암 작사, 김준영 작곡, 강홍식 노래, 콜롬비아 40629, 1935년

님이여 잘 잇거라 소매잡고 우는 님아
이 몸은 써나가 하염업시 울고 가리

쓴구름 저 언덕에 피눈물을 무드오리
시들은 갈대 닙헤 이슬 되여 흘으오리

갈 길은 아득하다 정처 업는 것츤 들에
눈물이 넘처 흘너 바위 옷만 저저든다

님 前 넉두리

신민요, 조명암 작사, 채월탄 작곡, 이화자 노래, 오케 K5006, 1940년

첩첩 산중 등(?)에 골노 누굴 밋고 내가 왓소
일간초옥 오막사리 연분(?)으로 달녀드니
에구야데구야 누가 개와집을 지여 달냇드라
가란 말이 웬말이요 웬말이요
으 덜미를 미어내도 나는 못 가겟소

錦衣玉食 다 버리고 님자 하나 따라올 댄
검은 머리 다하도록 百年偕老 살넛드니
에구야 데구야 누가 비단옷을 입혀 달냇드라
가란 말이 웬말이요 웬말이요
으 목을 매 쓰러내도 나는 못 가겟소

가난한 님 따라올 땐 마음 하나 밋고 왓소
풍진 세상 다 버리고 단 두리서 살넛드니
에구야 데구야 누가 富貴영화를 누려 달냇드라
가란 말이 웬말이요 웬말이요
으 백 번을 죽자한들 나는 못 가겟소

님 前 화푸리

신민요, 조명암 작사, 김영파 작곡, 이화자 노래, 오케 12190, 1938년

야햐 네로구나 음 흐 네로구나
一年은 열두 달 三百은 예순 날
나날이 기다린 네로구나
음 흐 네가 바로 네로구나 네가 네가 네가 네로구나
남의 속 지긋 지긋이 태워주든 음 흐 네로구나

야하 네로구나 음 흐 네로구나
올 제는 웃기고 갈 제는 울니며
말성을 부리든 네로구나
음 흐 네가 바로 네로구나 네가 네가 네가 네로구나
남의 속 지긋 지긋이 태워주든 음 흐 네로구나

야하 네로구나 음 흐 네로구나
달내면 뽐내고 성내면 토라저
성화를 부리든 네로구나
음 흐 네가 바로 네로구나 네가 네가 네가 네로구나
남의 속 지긋 지긋이 태워주든 음 흐 네로구나

〈님 前 화풀이〉

님 전상서

유행가, 조명암 작사, 박시춘 작곡, 이난영 노래, 오케 12164, 1938년

안녕하십니까요 네
염려하여 주심으로 저는 잘 있습니다
그런데 여보 여보 어쩌면 회답 한 장 없이
그렇게 그렇게 모른체 하십니까요
참 정말 답답하고 궁금합니다 네
꼭 꼭 회답해주서요 네

기억하십니까요 네
작년 여름 바다에서 속삭이던 그 물가
그러나 여보 여보 당신이 없는 세상은
얼마나 얼마나 슬프다겠습니까요
참 정말 맹서하신 그 말씀을 네
꼭 꼭 믿지를 마세요 네

편지해주십시오 네
당신 맘은 언제든지 내가 잘 압니다요
하지만 여보 여보 당신이 그리운 까닭에
밤이나 낮이나 울면서 지냅니다요
참 정말 안타까워 못살겠어요 네
그만 그만 그대 그립니다요

〈님 전상서〉

茶房의 푸른 꿈

유행가, 조명암 작사, 김해송 작곡, 이난영 노래, 오케 12282, 1939년

내뿜는 담배 연기 끗헤
흐미한 옛 추억이 풀닌다
고요한 차집에서 커피를 마시며
가만이 부른다 그리운 옛날을
부르누나 부르누나
흘러간 꿈은 차즐 길 업서
연기를 따라 헤매는 이 맘
사랑은 가고 추억은 슬퍼
뿌루스에 나는 운다
내뿜는 담배 연기 끗헤
흐미한 옛 추억이 풀닌다

저무는[16] 프른 등불 아래
흘너간 그 날 밤이 새롭다
조고만 차집에서 만나던 그날 밤
목미여 부른다 그리운 그 밤을
부르누나 부르누나
서리에 시든 장미화러냐
시드른 사랑 스러진 그 밤

---

16   가사지에는 '저무는'으로 표기되어 있으나 노래할 때는 '조으는'으로 발음함. 일단 여기서는 가
     사지를 따랐음을 밝혀둔다.

그대는 가고 나 혼자 슬퍼
뿌루스에 나는 운다
저무는 프른 등불 아래
흘너간 그 날 밤이 새롭다

〈다방의 푸른 꿈〉

담배집 處女

유행가, 조명암 작사, 손목인 작곡, 이난영 노래, 오케 20004, 1939년

(男) 저 담배 한 갑 주십시요
(女) 아이 저 엇던 것을 듸릴가요

아츰이면 아홉 시 저녁이면 네 시 반
날마다 차저오는 핸썸쏘이
오늘은 웬일일가 웬일일가
시간이 지나도록 오지를 안네
(아마 어데가 아픈 게지 그럿치 안으면 늦잠을 자나)
나는 나는 나는 그리워 보고 싶허
(아이 어서 오세요. はど(하도)를 듸릴까요)
나는야 네 거리 별명 잇는 따리야
(아이고 저 휘바람소리 저기 오는 이가 아마 그이지?)
(분명 그러타면 어쩌나 아이 북그러!)

비가 오나 눈이오나 어김업는 시간에
파이푸 입에 물고 지나가며
공연이 싱글벙글 싱글벙글
슬며시 보는 사람 왜 안이 올까
(아마 볼일이 잇는 게지 그럿치 안으면 내 시계가 틀렷나?)
나는 나는 나는 내 마음 나도 몰라
(아이 어서 오세요 カイタ(가이타)는 떠러젓대요)

나는요 꿈꾸는 아름다운 장미화
(男) 저 담배 한 갑 주십시요.
(女) 아이 저 엇던 것을 듸릴가요

안이 보면 그립고 만나보면 수집어
이틀에 한 번 오는 싸라리맨
이 밤은 웬일일가 웬일일가
저 달이 저므도록 오지를 안네
(아마 담배를 끈은 게지 그럿치 안으면 돈이 업나)
나는 나는 나는 가슴이 두근 두근
(하이 어서 오세요. 네 ミドリ(미도리)를 드릴까요)
나는요 우스며 써비쓰를 한대요

〈담뱃집 처녀〉

당기당 타령

조명암 작사, 박시춘 작곡, 이화자 노래, 오케 1937년(?)

당기당 둥둥 당기당 둥둥 어럼마 얼싸 당기당 둥
빈대란 놈 빨기를 잘하니 아편쟁이로 돌리고
벼룩이란 놈은 쏘기를 잘하니 사냥꾼으로 돌리고
당기당둥 둥둥 둥둥 당기당 둥둥 어럼마 얼싸 당기당둥

당기당 둥둥 당기당 둥둥 어럼마 얼싸 당기당 둥
앵무란 놈 말을 잘하니 채상꾼으로 돌리고
황새란 놈은 다리가 길어서 우편배달로 돌리고
당기당둥 둥둥 둥둥 당기당 둥둥 어럼마 얼싸 당기당둥

당기당 둥둥 당기당 둥둥 어럼마 얼싸 당기당 둥
제비란 놈 맵씨가 고우니 기생낮으로 돌리고
쇠파리란 놈은 곱기를 잘하니 뚜쟁이로나 돌리고
당기당둥 둥둥 둥둥 당기당 둥둥 어럼마 얼싸 당기당둥

당기당 둥둥 당기당 둥둥 어럼마 얼싸 당기당 둥
까마귀란 롬 지질이 까무니 굴뚝쟁이로 돌리고
까치라 놈은 나무 짐 잘지니 목두쟁이로 돌리고
당기당둥 둥둥 둥둥 당기당 둥둥 어럼마 얼싸 당기당둥

大地의 사나희

가요곡, 조명암 작사, 박시춘 작곡, 남인수 노래, 오케 31167, 1943년

대지에 동이 텄다 종소리가 울린다
장미구름 늠실대는 아세아의 하늘 밑
밭이랑을 넘어가면 사랑의 마을이다
새파란 들창 아래 모란꽃이 불러 준다

꽃바람 불어온다 호궁 소리 울린다
날아가자 산을 넘어 구름 너머 저 하늘
가고 싶은 젊은이의 꿈 속의 나라로
희망의 푸른 날개 온 세상을 덮는구나

젊은 피 흘려 보자 당나귀야 달려라
고향 쪽을 바라보면 눈꺼풀이 뜨겁다
새벽 이슬 말 발굽에 깨이는 광야에
끝없이 달려간다 아세아의 풍운아다

도화강변

유행가, 조명암 작사, 박시춘 작곡,[17] 박향림 노래, 오케 K5022, 1940년

노랑 수건 떨어뜨린 부둣물 우에
노랑 수건 떠나간다 눈물을 싣고
임 가신 저 하늘에 흘러온 별빛
아 아 아 아 내 마음 아는 듯이
내 마음 아는 듯이 울어줍니다

갈대 피리 불어보면 시원하리까
풀피리를 불어보면 시원하리까
어데서 들려오는 삐요롱(?)[18]인가
아 아 아 아 내 마음 아는 듯이
내 마음 아는 듯이 울어줍니다

---

17 작곡자가 손목인이라고도 한다. 공교롭게도 『애수의 소야곡—박시춘 명작집』에도 누락되어 있다. 하지만 오케 신보 광고지에는 박시춘 작곡이라 적시되어 있어서 이에 따라 '박시춘'으로 표기하였다.
18 '삐요롱'은 피리 소리를 나타내는 의성어로 추정된다.

〈대지의 사나이〉

〈도화강변〉

돈半 情半

유행가, 조명암 작사, 박시춘 작곡, 이난영 노래, 오케 12216, 1939년

세상이 가르쳐 준 사랑이러냐
금전이 가르쳐 준 헛정이러냐
울다가 아 눈물질 때
화류계 얽힌 몸은 화류계 얽힌 몸은
거미줄에 얽힌 나비

거리에 웃음 파는 신세일망정
참다운 의리만은 비길 데 없어
돈이냐 아 정이냐
화류계 매인 몸은 화류계 매인 몸은
어쩔 줄을 모른다오

출세도 주는 돈도 부럽지 않고(?)
살점을 깎는 정도 대견치 않아
술이냐 아 담배이냐
화류계 딸린 몸은 화류계 딸린 몸은
취한 대로 산답니다

〈돈반정반〉

돈타령

신민요, 조명암 작사, 김영파 작곡, 김정구 노래, 오케 12214, 1939년

에 바람이 분다 바람이 불어
돈바람이 불어온다 돈돈돈 돈 돈바람이
오 전 짜리 전차바람
십 전 짜리 담배바람
오십 전 짜리 런치바람
돈이야 돈이야 돈 돈 돈 돈 돈
돈돈돈돈돈돈돈돈 어허어 어허어 허
사대문 구멍으로 돈 바람이 불어온다

에 사태가 난다 사태가 나요
돈사태가 쏟아진다 돈돈돈 돈 돈사태가
있는 사람 웃음 가득
없는 사람 눈물 가득
못난 사람 산란(?) 가득
돈이야 돈이야 돈 돈 돈 돈 돈
돈돈돈돈돈돈돈돈 어허어 어허어 허
인조견 치마폭에 돈사태가 쏟아진다

에 홍수가 난다 홍수가 나요
돈홍수가 밀려든다 돈돈돈 돈 돈홍수가
양복쟁이 지갑 속에

처녀 총각 염낭 속에
막내 며느리 궤짝 속에
돈이야 돈이야 돈 돈 돈 돈 돈
돈돈돈돈돈돈돈돈 어허어 어허어 허
제멋대로 철렁 철렁 돈봉투가 밀려든다

처녀 총각 염낭 속에
막내 며느리 궤짝 속에

동생을 찾아서

유행가, 조명암 작사, 박시춘 작곡, 이인권 노래, 오케 20029, 1940년

싸락눈 흩날리는 신작로 굽은 길
오늘도 양차 위에 황혼이 어린다
동생을 찾아서 동생을 찾아서 여기까지 왔건만
그리운 동생은 대답이 없다

어머니 슬하에서 자라난 두 형제
우리는 아버지의 얼굴도 모른다
세월이 흘러서 세월이 흘러서 이별한 지 십여 년
동생아 널 찾아 나는 헤맨다

양차는 떠나간다 눈발을 헤치고
낯설은 거리 거리 네 이름 부르며
동생아 아느냐 동생아 아느냐 눈물겨운 운명을
살아서 있다면 대답을 해라

떠나갈 海港

가요곡, 조명암 작사, 박시춘 작곡, 최병호 노래, 오케 31185, 1943년

항구란 떠나갈 곳 동경의 복음자리다
모래 위에 쓰고 쓰는 그리운 남녁 남짜
가리로다 가리로다
이밤의 기선으로 가고야 말리로다

항구란 떠나갈 곳 애당초 여인숙이라
가슴 우에 쓰고 쓰는 희망의 바랠 망짜
가리로다 가리로다
인도양 물결 찾아가고야 말리로다

항구란 떠나갈 곳 언제나 출발점이다
구름 우에 쓰고 쓰는 못 잊을 효도 효짜
가리로다 가리로다
사나히 피 흘릴 곳 가고야 말리로다

마음의 화물차

유행가, 조명암 작사, 손목인 작곡, 이화자 노래, 오케 31004, 1940년

멋모르고 받은 사랑은 병을 샀구려
구름다리 우루룽 우르룽 밤차는 간다마는
병들어 썩은 눈물 실어보낼
아 아 화물차는 언제 오나

멋모르고 주는 사랑에 병을 샀구려
구름 넘어 으스름 으스름 달빛은 온다마는
울어서 한이 없는 이내 눈물
아 아 그칠 날은 언제 오나

멋모르고 속은 사랑은 병을 샀구려
추녀 밑에 주루룩 주루룩 밤비는 온다마는
병들어 썩은 가슴 씻어버릴
아 아 소낙비는 언제 오나

〈마음의 화물차〉

195

마지막 글월[19]

유행가, 조명암 작사, 박시춘 작곡, 이화자 노래, 오케 31006, 1940년

글자마다 눈물 젖는 하소연 편지
새벽달 창문 아래 읽었나이다
사랑 두 자 천금 같은 말씀이고나
가야금에 얽힌 몸은 사랑 사 자도
당치를 않사옵니다

글구마다 다정하신 하소연 편지
밤늦게 돌아와서 읽었나이다
이 안해도 목이 메는 사연이고나
술물 젖는 다홍치마 사랑 사 자도
받을 길 없사옵니다

글줄마다 간절하신 하소연 편지
경대를 앞에 놓고 읽었나이다
순결하신 피눈물의 글월이고나
연지 찍는 이 얼골에 사랑 사 자도
황송무지로소이다

---

19   음원 출처는 'http://blog.daum.net/s4707/1042'이다.

마지막 필적

신가요, 조명암 작사, 이봉룡 작곡, 이화자 노래, 오케 31126, 1942년

이것이 보내주신 사연입니까
이것이 그대 쓰신 필적입니까
죽어서 오신다던 그 옛 맹서가
아 맹서가 보람 있어 이렇게 오시었네

가슴에 어린 것이 편질 봅니다
알거나 모르거나 같이 봅니다
당신의 아들이니 범연하리오
아 당신의 뒤를 이어 나라에 바치오리

낮이면 해를 보고 빌었습니다
밤이면 달을 보고 빌었습니다
당신은 나의 남편 나의 참사랑
아 죽음이 보람 있어 이렇게 오시었네

馬車의 銀방울

유행가, 조명암 작사, 손목인 작곡, 김정구 노래, 오케 12292, 1939년

펄펄펄펄 날닌다 펄펄펄펄 날닌다
보랏빗 벌판 길에 날니는 마프라
달녀가는 馬車에는 방울이 운다
휘갈기는 챗죽 넘어 빗나는 별빗
저 마을 고개로 이랴
달녀라 달녀 노새야 달녀
울지 말고 달녀라

펄펄펄펄 날닌다 펄펄펄펄 날닌다
黃昏의 灰色날개 날니는 地平線
호로 넘어 북소리에 가슴은 뛴다
눈물 저즌 옷자락에 시드른 사랑
생각을 말어라 이랴
달녀라 달녀 馬車야 달녀
오아시쓰 남쪽을

펄펄펄펄 날닌다 펄펄펄펄 날닌다
달니는 칸델라의 불빗도 날닌다
시달리는 은방울에 노새도 운다
오로라의 찬바람이 불어오며는
눈보라 날닌다 이랴

달녀라 달녀 마차야 달녀
쪼각달이 걸닌대

만주 뒷골목

가요곡, 조명암 작사, 박시춘 작곡, 김정구 노래, 오케 31062, 1941년

양차부 소리치는 만주라 뒷골목
네 바퀴(?) 깨트릴 제 호궁이 운다
울어라 울어다오 꾸냥 무릎 위에
모주를 마실거나 아 만주라 달밤

점쟁이 소리치는 만주라 뒷골목
손금을 보려다가 지나는 길손
모란꽃 시들어진 조각달 밤에
양차를 불러 타면 아 어디로 가랴

홍사등 걸려있는 만주라 뒷골목
꾸냥의 하늘머리 향내가 좋다
성명을 물을거나 물어볼거나
웃음만 방글방글 아 뺨 위를 돈다

滿洲 아가씨

유행가, 조명암 작사, 박시춘 편곡, 김능자 노래, 오케 12272, 1939년

나는요 열여섯 滿洲 아가씨
꽃피는 三月이 도라오면은
연지요 곤지요 粉을 바르고
아이구나 붓그러워 시집을 가요
王서방 기다려 주서요 네

바라를 울리며 북소리 울리며
꽃馬車 흔들 흔들 써나가는 날
어머니와 아버지 작별을 하고
아이구나 나는 몰나 시집을 가요
王서방 기다려 주서요 네

개나리 해당화 꽃피는 시절아
꿈꾸는 내 가슴에 도라오렴아
거울 들고 우스며 보는 얼골에
당신의 그림자가 오고갑니다
王서방 기다려 주서요 네

〈만주 뒷골목〉

〈만주 아가씨〉

望樓의 밤

가요곡, 조명암 작사, 김해송 작곡, 백년설 노래, 오케 31145, 1943년

三五夜 달빗 아레 풀버레 운다
이슬이 찰낭찰낭 눈에 넘친다
歲歲年年 봄이 가고 歲歲年年 봄이 가고
望樓의 붉은 기둥 빗이 날것소

(이하 누락)

〈망루의 밤〉

망향의 벤치

유행가, 조명암 작사, 손목인 작곡, 남인수 노래, 오케 20045, 1940년

사람 없는 파고다 나무 벤치에
시름 없이 앉아서 우는 내 청춘
흘러오는 달빛이여 밤이슬이여
남쪽에 눈을 감은 내 고향 별빛

라디오에 노래도 끊어진 밤에
소리 없이 나리는 망향의 눈물
떨어지는 낙엽이여 시든 꽃이여
스러진 사랑에는 향내도 없다

밤이 깊은 파고다 공원 길 옆에
찢어버린 청춘의 애달픈 일기
잊지 못할 추억이여 옛 사랑이여
두 글자 고향이란 이름이 원수

모던 관상쟁이

만요, 조명암 작사, 김영파 작곡, 김정구 노래, 오케 12203, 1939년

관상이요 관상입니다
자 관상입니다 관상 관상입니다 관상
아씨마님 관상입니다
이마가 넓으면 남의 덕을 보고
귀가 크면은 남의 말을 잘 듣고
입이 크면은 먹을 것이 많습니다
자 어서 어서 관상입니다
십 전을 내면은 십 전 어치
오십 전 내면은 오십 전 어치
일원을 내면은 일원 어치요
자 관상이요 관상입니다

관상이요 관상이요
자 관상입니다 관상 관상입니다 관상
학생아씨 관상입니다
얼굴이 길면은 시집이 멀구요
코가 높으면 부잣집 며느리요
눈이 크면은 무서움이 많습니다
자 어서 어서 관상입니다
색시 관상은 외상이요
마님 관상은 에누리요

영감님 관상은 옥구대가리
자 관상이요 관상입니다

관상이요 관상입니다
자 관상입니다 관상 관상입니다 관상
신부 신랑 관상입니다
입술이 붉으면 첫 아들 보고
턱이 예쁘면 부부 정이 많고
인중이 길면 만수무강합니다
자 어서 어서 관상입니다
시골집 신부는 단골이요
서울 집 신랑은 막걸리 아리랑
금슬이 좋으면 열두 곱이요
자 관상이요 관상입니다

모래성 탄식

유행가, 조명암 작사, 이봉룡 작곡, 고운봉 노래, 오케 31011, 1941년

저문 거리 나는 가리 모래성 무너진들
피눈물을 파묻고 나는 가오리
가는 날 잡는 이가 누구리오
아아 아아 여보 간 여보 간 임아
몹쓸 임이여

나는 가리 나는 가리 창랑을 휘더듬어
내 청춘을 짓이기고 나는 가오리
내 갈 길 막는 이가 누구리오
아아 아아 무정한 무정한 임아
몹쓸 임이여

나는 가리 나는 가리 머나먼 모래성에
내 가슴을 비집고 나는 가오리
가는 날 붙잡는 이 누구리오
아아 아아 원수던 원수던 임아
몹쓸 임이여

모자상봉[20]

가요곡, 조명암 작사, 능대팔랑 작곡, 백년설 노래, 오케 31139, 1942년

강 건너 산을 넘어 수륙천리를 내 아들 보고지고 찾아온 서울
□□엔 사쿠라가 만발했구나 아들아 내가 왔다 반겨를 다오

하늘을 찌를 듯이 솟은 □□엔 □□□ 끌어가는 발자욱마다
내 아들 천세만세 살아있는 곳 눈물이 방울방울 떨어집니다

두 손을 합장하고 무릎을 꿇고 내 아들 분신 앞에 절을 하오니
귓전에 사무치는 음성 있소 꿈인가 생시런가 모자의 상봉

---

20 〈모자상봉〉의 2절과 3절의 간주에 〈자장가〉가 들어가 있는 것이 특이함.

牧丹江 편지

가요곡, 조명암 작사, 박시춘 작곡, 이화자 노래, 오케 31093, 1942년

한 번 읽고 斷念하고 두 번 읽고 맹서했소
牧丹江 건너가며 보내주신 이 사연을
낸들 어이 몰으오리 성공하소서

옵바라고 불음니다 선생님이 되옵소서
사나희 가는 길의 가시넝쿨 넘고 넘어
蘭草 피는 滿洲 땅의 흙이 되소서

밤을 새워 읽은 편지 밤을 새워 감사하며
女子의 마음 둘 곳 粉접시가 아닌 것을
깁히 깁히 깨달아서 울엇나이다

오-케- 레코-드 K 제2
HYFLEX RECORDING

(31093)

朴英鎬 作詞
　　　 作曲

牡丹江편지

李花子

伴奏 오케―管絃樂團

一、한번왓고 斷순하고 눈물되고 맹서햇소
　 …건너가며 보내주신 이사연을
　 …흘으미 성공하소서

二、울바라고 …
　 …가는길의 …
　 …先生님이 되여소서
　 …滿洲벌의 흙이 되소서

三、밤을새워 읽은편지 밤을적의 감사하며
　 女子의 마음물곳 황겹시가 아닌것을
　 깊히 깨달어서 울엇나이다

〈목단강 편지〉 음반 가사지

〈목단강 편지〉

목포는 항구[21]

가요곡, 조명암 작사, 이봉룡 작곡, 이난영 노래, 오케 31103, 1942년

영산강 안개 속에 기적이 울고
삼학도 등대아래 갈매기 우는
그리운 내 고향 목포는 항구다
목포는 항구다 이별의 부두

유달산 잔디밭에 놀던 옛날도
동백꽃 쓸어안고 울던 옛날도
흘러간 내 고향 목포는 항구다
목포는 항구다 똑딱선 운다

여수로 떠나갈까 제주로 갈까
비오는 선창머리 돛대를 잡고
이별튼 내 고향 목포는 항구다
목포는 항구다 추억의 고향

---

21 『오케매월신보』 1942년 6월호에는 〈목포는 항구다〉로 표기되어 있음.

목화를 따며[22]

주제가, 조명암 작사, 김해송 작곡, 장세정 · 이난영 노래, 오케 31144, 1942년

목화를 따세 목화를 따 목화 풍년일세
서산에 해가 지면 파란별이 뜬다
목화 따러 가는 처녀들 목화 따러 가는 지역에
물방아는 돈다 물방아는 돈다
물방아는 돌아간다 잘도 돌아간다
아 잘도 돌아간다

목화를 따세 목화를 따 목화 고장일세
먼 산에 매미 울면 임이 돌아온다
목화 실러 오는 망아지 목화 실러 오는 도련님
고개 넘어온다 고개 넘어온다
열두 고개 넘어온다 잘도 넘어온다
아 잘도 넘어온다

목화를 따세 목화를 따 목화 자랑일세
저 꽃이 피어나면 맘도 피어난다
목화 신고 오는 망아지 목화 신고 가는 도련님
고개 넘어간다 고개 넘어간다
열두 고개 넘어간다 잘도 넘어간다

---

22 조선영화제작회사 작품 〈半島の乙女〉 주제가.

아 잘도 넘어간다

못생긴 英雄

유행가, 조명암 작사, 박시춘 작곡, 송달협 노래, 오케 12141, 1938년

일부러 일부러 술을 마시는
사나이 내 가슴에 피가 끓는다
사랑은 무엇이며 여자란 무엇이냐
가거라 가거라 청춘도 다 가거라
취할사록 화를 내는 내가 미쳤다 내가 미쳤다

일부러 일부러 비를 맞으며
헤매는 내 마음에 불이 붙는다
희망은 무엇이며 님이란 무엇이며
가거라 가거라 허영도 다 가거라
헤맬수록 화를 내는 내가 천치다 내가 천치다

일부러 일부러 뺨을 때리는
실없는 손바닥에 땀이 흘렀다
웃음은 무엇이며 한숨은 무엇이며
가거라 가거라 탄식도 다 가거라
뉘우칠사록 화를 내는 내가 못났다 내가 못났다

뭉어진 烏鵲橋

유행가, 조명암 작사, 손목인 작곡, 남인수 노래, 오케 31007, 1940년

무너진 오작교엔 은하수가 굽이치고
무너진 내 가슴엔 피눈물이 쏟아졌다
사나이 일천 가장 차라리 썰어 다오
모질게 잡아끄는 한 오리 사랑 한 오리 사랑

무너진 오작교는 다시 놓을 수 있다마는
무너진 내 순정은 천세 만세 그만이다
한 줄기 생목숨을 차라리 끊어 다오
모질게 풀어헤친 천 오리 탄식 천 오리 탄식

古き朽橋誓ひは殘れど(다 낡은 썩은 다리 맹세는 남았어도)
戀は破れて恨みも深し(사랑은 깨어지고 원한도 깊어라)
思い亂れて千千に碎けし(그 생각 흩어지고 산산이 깨어지니)
胸は切なし夕しぐれ夕しぐれ(가슴은 애달파라 저녁 가을비 저녁 가을비)

〈못생긴 영웅〉

〈무너진 오작교〉

無情 告白

유행가, 조명암 작사, 김해송 작곡,[23] 박향림 노래, 오케 20006, 1939년

十年을 두고 보렴아
百年을 두고 보렴아
눈물을 얽어 바친 이 내 사랑을
줄줄이 쓴어 노코 줄줄이 쓴어 노코
떠나가는 사람한테
무슨 幸福이 잇슬소냐
무슨 기쁨이 잇슬소냐

세상을 두고 맹서다
靑春을 두고 맹서다
꽂가지 들고 웃는 이 내 가슴을
가시로 째려주고 가시로 째려주고
쩌나가는 사람한테
무슨 希望이 빗날소냐
무슨 운명이 조을소냐

두 눈을 뜨고 보렴아
눈물을 흘녀 보렴아
眞情에 불이 붓는 이 내 마음을

---

23 당시 음반 가사지에 〈무정고백〉의 작곡자에 '김해송 작편곡'이라 적혀 있는데, 그 옆에는 '박시
춘 작편곡'이라 적어 놓았다.

싸늘히 울녀 노코 싸늘히 울녀 노코
떠나가는 사람한테
무슨 웃음이 잇슬소냐
무슨 사랑이 잇슬소냐

〈무정 고백〉

無情曲

유행가, 조명암 작사, 박시춘 작곡, 장세정 노래, 오케 1998, 1937년

진달래꽃 흩날리니 봄도 저문다
애태운 옛사랑도 호사랍니다
한 세상에 기다린 꿈 잊을 길 없어
낯 설은 타향 천리 울며 떠도네

황야에도 해가 지면 황혼이 오네
눈물 뒤에 이별도 아득하구나
생각사록 꿈결같은 사랑이언만
못 잊어 애태우는 나그네 설움

물결 따라 흘러가면 타향이라네
이 내 몸 부평같이 흘러가리라
까마귀가 띄워 보낸 청춘이어니
설움에 타향 천리 울며 가리라

無情千里

유행가, 조명암 작사, 박시춘 작곡, 남인수 노래, 오케 31039, 1941년

타향살이 설움 속에 세월이 갔소
내 고향 무정천리 길이 멀어
아 정처 없는 구름 우에
음 몸을 실었소

연자방아 돌고 도는 고향이었소
정든 님 길을 막고 울든 그날
아 황송아지 목이 미게(메게)
음 울어 주었소

구름 넘어 달이 뜨는 무정 타향에
울어라 청개구리 밤을 새워
아 찢어지는 가슴속에
음 고향이 멀다

〈무정곡〉

〈무정천리〉

美女圖

신민요, 조명암 작사, 김영파 작곡, 이화자 노래, 오케 12212, 1939년

에 나려온다 나려와 나려온다 나려와
綠衣紅裳 떨처입고 어엽분 아가씨가 나려온다
앙금당실 앙금당실 시치미 싹 떼고 나려온다
에라 얼수 에라 얼수 에라 물럿까라
우리 情든 님이 날 차저온다
날 차저온다 에라 얼수

에 나려온다 나려와 나려온다 나려와
갑사당기 떨트리고 꼿갓흔 색시들이 나려온다
해룽 해룽 해룽 해룽 허리띄 꼭 매고 나려온다
에라 얼수 얼수 에라 물럿가라
우리 정든 님이 호사를 햇다
호사를 햇다 에라 얼수

에 나려온다 나려와 나려온다 나려와
꼿바구니 엽헤 끼고 말 갓흔 處女들이 나려온다
싱긋벙긋 싱긋벙긋 가슴을 툭 치며 나려온다
에라 얼수 에라 얼수 에라 물럿가라
우리 정든 님이 날 보러 온다
날 보러 온다 에라 얼수

미운 情 고은 情

신민요, 조명암 작사, 손목인 작곡, 이은파 노래, 오케 12124, 1938년

홍라삼 떨쳐입고 찾아갈거나
분칠로 단장하고 찾아갈거나
이 어느 남문 턱에 해만 저물어
오늘도 벼르다가 주저앉는다

머리칼 쥐어뜯고 발버둥치나
지척이 천리 같다 그대 있는 곳
차창에 기대앉아 바라보느니
눈물만 거침없이 흘러나린다

인물로 살 수 있는 인정이더냐
맘씨로 살 수 있는 정분이더냐
앞치마 걷어잡고 생각할사록
미운 정 고운 정은 알 수 없구나

〈미녀도〉

〈미운 정 고운 정〉

微風의 항구

가요곡, 조명암 작사, 박시춘 작곡, 남인수 노래, 오케 31127, 1942년

노래를 부르자 이 항구
모란꽃 피는 미풍의 거리
돌아다보면 바다엔 깜빡이는 등대불
아 젊은이의 가슴속에 피어난 희망의 꽃이러냐
너도 나도 불러라 이 밤의 이 항구

노래를 부르자 이 항구
가랑비 걷힌 신비의 거리
돌아다보면 포도엔 떠나가는 꽃마차
아 대동아의 건설이다 희망은 바람을 실었느냐
너도 나도 불러라 이 밤의 이 항구

노래를 부르자 이 항구
홍련화 피는 남쪽의 거리
돌아다보면 하늘엔 반짝이는 십자성
아 길을 잃은 사람들의 앞길은 이□의 꿈이러냐
너도 나도 웃어라 이 밤의 이 항구

바다[24]

조명암 작사, 金城聖泰 작곡

珊瑚樹 살이 찌는 푸른 바다
갈매기 섬을 찾는 푸른 바다
바다로 가자 永遠의 水平線
正義의 붉은 피 파도 우에 뿌리며
바다로 나가자 바다로 나가자

歲月이 물결치는 푸른 바다
歷史가 흘러가는 푸른 바다
바다로 가자 끝없는 저 마당
거룩한 노래를 물니랑에 심그며
바다로 나가자 바다로 나가자

暴風도 지나가는 푸른 바다
구름도 떠러지는 푸른 바다
바다로 가자 太陽을 우러러
황금빛 화살을 물결마다 꽂으며
바다로 나가자 바다로 나가자

---

24 『방송지우』, 1944. 3. 1.

바다의 交響詩

유행가, 조명암 작사, 손목인 작곡, 김정구 노래, 오케 12140, 1938년

어서 가자 가자 바다로 가자
출렁출렁 물결치는 명사십리 바닷가
안타까운 젊은 날의 로맨스를 찾아서 헤이
어서 어서 어서 가자 어서 가
젊은 피가 출렁대는 저 바다는 부른다
저 바다는 부른다

어서 가자 가자 바다로 가자
뭉게뭉게 구름 이는 푸른 바다 품속에
산호 수풀 우거진 곳 로맨스를 찾아서 헤이
어서 어서 어서 가자 어서 가
젊은 꿈이 둥실대는 저 바다는 부른다
저 바다는 부른다

어서 가자 가자 바다로 가자
가물가물 붉은 돛대 쓰러지는 수평선
섬 아가씨 얽어 주는 붉은 사랑 찾아서 헤이
어서 어서 어서 가자 어서 가
갈매기 떼 너울대는 저 바다는 부른다
저 바다는 부른다

〈바다의 교향시〉

바다의 꿈

유행가, 조명암 작사, 박시춘 작곡, 이난영 노래, 오케 12263, 1939년

여름 여름 여름엔 바람도 더운 바람
구슬 같은 땀방울이 얼굴에 송글송글
아가씨 도련님 얼음사탕을
웃으며 맛있게 깨물어 먹자
아이스크림 아이스오렌지 돌아가는 선풍기
여름은 시원한 사이다를 마시며 춤추자 해수욕장
시원하게 춤을 추자 해수욕장
다 디리 다리라 디라 디루 다 디리 다리라 디라 디루
시원스런 꿈이나 꾸자

여름 여름 여름은 서늘한 모시치마
와이셔츠 바람에 맥고모자
아가씨 도련님 부채질하며
가로수 그늘만 찾아서가자
아이스메론 아이스커피 돌아가는 레코드
아이스 멜로디 여름밤에 사랑은 시원타 시원하다
수박냄새 흘러오는 밤거리에
다 디리 다리라 디라 디루 다 디리 다리라 디라 디루
밤거리에 꿈이나 꾸자

여름 여름 여름은 청춘의 푸른 바다

물결 속에 춤추는 해수욕장
아가씨 도련님 휘파람 치며
시원한 바다를 찾아서 가자
아이스크림 아이스오렌지 바다에선 소용없는
아이스 선풍기 여름밤엔 바다는 서늘해 서늘하다
미역냄새 흩날리는 바닷가에
다 디리 다리라 디라 디루 다 디리 다리라 디라 디루
바닷가에 꿈이나 꾸자

〈바다의 꿈〉

바다의 반평생

가요곡, 조명암 작사, 남방춘 작곡, 남인수 노래, 오케 31135, 1942년

부러진 돛대에 적삼을 걸고서
끝없는 항로에 물결을 헤치며
달 보고 웃는다 별 보고 웃는다
사나이 한 평생 물 위에 살았다

갈매기 울어라 깨어진 뱃머리
폭풍에 몰려온 방랑의 길이다
고향 쪽 흘기면 구름이 한 조각
꽃으로 피어서 낙화로 흐르네

해당화 피는 섬 항구를 더듬어
바다와 싸우던 깃발은 가잔다
희망의 호롱불 배 위에 걸면은
사나이 가슴에 핏결이 뜨겁다

방가로의 달

가요곡, 조명암 작사, 김화영 작곡, 최병호 노래, 오케 31108, 1942년

放街路에서 달빗을 보다
胞襟에 진인 마음을 풀어보지
그래서 이 노래가 되엿지요

(이하 누락)

放浪劇團

유행가, 조명암 작사, 박시춘 작곡, 남인수 노래, 오케 12216, 1939년

오늘은 이 마을에 천막을 치고
내일은 저 마을에 포장을 치는
시들은 갈대처럼 떠다니는 신세여
바람찬 무대에서 울며 새우네

사랑에 우는 것도 청춘이러냐
분홍빛 라이트에 빛나는 눈물
서글픈 세리푸에 탄식하는 이 내 몸
마음은 고향 따라 헤매입니다

불 꺼진 가설극장 포장 옆에서
타향에 달을 보는 쓸쓸한 마음
북소리 울리면서 흘러가는 몸이여
슬프다 유랑극단 피에로 신세

病院船

가요곡, 조명암 작사, 박시춘 작곡, 남인수 노래, 오케 31097, 1942년

정 들자 떠나가는 차이나 항구
병원선 뱃머리에 손을 흔들 때
붉은 불 푸른 불이 눈에 흐른다

군복을 벗어 놓고 흰옷을 입고
상처를 만지면서 흘러갈 적에
한 목숨 버린 동무 보고 싶구나

고향을 떠나온 지 몇 해 몇 천 리
죽어서 돌아가잔 맹세는 젖어
병원선 창문 아래 달빛을 본다

〈방랑극단〉

〈병원선〉

배[25]

조명암 작사, 金城聖泰 작곡

南쪽으로 떠나가는 汽船도 많소
北쪽으로 떠나가는 木船도 많소
汽船이나 木船이나 軍國의 武器
忠誠을 싫어가는 輪送船이오

暴風雨를 헤처가는 뱃머리외다
성낸파도 물리치는 뱃머리외다
쌍돗대나 고동이나 軍國의 武器
모든게 나랏님의 사랑이외다

장파만경 흔들리는 船窓의 등불
타오르는 불심지에 핏결이 있오
大東亞의 建設이란 큰 使命 아래
汽船도 木船도 키를 돌리오

---

25 『방송지우』, 1944. 3. 1.

배표를 사들고

가요곡, 조명암 작사, 박향림 노래, 오케 31076, 1941년

이별은 못할게드라 비오는 포구 꽃잎 지는 선창가
배표를 손에 쥐고 사이렌을 기다릴 때
꿈이인가 생시인가 눈 앞이 어둡다

맹서는 못할게드라 비 젖은 깃발 펄렁대는 뱃머리
곰방대 피워 물고 푸른 바다 바라보니
맹서는 부서지고 물새만 우지진다

사랑은 못할게드라 희망을 등진 사랑이란 물거품
인생은 싸움터다 꽃을 안고 웃어볼 제
한조각 구름에도 노래는 흘러간다

복덕장사

만요, 조명암 작사, 김영파 작곡, 김정구 노래, 오케 12236, 1939년

대추드렁 사려 대추드렁 사려
충청도 당대추 꿀맛이요 자
신랑 신부 잔치상에 이 대추를 쓸랴치면
옥동자가 한 쌍이요 귀동자가 한 쌍이요
장사하면 돈 잘 벌고 백년해로
언제든지 싸움 안 하고 살터이니
있을 적에 다들 사소
자 대추 대추 대추드렁 사려

고기드렁 사려 고기드렁 사려
명문산 고기가 꿀맛이요 자
아침저녁 진지 상에 이 고기를 들라시면
가내 태평 만수무강 봄 나비가 날아들어
딸을 보면 열녀 춘향 사위 보면 어진 낭군
옹기종기 있을 테니 있을 적에 다들 사소
자 고기 고기 고기드렁 사려

명태드렁 사려 명태드렁 사려
함경도 동명태 꿀맛이요 자
임 그리워 병났을 때 이 명태를 쓸랴치면
입 맛 있고 병이 낫소 살이 찌는 약이라오

잠 안 올 때 잠이 오고 속상할 때 맘 풀리고
이 병 저 병 나을 테니 있을 적에 다들 사소
자 명태 명태 명태드렁 사려

〈복덕장사〉

잠 안 올 때 잠이 오고 속상할 때 맘 풀리고
이 병 저 병 나을 테니 있을 적에 다들 사소

父母離別

가요곡, 조명암 작사, 김해송 작곡, 백년설 노래, 오케 31172, 1943년

산을 끼고 도는 길이 일백이십 리
물을 끼고 도는 길이 일백이십 리
군복을 떨쳐 입고 고향엘 가면
신 벗고 달겨드는 부모님이 반가워

부모님께 맹서하고 일백이십 리
처자에게 당부하고 일백이십 리
청노새 다시 몰아 다시 떠날 때
만나는 사람마다 그 인사가 고마워

저녁 노을 돌아보고 일백이십 리
고향 산천 돌아보고 일백이십 리
노새 등 안장머리 휘파람 치면
흥겨워 덜렁대는 청노새도 고마워

〈부모이별〉

北京의 달밤

유행가, 조명암 작사, 손목인 작곡, 김정구 노래, 오케 20018, 1940년

馬車에 흔들흔들 흔들거리며
새빨간 집웅 밋 지나가면서
웃음을 던저주는 北京 아가씨
열여덜 수집은 가슴 떨면서 매즌 사랑의
애련한 노래를 불너주고 갈 적엔
눈물에 방울이 운다

馬車에 흔들흔들 흔들거리며
쏫나무 그늘 밋 지나가면서
반지를 반짝이는 北京 아가씨
열여덜 애타는 가슴 남 몰래 매즌 사랑의
구슬픈 胡弓을 울녀주고 갈 적엔
城門에 달빗치 운다

馬車에 흔들흔들 흔들거리며
연지빗 등불 밋 지나가면서
귀고리 하늘대는 北京 아가씨
열여덜 꽃 피는 가슴 가만이 매즌 사랑의
불붓는 추파를 던저주고 갈 적엔
간열픈 앵무새 운다

분 바른 靑鳥

유행가, 조명암 작사, 박시춘 작곡, 남인수 노래, 오케 31010, 1940년

깨어진 색경(色鏡)으로 단장을 하며
목미어(메어) 울던 너는 밤거리 파랑새
날러간 그 고장이 날러간 그 고장이 어데란 말이냐
인도교 다리 아래 강물만 푸르다

깨어진 색경 우에 시를 써놓고
세상에 울던 너는 분 바른 파랑새
날러간 그 하늘이 날러간 그 하늘이 어데란 말이냐
두 줄을 못 읽어서 가슴이 맥(막)혔다

깨어진 색경 속에 울던 그 얼굴
색경은 어쩌다가 놓쳐를 보냈나
날러간 그 고장이 날러간 그 고장이 어덴 줄 안다면
달빛을 등에 지고 나 역시 가련다

〈분 바른 청조〉 광고(『매일신보』, 1940.12.29)

〈분 바른 청조〉

불 꺼진 停車場

유행가, 조명암 작사, 박시춘 작곡, 김남홍 노래, 오케 12202, 1939년

연분홍 손수건을 흔들어서 보냅니다
임 실은 밤차는 기적 소래 구슬퍼
거침없이 나리는 눈물 눈물
마지막 임을 잡고 목놓아 웁니다

(대사)
여 : 기어코 가십니까?
남 : 가야하겠소
여 : 야속합니다 당신이 속이었던 행복이란 이것입니까?
남 : 이 철없는 사람아, 속이다니 사랑하는 까닭에 이별도 눈물도 있는 것
이 아니오
여 : 몰라요 몰라요 그러나 당신은 내 마음의 태양 당신이 없는 세상은 캄
캄할 뿐입니다

연분홍 손수건이 빗물에 젖습니다
떠나갈 임이여 사랑만이 처량해
눈 녹듯이 스러진 맹서 맹서
창살에 떨어가며 쓰러져 웁니다

(대사)
남 : 아 기적이 울어요 부대 몸조심하시고

여 : 여보 이것이 마지막은 아니겠지요?

남 : 염려 마오 또 오리다

여 : 꼭 오세요 네 삼 년이고 오 년이고 기대리지요 오즉 당신 하나만을 기
대리니 부디 안녕히 임 실은 밤차는 한 많은 눈물 속에 사라져갑니다

연분홍 손수건이 한숨 속에 날립니다

갈 사람 가건만 나 혼자만 외로워

등불같이 꺼지는 사랑 사랑

불 꺼진 정거장에 쓰러져 웁니다

〈불 꺼진 정거장〉

불어라 쌍고동

유행가, 조명암 작사, 김해송 작곡, 남인수 노래, 오케 31003, 1940년

불어라 쌍고동아 이별의 사이렌아
이왕에 떠날 바엔 한시 바삐 가거라
연락선 난간 머리 발을 동동 구르며
몸부림치는 꼴은 몸부림치는 꼴은 안 보느니 못하다

뿜어라 검은 연기 이별의 긴 한숨을
할 말을 못할 바엔 하시 바삐 가거라
밤 항구 뜬 사랑에 눈물 줄줄 흘리며
흐득여 우는 꼴은 흐득여 우는 꼴은 안 보느니 못하다

저어라 손수건을 마지막 이별이다
내 마음 울릴 바엔 한시 바삐 가거라
배 난간 거머쥐고 가슴 탕탕 치면서
구슬피 섰는 꼴은 구슬피 섰는 꼴은 안 보느니 못하다

비 오는 上三峰

가요곡, 조명암 작사, 박시춘 작곡, 남인수 노래, 오케 31072, 1941년

잔별이 반짝이든 상삼봉 꼭대기
검정 구름 걸치더니 비가 오누나 비가 오누나
오는 비를 막을 손가 가는 사람을 말릴 손가
비오는 상삼봉은 이별의 고개

당나귀 울며 넘는 상삼봉 꼭대기
도라지 꽃피는 세월 봄철은 갔소 봄철은 갔소
가는 날짤 말릴 손가 오는 사람을 마달 손가
비오는 상삼봉은 정든 님 고개

뻐꾹새 숨어 우는 상삼봉 꼭대기
방울소리 처량하게 넘어 가누나 넘어 가누나
이별 설워 우는 거냐 비가 온다고 우는 거냐
해 저문 상삼봉에 청노새 간다

〈불어라 쌍고동〉

〈비 오는 상삼봉〉

비둘기 소식

신민요, 조명암 작사, 김영파 작곡, 이화자 노래, 오케 31133, 1942년

달도나 밝다 계명 산천 풀뿌리 피리를 불어나 보세
가리나 가리나 못 갈 바엔 임 오실 고개 십 년 고개
두리둥둥 둥실둥실둥실 두리둥둥 둥실둥실둥실
두리두리두리둥둥둥 성화로구나

달도나 밝다 호남 천리 한 쌍의 비둘기 날려나 보세
고향에 살림은 염려 말고 잘 되어 오시는 소식을 전해
두리둥둥 둥실둥실둥실 두리둥둥 둥실둥실둥실
두리두리두리둥둥둥 성화로구나

달도나 밝다 삼경 오경 창문을 열고서 길쌈을 하세
임에게 띄웠던 일편단심 비둘기 소식을 기다려 보세
두리둥둥 둥실둥실둥실 두리둥둥 둥실둥실둥실
두리두리두리둥둥둥 성화로구나

悲戀의 出發

유행가, 조명암 작사, 박시춘 작곡, 이인권 노래, 오케 12247, 1939년

아 잘 있거라 아 나는 간다
발버둥치는 네 마음을 낸들 어이 모르랴
운명이란 쇠사슬에 울다가 웃었다가
얽힌 내 사랑 응응
뜨내길 믿으면 소용 있느냐

아 울지 마라 아 나는 간다
치맛자락에 눈물 싣고 나를 보며 웃어라
세월이란 물결 속에 뜨다가 잠겼다가
흘러가는 목숨 응응
마지막 이별에 웃고 말리라

四角봉투

유행가, 조명암 작사, 박시춘 작곡, 장세정 노래, 오케 12259, 1939년

낯 설은 사각봉투 받어 든 손이
웬일일까 가슴에서 흔들립니다
아는 듯 모르는 듯 아는 듯 모르는 듯
호랑나비만 사각봉투 겉을 보고
멋나게 춤을 추네

개나리 울타리에 혼자 숨어서
수군대는 가슴속에 편지를 안고
끝없이 울고 싶은 끝없이 울고 싶은
마음의 연민 꽃을 보고 웃음 짓는
열 일곱 시름

바람에 흩어지는 개나리 꽃잎
웬일일까 가슴 우에 안겨듭니다
보슬비 부는 소리 보슬비 부는 소리
꿈같은 봄날 봉투 머리
입에 물고 꿈을 꿉니다

〈비련의 출발〉

〈사각봉투〉

沙工의 딸

유행가, 조명암 작사, 박시춘 작곡, 이난영 노래, 오케 20008, 1940년

자개돌 집어던진 강물 우에는
달빛만 깨어지고 마음만 상해
믿지를 말아야지
믿는 나만 속는 걸 믿지를 말아야지

달무리 지는 밤은 가슴도 흐려
물 우에 소리 없이 나리는 눈물
울지를 말아야지
우는 나만 슬픈 걸 울지를 말어야 해

조각배 띄워놓고 홀로 앉아서
못 오는 그 사람을 원망하느니
만나지 말아야지
만나며는 속상해 만나질 말아야 해

사나희 幸福

가요곡, 조명암 작사, 이봉룡 작곡, 이인권 노래, 오케 31074, 1941년

故鄕길 뒤에 두고 一萬키로다
蓮꽃 피는 滿洲에 굴너온 이 몸
돈도 업고 地位도 나는 업다만
팔을 것고 해볼테다 사나희 맹서

잘 사고 못 사는 게 자랑일소냐
풀은 한울 천정엔 해가 걸넛다
香기로운 大地에 흙을 안고서
우서보는 젊은 몸이 내 財物이다

타고난 알몸뚱이 검은 가슴에
붉은 蓮꽃 안고서 노래 불으면
滿洲 벌판 地平線 저녁 햇발이
어머님의 손끗처럼 눈물 겨웁다

사랑 郎君

신민요, 조명암 작사, 김영파 작곡, 이은파 노래, 오케 12260, 1939년

달이 떴네 별이 떴네 내 가슴에 임이 떴네
왈랑 절렁 왈랑 절렁 왈랑 절렁 왈랑 절렁
청노새를 몰아 몰아 몰아
서낭당에 절하고 고개 고개 넘어 넘어 넘어 갑니다

가며 십 리 오며 백 리 꿈속에는 지척일세
왈랑 절렁 왈랑 절렁 왈랑 절렁 왈랑 절렁
청노새야 가자 가자 가자
안장 머리 술병 달고 고개 고개 고개 넘어 넘어 넘어 갑니다

비가 오나 눈이 오나 병이 들면 갈 수 없네
왈랑 절렁 왈랑 절렁 왈랑 절렁 왈랑 절렁
청노새는 갈래 갈래 갈래
방울 걸어 포승 달고 고개 고개 고개 넘어 넘어 넘어 갑니다

TRADE OKEH MARK
Okeh
[濟付納]
20007
(K1180)
流 行 歌
沙 工 의 딸
趙 鳴 岩 作 詩   朴 是 春 作 編 曲
獨 唱 李 蘭 影
伴 奏 오 케 오 ― 게 스 트 라
MADE IN JAPAN TEIKOKU GRAMOPHONE CO., LTD. NARA

〈사공의 딸〉

K Okeh
Okeh Record
12260
(K1055)
新 民 謠
사 랑 郎 君
趙 鳴 岩 作 詩   金 玲 波 作 曲   孫 牧 人 編 曲
獨 唱 李 銀 波
伴 奏 오 케 오 ― 게 스 트 라
[濟付納]
MADE IN JAPAN TEIKOKU GRAMOPHONE CO., LTD. NARA

〈사랑 낭군〉

사랑은 가시밭

유행가, 조명암 작사, 박시춘 작곡, 이난영 노래, 오케 12140, 1938년

한바탕 울어볼까 한바탕 웃어볼까
사랑이란 쓰디쓴 한잔 술이냐
모르고 마신 술에 입맛이 쓰다
입맛이 쓰다

한바탕 속아볼까 한바탕 속여볼까
사랑이란 한 개피 성냥불이냐
불붙는 가슴속에 마음이 탄다
마음이 탄다

한바탕 사정할까 한바탕 떼나 쓸까
사랑이란 꽃 피는 가시밭이냐
모르고 달려들어 울고 말았다
울고 말았다

사랑은 불사조

유행가, 조명암 작사, 박시춘 작곡, 이인권 노래, 오케 20033, 1940년

가슴을 치며 탄식을 해도
하룻밤에 그러진 사랑이란 어리석은걸
울며 보낸 사랑의 눈물 흔적 얼룩이 진
책상을 바라보며 울고 말았소

울어를 보나 웃어를 보나
찢어진 창문에는 찬바람만 불어드는걸
미련 터진 사랑의 식은 불을 헤쳐가며
내 어이 이다지도 속을 태우나

둘러보아도 찾아보아도
떠나간 정든 님은 이래저래 마지막인 걸
믿으랄 때 냉정튼 내 마음을 원망하며
내 어이 이다지도 눈물 지우나

사랑의 파지장

가요곡, 조명암 작사, 이봉룡 작곡, 최병호 노래, 오케 31067, 1941년

내 故鄕 浦口에는 海棠花가 피여서
새파란 치마 입은 섬색시지 나간다
갈맥이 나라드는 波止場의 거리를
사랑의 꿈을 안고 거러가지 안켓나

(이하 누락)

사면초가 四面楚歌

가요곡, 조명암 작사, 박시춘 작곡, 최병호 노래, 오케 31124, 1942년

목통소 한 곡조에 고향 땅이 그리워
강동 자제 팔 천 군사 흩어졌느냐
우미인 잘 있거라 낸들 어이할소냐
억팔산 항우련들 응 응 내 어이할소냐

바람에 지는 낙화 이 마음을 알소냐
돌아서는 말안장에 갑옷이 운다
우미인 잘 있거라 낸들 어이 할소냐
초패왕 항우련들 응 응 내 어이할소냐

山東 아가씨

가요곡, 조명암 작사, 이봉룡 작곡, 장세정 노래, 오케 31078, 1941년

해점은 거리에 꽃파는 아가씨
故鄕을 물으면 山東이라네
눈瞳子가 쌈박 쌈박 사랑스런 속눈섭
아 어여뿐 洋蘭온(?) 山東 아가씨

(이하 누락)

〈산동 아가씨〉

山念佛

민요, 조명암 보사, 이화자 노래, 오케 31034, 1941년

나무아미 타불이야 염불이로구나
산에 올나 옥을 캐니 일홈이 조와서 산옥이냐
간밤 꿈에 꿈 조트니 님에게서 편지가 왔네

인철지 한 장은 무겁지는 안컷만
가슴 답답해 못 사리라

백구야 거겅충 날지를 마라
너를 잡을 내가 아니다

원수로다 원수로다 정든 님이 원수로다

산호빛 하소연[26]

유행가, 조명암 작사, 박시춘 작곡, 이난영 노래, 오케 12113, 1938년

산호빛 석양 하늘 저물어가는 들창에
죄 없는 옷고름만 물어뜯으며
두 눈이 빠지도록 기다린 사람아
어쩌면 새벽에 오신단 말이요
에이 여보 에이 여보 에이 여보

울리고 가시랴면 차라리 오질 말아요
만나자 이별이란 차마 못할 일
하룻밤 한 자리에 할 말도 많은데
어쩌면 보자마자 가신단 말이요
에이 여보 에이 여보 에이 여보

구겨진 옷소매로 넘치는 눈물 씻으며
죄 없는 붉은 입술 물어뜯건만
남의 속 몰라주는 무정한 사나이
어쩌면 사내 속이 그렇게 좁은가
에이 여보 에이 여보 에이 여보

---

26 당시의 광고를 위시한 다른 자료에는 이 노래의 제목이 〈산호빛 하소연〉이라 적혀있으나, 음
    반에는 〈산홍빛 하소연〉이라 적혀 있다.

〈산홋빛 하소연〉 광고(『동아일보』, 1938.4.12)

〈산홋빛 하소연〉

살낭 春風

유행가, 조명암 작사, 박시춘 작곡, 이화자 노래, 오케 20026, 1940년

살낭 살낭 살낭 살낭 향기 실은 봄바람아
꿈을 꾸는 님 가슴에 내말 전해 주렴으나
꽂을 안고 한숨 지며 님 그리워 못산다고
애 말으는 내 하소를 전해 전해 주렴으나

살낭 살낭 살낭 살낭 작난군인 봄바람아
검은 눈섭 날여 감은 님의 눈을 띄워다오
사랑한단 말만으론 미들 바이 망연타고
가슴 타는 내 마음을 전해 전해 주렴으나

살낭 살낭 살낭 살낭 使슈 같은 봄바람아
올가 말가 망서리는 님의 품에 부러다오
일각대문 기대 서서 님 오기만 바란다고
변함 업는 내 마음을 전해 전해 주렴으나

삽살개 打鈴

신민요, 조명암 작사, 김영파 작곡, 이화자 노래, 오케 12265, 1939년

개야 개야 삽살개야 삽살개야 삽살개야
가랑잎만 벗석해도 짖는 개야
청사초롱 불 밝히고 정든 님이 오시거든
개야 개야 삽살개야 개야 개야 삽살개
이 가이 짖질 마라

개야 개야 검둥개야 검둥개야 검둥개야
독수공방 잠 안 올 때 짖는 개야
백마금편 말을 몰아 정든 님이 오시거든
개야 개야 검둥개야 개야 개야 검둥개
이 가이 짖질 마라

개야 개야 삽살개야 삽살개야 삽살개야
팔베개로 꿈꿀 때에 짖는 개야
산정 파한 그리운 님 남모르게 오시거든
개야 개야 삽살개야 개야 개야 삽살개
이 가이 짖질 마라

상록의 거리

유행가, 조명암 작사, 이봉룡 작곡, 남인수 노래, 오케 31045, 1941년

常綠樹 그늘에는 풀내 실은 바람결
명랑한 휘파람에 젊은 가슴 뛰논다
만나잔 約束이라 茶집으로 가면은
초록빗 窓문 앞에 아 피엿다
음 아마리리스[27]

만나면 반가웁고 헤어지면 서러워
해 저문 정거장에 손짓하는 아가씨
별빛도 서러우면 □□□□ 이 거리
□□□ 돌아서면 아 슬프다
음 아베마리아

거리의 그믐달은 아가씨□□□□
□□□ 앵무새는 콧노래를 부른다
□□□□□ 보는 안타까운 마음이
빛나는 꿈을 불러 아 □□다
음 상록의 거리

---

27 아마리리스는 아마릴리스(Amaryllis)로 수선화과에 속하는 꽃이다.

西歸浦 七十里[28]

신가곡, 조명암 작사, 박시춘 작곡, 남인수 노래, 오케 31167, 1937년(1943년)

바닷물이 철석철석 모래 젖는 서귀포
진주 캐던 아가씨는 어데로 갔나
자개알도 그리워라 쌍돛대도 그리워
서귀포 칠십 리에 물새만 운다

자개알이 철석철석 물에 젖는 서귀포
조개 줍던 아가씨는 어데로 갔나
저녁달도 그리워라 저녁별도 그리워
서귀포 칠십 리에 황혼이 진다

28　조명암, 「금지된 가요」, 『통일신보』, 1988. 3. 30. 조명암이 작사한 〈서귀포 칠십 리〉는 이후에
　　여러 번 개사 과정을 거치는 바람에 원곡 가사와 발매 연도가 정확하지 않다. 앞으로 이에 대한
　　연구가 필요하다. 일단 여기서는 몇 가지 가사를 제시하기로 한다. 아울러 음반에는 西歸浦를
　　西歐浦라 표기하였음을 밝혀둔다.

〈삽살개 타령〉

〈서귀포 칠십 리〉

西歸浦 七十里[29]

신가곡, 조명암 작사, 박시춘 작곡, 남인수 노래, 오케 31167, 1937년(1943년)

바닷물이 철석철석 파도치는 서귀포
진주 캐던 아가씨는 어데로 갔나
휘파람도 그리워라 뱃노래도 그리워
서귀포 칠십 리에 황혼이 온다

금비늘이 반작반작 물에 뜨는 서귀포
미역 따던 아가씨는 어데로 갔나
금조개도 그리워라 물파레도 그리워
서귀포 칠십 리에 별도 외롭네

진주알이 아롱아롱 꿈을 꾸는 서귀포
전복 따던 아가씨는 어데로 갔나
물새들도 그리워라 자개돌도 그리워
서귀포 칠십 리에 물안개 곱네

---

29 김평윤, 『평화와 건반』, 제주문화, 2004, 225~226쪽. 김평윤은 〈서귀포 칠십 리〉가 1937년에
발매되었다고 하나, 음반 번호상으로는 1943년이 맞는 것으로 보인다.

西歸浦 七十里[30]

신가곡, 조명암 작사, 박시춘 작곡, 남인수 노래, 오케 31167, 1937년(1943년)

바닷물이 철석철석 파도치는 서귀포
진주 캐는 아가씨는 어데로 갔나
휘파람도 그리워라 뱃노래도 그리워
서귀포 칠십 리에 물새가 운다

자개돌이 철석철석 물에 젖는 서귀포
빨내하는 아가씨는 어데로 갔나
저녁달도 그리워라 새벽별도 그리워
서귀포 칠십 리에 황혼이 왔다

모래알이 철석철석 소리치는 서귀포
굴을 캐는 아가씨는 어데로 갔나
모래알도 그리워라 자개돌도 그리워
서귀포 칠십 리에 맹서가 졌다

---

30 김봉명, 「서귀포 칠십 리」, 『영화시대』, 1948년 9월호.

서생원 일기

가요곡, 조명암 작사, 김해송 작곡, 김정구 노래, 오케 31111, 1942년

어제는 경기 개명 찾아갔건만
오늘은 임진강에 떨어진 선비
알성급제 푸른 꿈은 어데로 가고
눈물만 흘리는고 고향 가는 서생원

행화촌 저문 날에 노새는 운다
아가씨 선물 가득 받은 쌈지도 운다
견마잽이 하인들은 어데로 가고
병풍의 꽃잎만이 가는 길을 막는고

주막집 초롱불도 서러울 게요
성주 님 보기에도 무안할 게요
글방 공부 십 년 공부 어데로 가고
헛타방(?) 치고 가나 가엾어라 서생원

서울 노래(개작 전)[31]

유행가, 조명암 작사, 안일파 작곡, 채규엽 노래, 콜롬비아 40508, 1934년 개사

한양성 옛 터전 옛날이 그리워라
무궁화 가지마다 꽃잎이 집니다

한강 물 풀은 줄기 오백 년 꿈이 자네
앞 남산 봉홧불도 꺼진 지 오랩니다

(누락)
종소리 스러진 밤 나그네가 웁니다

밤거리 서울 거리 네온이 아름답네
가로수 푸른 잎에 노래도 아리랑

사롱 레스토랑 술잔에 띄운 꽃잎
옛날도 꿈이어라 추억도 쓰립니다

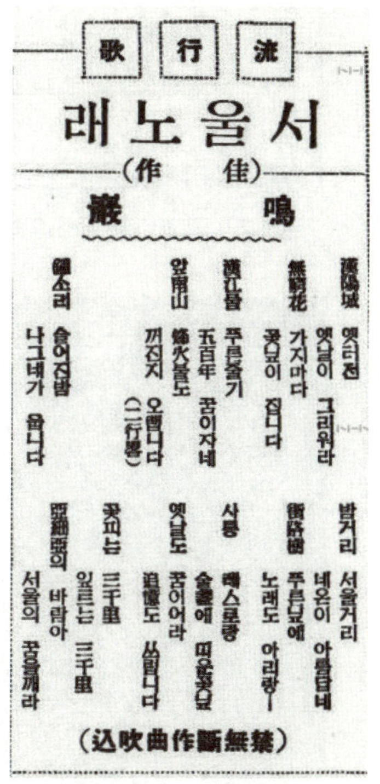

---

31 〈서울노래〉는 1934년, 『동아일보』의 신춘문예 현상 모집에서 당선작 없이 가작으로 선정된
곡이다. 『동아일보』 1934년 1월 3일자에 〈서울 노래〉의 원 가사가 실려 있으며, 총 6절에서 3
절의 첫 줄은 누락되어 있다.

〈서울 노래〉 광고(『동아일보』, 1934.4.20)

〈서울 노래〉

서울 노래(첫 번째 개작)[32]

유행가, 조명암 작사, 안일파 작곡, 채규엽 노래, 콜롬비아 40508, 1934년

한양성 옛 터전 옛날이 그리워라
무궁화 가지마다 꽃잎이 집니다

한강 물 풀은 줄기 오백 년 꿈이 자네
앞남산 봉홧불도 꺼진 지 오랩니다

밤거리 서울거리 네온이 아름답네
가로수 푸른 잎에 노래도 아리랑

사롱 레스토랑 술잔에 띄운 꽃잎
옛날도 꿈이어라 추억도 쓰립니다

---

32 『삼천리』 1936년 4월에 수록된 금지곡 목록에서 〈서울 노래〉를 찾을 수 있었다. 금지 이유는
'치안 방해'이고 1934년 4월 19일에 금지곡 처분을 받은 것으로 기록하고 있다. 첫 번째 개작된
〈서울 노래〉가 1934년 5월 신보로 소개된 정황을 볼 때, 첫 번째 개작된 〈서울 노래〉는 아예
발매조차 안 된 것으로 추측하였다. 하지만 『오빠는 풍각쟁이야―대중가요로 본 근대의 풍경』
(장유정, 민음in, 2006, 283쪽)이 발간되고, 개작 전의 〈서울 노래〉 음반을 갖고 계신 분의 도움
으로 첫 번째 개작한 〈서울 노래〉가 잠시나마 발매되었던 것을 확인하였다.

서울 노래(두 번째 개작)

유행가, 조명암 작사, 안일파 작곡, 채규엽 노래, 콜롬비아 40508, 1934년

한양성 옛 터에 종소리 슴여들어
나그네 가슴에도 놀애가 설입니다

한강 물 풀은 줄기 말업시 흘러가네
쳔만년 두고 흘을 서울의 꿈이런가

밤거리 서울거리 네온이 아름답네
가로수 풀은 닙에 놀애도 아리랑

꼿피는 한양성 닙 트는 서울거리
압 남산 피는 구름 서울의 넉이런가

서울 쌕루스

유행가, 조명암 작사, 손목인 편곡, 이인권 노래, 오케 12272, 1939년

울지를 마러다오 離別의 이 밤
울기을 시작하면 싓이 업다
리라의 꽃닙지는 들창 밋헤
마즈막 손목을 잡고
바라보는 달빗 속에 얽크러지는 애달픈 생각
두 번 다시 맛날소냐 서울의 거리 밤거리에서

애달픈 멜로듸의 쌔르스에
가슴이 춤을 추는 靑春의 꿈
눈물이 얼눅이 진 이 한밤엔
발빗 어린 거리에서 헤여를 지고 도라슨 마음
두 번 다시 니즐소냐 그대와 맛난 서울의 거리

"

西窓의 밤 눈물

유행가, 조명암 작사, 박시춘 작곡, 이난영 노래, 오케 K5021, 1940년

서창을 쓸어 덮는 빗발은 웬일이냐
침침칠련 등잔불을 우두머니 바라보며
한 많은 임 생각에 내 가슴이 뚫어졌다

덧문을 뒤흔드는 바람은 웬일이냐
단칸방에 홀로 누워 홑이불을 쓸어안고
야속한 옛 생각에 내 청춘이 시들었다

벼개(베개)에 헝클리는 머리는 설움이냐
독수공방 싸늘한 벽 임인 듯이 때려보며
못 잊을 내 사랑에 내 마음이 창이 났다

〈서창의 밤 눈물〉

선창

유행가, 조명암 작사, 김해송 작곡, 고운봉 노래, 오케 31055, 1941년

울려고 내가 왔던가 웃을려고 왔던가
비린내 나는 부둣가엔 이슬 맺힌 백일홍
그대와 둘이서 꽃씨를 심던 그날도
지금은 어데로 갔나 찬비만 나린다

울려고 내가 왔던가 웃을려고 왔던가
울어본다고 다시 오랴 사나이의 첫 순정
그대와 둘이서 희망에 울던 항구를
웃으며 돌아가련다 물새야 울어라

울려고 내가 왔던가 웃을려고 왔던가
추억이나마 건질 건가 선창 아래 구름을
그대와 둘이서 이별에 울던 그날도
지금은 어디로 갔나 파도만 묻힌다

설움의 고개

유행가, 조명암 작사, 박시춘 작곡, 박향림 노래, 오케 31011, 1941년

붉으□ 꽃이 피는 고개 넘어로
오늘도 넘어간다 선□저고리
눈물을 샘키면서 돌아온 길은
설마에 속아 속아 넘어를 간다

(이하 누락)

설중화

가요곡, 조명암 작사, 김해송 작곡, 백년설 노래, 오케 31106, 1942년

눈 나리는 경부선은 육로라 천리
밤을 새는 유리창엔 눈꽃이 폈소

간밤에는 꿈속에서 고향을 가고
이 한 밤은 팔벼게로 눈을 감으리

춘하추동 사시절을 돌다보면은
찬바람에 피어나는 꽃을 볼거요

울다 보면 사나이의 뜨거운 가슴
얼음장도 불이 붙는 희망이 있소

섬색시

신민요, 조명암 작사, 손목인 작곡, 김연월 노래, 오케 1760, 1935년

黃昏이 차저들면 먼바다도 흐려지고
燈台불이 켜지면 간 옛날이 그리워

바닷가 모래불에 海棠花야 닙히 지네
날아드는 꼿닙헤 눈물 씨서 봅니다

섬색시 울고 가면 바다물만 슬읏슬읏
기다리다 간 자최 발자욱이 뭇치네

세상은 요지경

만요, 조명암 작사, 박시춘 작곡, 김정구 노래, 오케 12203, 1939년

요지경속이다 요지경 속이다
세상은 요지경 속이다
생글 생글 생글 생글 아가씨 세상
벙글 벙글 벙글 벙글 도련님 세상
애 애 야들아 내 말 좀 듣거라
얼굴이 잘 나면 잘나서 살고
못난 사람은 제 멋에 산다
얼싸 음마 둥개 둥개 아무렴 그렇지 둥개 둥개

싸구려 판이다 싸구려 판이다
세상은 싸구려 판이다
찰랑 찰랑 찰랑 찰랑 막걸리 술잔
지글 지글 지글 지글 매운탕 안주
애 애 야들아 내 말 좀 듣거라
곱배기 한 잔에 웃음이 가득
삼팔 수건에 추파가 온다
얼싸 음마 둥개 둥개 아무렴 그렇지 둥개 둥개

물방아 속이다 물방아 속이다
세상은 물방아 속이다
둥글 둥글 둥글 둥글 뜨내기 사랑

생글 생글 생글 생글 숫배기 사랑
애 애 야들아 내 말 좀 듣거라
홀애비 사정은 과부가 알고
처녀 사정은 총각이 안다
얼싸 음마 둥개 둥개 아무렴 그렇지 둥개 둥개

松花江 썰매

유행가, 조명암 작사, 송희선 작곡, 권명성 노래, 오케 K5010, 1940년

갈바람에 썰매는 간다 백운색 벌판을
몰아치는 젊은이 정열 버릴 곳 어데냐
지난밤은 목단강 술집 오늘은 송화강변
얼어터진 이 가슴속에 뿌린 술이다

눈바람을 헤치고 간다 썰매는 떠난다
피가 끓는 젊은이 사랑 버릴 곳 어데냐
흥안령에 파묻힌 꽃은 새봄을 기다려도
내 청춘은 추억 속에 묻힌 가랑잎

얼음 강판 썰매는 간다 무연한 송화강
저 하늘이 끝닿은 곳은 시베리아다
웨카 술엔 취할지라도 희망은 구름 깃발
얼어터진 이 가슴속에 몸부림친다

〈송화강 썰매〉 광고(『매일신보』, 1940.9.29)

〈송화강 썰매〉

수박 行商

만요, 조명암 작사, 손목인 작곡, 김정구 노래, 오케 12265, 1939년

(야 이건 참 싸구나)

자 둥글둥글 수박이로구려 자

자 둥글둥글 수박이로구려 자

먹기 좋은 수박이요 보기 좋은 수박이요

노인네가 잡수시면 둥글둥글둥글 젊어지고

처녀 총각 잡수시면 둥글둥글둥글 사랑일세

자 싸구려 싸구려 싸구려 (야 이건 참 싸구나)

둥글둥글 둥글둥글 먹기 좋은 수박이로구려

자 둥글둥글 수박이로구려 자

자 둥글둥글 수박이로구려 자

무르녹는 수박이요 냄새 좋은 수박이요

목 마를 때 잡수시면 둥글둥글둥글 시원하고

출출할 때 잡수시면 둥글둥글둥글 배가 불러

자 싸구려 싸구려 싸구려 (야 이건 참 침 넘어 가누나)

둥글둥글 둥글둥글 둥글게 사는 수박이로구려

(야 이건 참 싸구나)

자 둥글둥글 수박이로구려 자

자 둥글둥글 수박이로구려 자

어른에겐 어른 수박 아이에겐 아이 수박

우락부락 잡수시면 둥글둥글둥글 아들 낳고
야금야금 잡수시면 둥글둥글둥글 딸을 낳고
자 싸구려 싸구려 싸구려 (야 이건 참 침 넘어 가누나)
둥글둥글 둥글둥글 익살맞은 수박이로구려

〈수박 행상〉

수선화

유행가, 조명암 작사, 박시춘 작곡, 남인수 노래, 오케 31019, 1941년

푸른 연기에 한숨을 싣고
흘러라 파이푸야 사랑은 가고
추억만이 숨을 쉰다
아 아 한 송이 수선화가
한 송이 수선화가 서글픈 이 밤

달빛을 잃은 안개 낀 거리
울어라 휘파람아 옛날은 가고
생각만이 안타까운
아 아 시들은 수선화가
시들은 수선화가 애달픈 이 밤

〈수선화〉

순정과 운명

유행가, 조명암 작사, 박시춘 작곡, 이인권 노래, 오케 12264, 1939년

나는 나요 너는 너다
한번 변한 사람에는 용서도 눈물도 부질없다
오냐 오냐 내 청춘이 눈이 멀어
내 마음을 몰랐구나 몰랐구나

나는 나요 너는 너다
두 번 안볼 이별에는 원망도 하소도 헛수고다
오냐 오냐 내 사랑이 뜨내기다
내 순정을 버렸구나 버렸구나

나는 나요 너는 너다
원수처럼 갈 바에는 인정도 사정도 모른 체다
오냐 오냐 내 마음이 무정해서
내 사랑이 깨졌구나 깨졌구나

純情 特急

유행가, 조명암 작사, 김해송 작곡, 박향림 노래, 오케 20003, 1939년

님을 차저 간다는 것도 새쌀간 거짓말
고향 그려 간다는 것도 새쌀간 거짓말
짓밟힌 純情의 압흔 가슴 달내고저
지향 없이 急行列車에 몸을 실고 갑니다

옛날 그려 운다는 것도 새빨간 거짓말
사랑 그려 운다는 것도 새빨간 거짓말
父母도 兄弟도 생사 離別 외로운 몸
落水 갓흔 눈물 뿌리며 까닭 없이 웁니다

분홍 얼골 좃타는 것도 새쌀간 거짓말
하얀 손길 좃타는 것도 새쌀간 거짓말
꼿닢에 매즌 꿈 落葉 속에 시들바엔
허수아비 사랑 버리고 정처 없이 갈태야

슬기찬 천리마

유행가, 조명암 작사, 손목인 작곡, 남인수 노래, 오케 20019, 1940년

□□□는 미풍에 웃어라 청춘
해맑은 청공에는 희망이 빛난다
슬기찬 천리마야 달려라 달려
아세아 심장에는 피가 끓는다

우쭐대는 꽃바람 불러라 청춘
열정의 대지에는 사랑이 뜨겁다
슬기찬 천리마야 뛰어라 뛰어
□□의 아가씨가 손짓을 한다

태산 □□ 준령을 넘어라 청춘
희망의 코스에는 영광이 빛난다
슬기찬 천리마야 불러라 불러
폭풍의 밤이 가고 날 새는 아침

〈슬기찬 천리마〉

신접살이 풍경

유행가, 조명암 작사, 대구보덕이랑(大久保德二郎) 작곡, 남인수 · 이난영 노래, 오케 12165, 1938년

(여보 아이 참 이거 봐요 아 여보)

(여) 요사이 당신 맘을 알았습니다

어쩌면 그다지도 냉정합니까

당신의 그 마음이 변해가지요

그렇지요 (몰라) 그렇지요 (듣기 싫어) 아 야속합니다

그다지도 냉정하신 당신인 줄 몰랐습니다

(남) 오히려 야속해진 내 맘이외다

오늘도 어저께도 듣는 것이란

임자의 이해 없는 잔소리외다

그렇지 뭐 (몰라요) 그렇지 뭐 (몰라요 몰라) 아 쓸 데 없구나

조금 더 재미있는 임자인 줄 알았건마는

(대사)

(여) 암 그러겠지요. 나야 별 수 없는 여자이니까 미안합니다

(남) 뭐야 다시 한 번 더 말해 봐

(여) 흥 얼마든지 말하지요 나는 교양도 없고 이해도 없는 못난이

당신은 훌륭한 신사이니까 나 같은 여자야 뭐 소용 있나요

쓸 데 없죠 쓸 데 없죠 쓸 데 없죠

(남) 듣기 싫어 왜 떠들어

(여) 아이 속상해 잉

울리며 울리면서 싸운 다음엔
언제나 눈물 우에 떠도는 웃음
싸우면 싸울사록 정이 든다네
용서해요 (천만에) 용서해요 (용서하우) 아이고 부끄러워라
부부의 싸움이란 안타까운 꿈이랍니다

〈신접살이 풍경〉

쌍도라지 고개

신민요, 조명암 작사, 박시춘 작곡, 이은파 노래, 오케 12218, 1939년

쌍도라지 고개는 늴리리 고개
모본단 댕기가 넘나를 든다 늴리리야
늴리리 늴리리 늴리리야
물명주 치마가 날 부르네

도라지를 캐자고 넘어를 가면
광주리 한 반쯤 눈물이 찬다 늴리리야
늴리리 늴리리 늴리리야
남의 집 총각이 소용 있나

넘어가면 삼십 리 도라지 고개
만나자 이별에 발병이 난다 늴리리야
늴리리 늴리리 늴리리야
뒤뚱 뒤뚱 내(?) 낭군님

〈쌍도라지 고개〉 광고(『매일신보』, 1939.2.25)

〈쌍도라지 고개〉

雙頭馬車

가요곡, 조명암 작사, 김해송 작곡, 박향림 노래, 오케 31184, 1943년

桃花色 고□□□ 꽃을 흔들며
窓막을 내다보는 雙頭馬車야
어서 가자 어서 가자 저 山川 저 들판
님에 게신 碑石 아래 꽃을 받히자

꽃 보고 물어볼까 거룩한 사랑
梅花를 실고가는 雙頭馬車야
어서 가자 어서 가자 저 하늘 저 언덕
님이 게신 草木 아래 꽃을 피우자

強い心の 花なれば
赤い血潮の 花と散ろ
走れよ 靑馬車 月の夕ペ
□香 あ□たゃ あのひと□

쓸쓸한 여관방

유행가, 조명암 작사, 박시춘 작곡, 박향림 노래, 오케 20011, 1940년

가슴을 파고드는 싸늘한 바람에
여관방 등잔불이 음 가물거린다
창틈을 새어드는 음 휘파람 소리에
아 아 타향의 그 누구가 타향의 그 누구가
나를 울리나 나를 울리나

때 묻은 벼개 머리 생각은 어리고
추억에 자즈러진 음 가슴은 아파
천장을 바라보는 음 검은 눈 속에
아 아 어느덧 아롱지는 어느덧 아롱지는
피눈물이여 피눈물이여

지새는 밤안개가 창문을 스치면
사랑에 목이 메는 음 가슴도 흐려
턱없이 시달리는 음 젊은 꿈속에
아 아 그리워 고향 길은 그리워 고향 길은
멀고 멀구나 멀고 멀구나

아가씨 讀本

유행가, 조명암 작사, 손목인 작곡, 장세정 노래, 오케 12259, 1939년

남저고리 방물치마 모양을 내고
그리운 그 사람과 그리운 그 사람과 나란히 서서
호젓한 거리 거리 호젓한 거리 거리 가고 싶은 맘
마음이 어째서 어리대요
어머니 아버지도 눈이 어두워

아지랑이 아른아른 가슴도 아른
마음이 가는 곳은 마음이 가는 곳은 꽃피는 거리
무엇이 그리운지 무엇이 그리운지 애 타는 속을
그 사정을 왜 글쎄 모른대요
할머니 할아버지 속이 상해요

개나리를 꺾어 쥐고 웃어보다가
나비를 따라가면 나비를 따라가면 부러운 장미꽃
그리운 그 사람을 그리운 그 사람을 만나보고 싶은
내 생각이 어째서 어린애예요
언제나 어린애로 취급하지요

〈아가씨 독본〉 광고(『매일신보』, 1939.7.26)

〈아가씨 독본〉

아가씨 위문

가요곡, 조명암 작사, 이봉룡 작곡, 장세정 노래, 오케 31158, 1943년

□□노쿠 花분 속에 난초 심어
□□□는 春四月이 오면은
꼿송이의 마음 담고 풀은 닙헤 글을 써서
千里 戰線 가신님께 慰問으로 보내오리

(2절은 일본어 가사―판독 불가)

(3절은 한국어 가사―판독 불가)

아내의 倫理[33]

주제가, 조명암 작사, 김해송 작곡, 이난영 노래, 오케 31071, 1941년

한 많게 粉발으는 밤거리에서
참사랑을 직혀가는 연분홍치마
한시름 우는 것도 이 밤뿐이요
來日은 푸른 한울 幸福의 世上

(이하 누락)

---

33 영화 〈아내의 윤리〉(1941)의 주제가이다.

아들의 血書

가요곡, 조명암 작사, 박시춘 작곡, 백년설 노래, 오케 31093, 1942년

어머님 전에 이 글월을 쓰옵노니
兵丁이 되온 것도 어머님 恩惠
나라에 밧친 목숨 還故鄕 하올 적엔
쏘다지는 敵彈알에 죽어서 가오리다

어제는 曠野 오는날은 山峽 千里
軍馬로 鐵수레도 끗업시 가는
넓은 땅 數千 里에 進軍의 길은
우리들의 피와 쎠로 빗나는 길입니다

어머님 전에 무슨 말을 못하릿가
이 아들 보내시고 日久月深에
이 아들 축원하사 기다리실 제
이 얼골을 다시 보리 생각은 마옵소서

아름다운 花園

주제가, 조명암 작사, 박시춘 작곡, 박향림 노래, 오케 31192, 1943년

당신의 선물이요 어린 꽃이요
폭풍우 맞을 세라 가슴에 안고
봄날을 기다리는 아내의 이맘
아셨나 모르셨나 아득한 천리

그리움 그대 음성 그대의 말씀
그 마음 그 부탁을 잊으오리까
아내는 굳세이게 살겠사오니
나라에 바치실 몸 조심하소서

아리랑 三千里

신민요, 조명암 작사, 김영파 작곡, 이화자 노래, 오케 31017, 1941년

두견화 피며는 오마던 님
두견새 울어 울어도 왜 아니 오나
세월아 네월아 가지를 마라
아리랑 삼천리 꽃 떨어진다

알뜰한 사람을 보고 싶고
금강산 팔만구암자 불공을 할까
바람아 강풍아 불지를 마라
아리랑 삼천리 꽃 떨어진다

목화 핀 울타리 까치가 운다
아마도 우리 님이 오시나보다
바람아 피는 꽃 막지를 마라
아리랑 삼천리 님이 오신다

〈아들의 혈서〉

〈아리랑 삼천리〉

아 牡丹峰

유행가, 조명암 작사, 박시춘 작곡, 박향림 노래, 오케 K5010, 1940년

모란봉 청솔나무 아람을 얼싸안고
목을 놓아 한없이 울리라 울리라
소갈머리 없는 사나히 사나히
방정한 이별 이별 설어

을밀대 돌층계 미친 듯 쓰러져서
땅을 치며 한없이 울리라 울리라
인정머리 없는 사나히 사나히
야속한 이별 이별 설어

조각달 곤두백인 대동강 나루터를
피눈물로 한없이 울리라 울리라
소갈머리 없는 사나히 사나히
야박한 이별 이별 설어

아주까리 등불

유행가, 조명암 작사, 이봉룡 작곡, 최병호 노래, 오케 K5034, 1941년

피리를 불어주마 울지 마라 아가야
산 넘어 고개 넘어 까치가 운다
고향 길 구십 리에 어머니를 잃고서
네 울면 저녁별이 숨어버린다

노래를 불러주마 울지 마라 아가야
울다가 잠이 들면 엄마를 본다
물방아 빙글빙글 돌아가는 고향 길
날리는 갈대꽃이 너를 부른다

방울을 울려주마 울지 마라 아가야
엄마는 돈을 벌러 서울로 갔다
바람에 깜빡이는 아주까리 등잔불
저 멀리 개울 건너 손짓을 한다

안개 속의 處女

유행가, 조명암 작사, 손목인 작곡, 고복수 노래, 오케 12250, 1939년

안개 낀 서울거리 흐릿한 등불 아래
그 누구를 기다리나 아가씨들이냐
백화점 네온사인 꺼져 가는 이 밤에 음
애달픈 그림자만 움직입니다

밤거리 은행나무 그늘에 흘러와서
그 누구를 기다리나 외로운 눈송아
달무리 흐린 하늘 별빛이 끈 이 밤에 음
아가씨 눈동자만 반짝입니다

아가씨 그림자야 외로운 눈동자야
안타까운 그 사연을 말이나 하렴아
안개 낀 아스팔트 울려나는 발소리 음
젊은 꿈 새워 도는 밤은 구슬퍼

〈아 모란봉〉

〈안갯속의 처녀〉

알뜰한 당신

유행가, 조명암 작사, 전수린 작곡, 황금심 노래, 빅터 KJ1132, 1938년

울고 왔다 울고 가는 설운 사정을
당신이 몰라주면 누가 알아주나요
알뜰한 당신은 알뜰한 당신은
무슨 까닭에 모른 척 하십니까요

만나면 사정하자 먹은 마음을
울어서 당신 앞에 하소연 할까요
알뜰한 당신은 알뜰한 당신은
무슨 까닭에 모른 척 하십니까요

안타까운 가슴속에 감춘 사랑을
알아만 주신대도 원망은 아니 하련만
알뜰한 당신은 알뜰한 당신은
무슨 까닭에 모른 척 하십니까요

알쌍及第

가요곡, 조명암 작사, 이봉룡 작곡, 백년설 노래, 오케 31157, 1943년

청노새 안장머리 석양볕이 떨어졌네
황토마루 올라서니 앙가슴이 출렁댄다
청노새야 흥겨워라 하늘 보고 소리쳐라
여기가 서울이다 여기가 서울이다
과거 보는 서울이다

이십 년 공부 끝에 알쌍 급제 소원성취
금방 우에 이름 걸고 고향으로 돌아가면
내 아들아 훌륭하다 반겨하실 우리 부모
부모님 아들 되어 부모님 아들 되어
이 효도를 못할손가

(3절은 일본어 가사)

애송이 사랑

유행가, 조명암 작사, 김해송 작곡, 이인권 노래, 오케 K5007, 1940년

어림치고 달래는 달콤한 말씀이
애당초 날 울려줄 장본이었소

어깨 넘어 가만히 만지는 손길이
애당초 내 마음의 슬픔이었소

울어서는 못쓴다 타일러 주시니
애당초 날 괴롭힐 눈물이었소

어른처럼 믿으며 섬기던 마음이
애당초 내 품속의 사랑이었소

〈알쌍 급제〉

〈애송이 사랑〉

哀愁의 끼타

유행가, 조명암 작사, 박시춘 작곡, 이인권 노래, 오케 20007, 1939년

지새는 밤거리 자욱해진 밤 안개
휘파람을 남기고 떠나간 옛사랑이
운다 운다 기타의 가는 줄이 이 밤도 추억에
실마리를 더듬어 흐득여 운다 운다

지새는 조각달 설움 같은 달빛 아래
피눈물을 뿌리고 흘러간 옛사랑이
운다 운다 기타의 뜯는 줄이 이 밤도 사랑에
보금자릴 더듬어 흐득여 운다 운다

지새는 북두칠성 구부러진 거리에
푸른 한숨 걸치고 없어진 옛사랑이
운다 운다 기타의 떠는 줄이 이 밤도 옛날에
로맨스를 더듬어 흐득여 운다 운다

哀愁의 鴨綠江

유행가, 조명암 작사, 손목인 작곡, 이난영 노래, 오케 20020, 1940년

아 뗏목은 흘러간다 압록강 칠백 리를
황금도 나는 싫어 공명도 나는 싫어
아아 강 건너 쪽에 내 사랑 그립다
아 아 아 아아아 뗏목은 흘러간다

아 뗏목에 해가 졌다 안개 낀 압록강에
웃어도 칠백 리요 울어도 칠백 리요
아아 그리운 내 사랑아 만날 길 구만 리
아 아 아 아아아 뗏목에 해가 졌다

아 뗏목에 울며 간다 달빛이 푸른 물에
세월도 야속하고 운명도 암울(?)하다
아아 피눈물 흘리며 내 사랑 부른다
아 아 아 아아아 뗏목에 울며 간다

〈애수의 기타〉

〈애수의 압록강〉

櫻花春

유행가, 조명암 작사, 박시춘 작곡, 김정구 노래, 오케 31035, 1941년

사꾸라가 피엿네 사꾸라가 피엿네
잘나도 사꾸라 못나도 사꾸라
뽐내는 사꾸라 건방진 사꾸라
방갓 쓴 시골영감 꽃구경 서울 왓다
방갓이 바람에 띄굴 띄굴 띄굴
영감님 허둥지둥 아하하 우습고나
고양이가 야웅 양야웅
이상스런 봄이로다 헤이
꼿 범벅 시절이로다

사꾸라가 피엿네 사꾸라가 피엿네
人造견 사꾸라 후지견 사꾸라
오뎅집 사꾸라 선술집 사쿠라
꼿가지 목에 걸고 권커니 취하거니
술잔을 뒤업허 띄굴 띄굴 띄굴
술잔이 깨여저도 아하 웃는고나
병아리가 꼬룩 꼭꼬룩
얄구진 봄이로다 헤이
꼿보고 취하는 시절

사꾸라가 피엿네 사꾸라가 피엿네

숫백이 사꾸라 바람난 사꾸라
쏘죽한 아씨 구두 뒤축이 떨어저서
새빩안 얼골로 쩔룩 쩔룩 쩔룩
작난꾼 총각들이 아하하 웃는고나
두루미가 기룩 긱기룩
우슴보가 터저 온다
興亞의 봄이로구나

櫻花暴風

유행가, 조명암 작사, 박시춘 작곡, 김정구 노래, 오케 12111, 1938년

여기두 사구라 저기두 사구라

늙은이 젊은이 우굴 우굴 우굴 우굴

얼시구 조타 응 응 꽃시절일세

처녀댕기는 갑사나 댕기 총각 족기는 인조견 족기

밀어라 당겨라 잡아라 노아라

어헐사 홍 홍 꽂이로구나

일촌간장 다 녹이는 꽂이로구나(이상 원문)

낮에도 벚꽃 밤에도 벚꽃

창경원 벚꽃이 막 펴났네

홍 나간 봄 나비 너울너울 너울너울

얼씨구 좋다 응 응 꽃 시절일세 에헤이

영감 상투는 비틀어지고 마누라 신발은 도망을 쳤네

영감 마누라 꼴 좀 보소 어얼싸 홍 꽃이로구나

입만 방긋 껄껄 웃는 꽃이로구나

홀애비 벚꽃 쌍둥이 벚꽃

창경원 벚꽃이 막 펴났네

동물원 친구들 웅성웅성 웅성웅성

얼씨구 좋다 응 응 꽃 시절일세 에헤이

신사 모자는 찌부러지고 아가씨 치마가 쭉 찢어졌네

저 거동 좀 봐요 정당정 홍 꽃이로구나
얼씨구 창경원의 꽃이로구나

〈앵화폭풍〉

저 거동 좀 봐요 정당정 홍 꽃이로구나
얼씨구 창경원의 꽃이로구나

어머님 안심하소서

가요곡, 조명암 작사, 김해송 작곡, 남인수 노래, 오케 31146, 1942년

고향 눈 부슬부슬 나리는 아츰
어머님 작별하든 정거장에서
눈물로 맹서하온 사나희 決心
한시런들 이즈리까 이즈오리까
어머님 安心하소서 (이상 원문)

고향 길 떠나올 때 검은 외투에
싸락눈 털어 주신 어머님 손길
그 사랑 가슴 깊이 생각하올 때
한시런들 허랑하게 보내오리까
어머님 안심하소서

낮이면 땅을 파는 농군이 되고
밤이면 책을 읽는 선비랍니다
비오고 눈이 오는 여름 겨울을
몸 성하게 이날 이때 일 잘하오니
어머님 안심하소서

〈어머님 안심하소서〉

어머님 前 上白

자서곡, 조명암 작사, 김영파 작곡, 이화자 노래, 오케 12212, 1939년

어머님 어머님
氣體候 一向萬康 하옵나잇가
伏慕區區 無任下誠至之로소이다
下書를 밧자오니 눈물이 압흘 가려
연분홍 치마폭에 얼골을 파뭇고
하염없이 울엇나이다

어머님 어머님
이 어린 딸자식은 어머님 전에
피눈물로 먹을 가라 하소연합니다
전생의 무슨 죄로 어머닐 리별하고
꼿피는 아츰이나 새우는 저녁에
가슴 치며 탄식하나요

어머님 어머님
두 손을 마조 잡고 비옵나이다
남은 세상 기리기리 누리시옵소서
언제나 어머님의 무릅을 부여안고
가슴에 매친 한을 하소연하나요
돈수재배하옵나이다

〈어머님 전 상백〉 광고(『조선일보』, 1939.2.2)

〈어머님 전 상백〉

얼러 본 타관 여자

유행가, 조명암 작사, 김령파 작곡, 남인수 노래, 오케 12213, 1939년

향방 없이 떠도는 몸 타관 천리 시달린 몸
오늘도 어제도 황초 언덕에 홀로 앉아
울었습네 울었습네 낙엽을 안고
몸부림치며 울었습네

흘겨보는 타관 인심 얼러 보는 타관 여자
밤 저녁 외로운 목로 술집에 잔을 잡고
울었습네 울었습네 취할사록에
몸부림치며 울었습네

〈얼러 본 타관 여자〉

여인행로[34]

주제가, 조명암 작사, 박시춘 작곡, 남인수 노래, 오케 31036, 1941년

밤안개 길을 막은 人生의 거리
안해를 울녀 놋코 도라슬 적에
幸福을 차저가면 어듸로 가랴
눈앞에 부서진다 사나희 눈물

떠나간 父母님의 주신 사랑이
거츠른 세상 길에 문허젓다고
順玉아 울지 마라 울지를 마라
눈보라 지나가면 봄꼿이 핀다

뜬구름 허영에서 헤매지 말자
참다운 사랑에는 幸福이 온다
지난 꿈 뉘우처라 눈물을 씻고
希望峰 바라보며 우스며 살자

---

34 동양토키 영화촬영소 제작 조선 영화 〈妻의 面影〉 주제가.

驛馬車

유행가, 조명암 작사, 김해송 작곡, 장세정 노래, 오케 31016, 1941년

草綠 포장 둘너치고 驛馬車는 달닌다
짤랑대는 귀고리는 어이 우느냐
이 거리 저 거리 燈불을 흘기면서
간다 간다 간다 간다
他鄉사리 유리창엔 그림자도 외롭다

쪼각달을 바라보며 驛馬車는 달닌다
고향 떠난 청노새는 어이 우느냐
오늘도 어제도 챗죽을 마라 들고
간다 간다 간다 간다
혼자 우는 노새 등은 때릴 곳이 없고나

울고 웃는 꿈을 실고 驛馬車는 달닌다
선물 바든 모란꽃은 어이 젓느냐
희망도 행복도 가슴에 얼싸 안고
간다 간다 간다 간다
포장 새를 내다보면 銀河水가 흐른다

〈역마차〉

連絡船 悲歌

유행가, 조명암 작사, 손목인 작곡, 이난영 노래, 오케 12273, 1939년

이별튼 그날 밤에 못 잊을 달빛
연락선 너머로 이 밤도 비치네
여보 여보 여보 부디부디 잊지 마소
"잊었나요"
잊지를 마소
연지 찍은 두 볼에 설움이 피오

이별튼 그날 밤에 피든 장미꽃
네온 빛 그늘에 이 밤도 피었네
여보 여보 여보 부디부디 잊지 마소
"잊었나요"
잊지를 마소
푸른 치마 주름이 원망합니다

이별튼 그날 밤에 부르든 노래
달빛을 보면서 이 밤도 부른다
여보 여보 여보 부디부디 잊지 마소
"잊었나요"
잊지를 마소
이 봄 지나 가을에 만나봅시다

〈연락선 비가〉

329

염주알을 굴니며

유행가, 조명암 작사,[35] 김해송 작곡, 고운봉 노래, 오케 31028, 1941년

한고개 두고개 杜鵑花 바람 속에
바랑짐 걸머지고 써나간 사람아
구겨진 상삼소매 풀이슬이 아롱아롱
고향집 뒤에 두고 뒤에 두고
山川을 차저갓소

九龍布 물소리 소리쳐 늑겨 울 때
파라밀(波羅密) 집세기로 써나간 사람아
목에 건 보리 염주 백에여덜 굴니면서
八潭을 구비구비 구비구비
마즈막 써나갓소

昆虜峰 머리의 구름길 더듬어서
千만층 쇠줄 잡고 거러간 사람아
만폭洞 암자터에 國泰民安 비올 적에
白단香 피워놋코 피워놋코
三百날 밤을 샛소

---

35 『유성기음반총람자료집』에는 처녀림 작사로 되어 있으나, 오케 음반 가사지에는 '조명암'으로 적혀 있다.

영자야 가거라

유행가, 조명암 작사, 박시춘 작곡, 이인권 노래, 오케 20011, 1940년

영자야 가려무나 네 맘대로 가려무나 못 믿을 사람아
네 사정에 속으마 네 사정에 속으마 화류계 사랑
춘향이는 못될망정 절개는 절개 그 어이 값 없으랴

영자야 가려무나 속 시원히 가려무나 박정한 사람아
울며 맺던 맹세도 울며 맺던 맹세도 거짓이었나
내 순정을 바친 죄로 상처만 크다 내 홀로 울며 살리

영자야 가려무나 미련 없이 가려무나 눈 어둔 사람아
네가 찾는 세상은 네가 찾는 세상은 조화의 나라
억천만길 장부의 속 계집이 아리 영원히 가려무나

오로라의 눈썰매

유행가, 조명암 작사, 김영파 작곡, 남인수 노래, 오케 12222, 1939년

여기는 북쪽하늘 눈보라의 지평선
젊은 피가 얼어붙는 오로라의 남쪽 길
아아 아아 여기가 타향이냐 고향이러냐
갈사록 향방 없는 임자 잃은 나그네

여기는 눈썰매의 길이 얽힌 네거리
주막집의 등잔불도 울며 떠는 바람 속
아아 아아 여기가 타향이냐 고향이러냐
흘러서 갈 곳 없는 얼이 빠진 나그네

여기는 천리광야 거침없는 하늘밑
고삐 잡는 손마디가 얼어 트는 눈벌판
아아 아아 여기가 타향이냐 고향이러냐
눈물의 망토 자락 처량하게 날린다

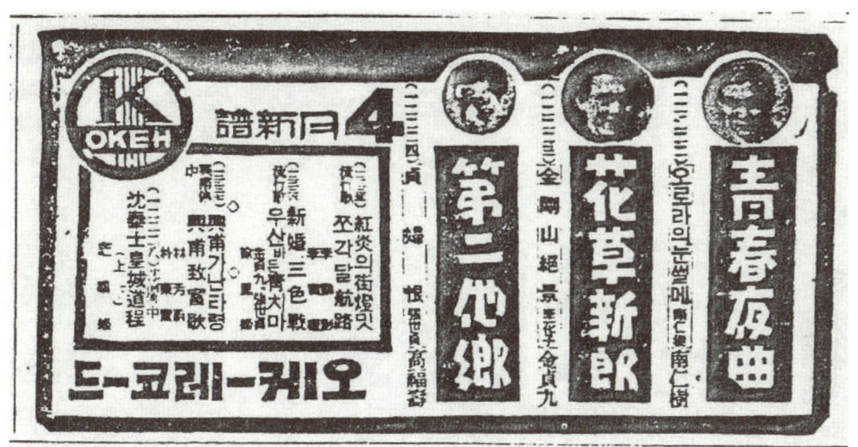

〈오로라의 눈썰매〉 광고(『매일신보』, 1939.4.1)

〈오로라의 눈썰매〉

오호라 왕평王平

가요곡, 조명암 작사, 김해송 작곡, 남인수 노래, 오케 31080, 1941년

임자는 무대에서 울기도 했소
그대는 레코드에 웃기도 했소
아 팔도강산 안 간 데 없으련만
어델 가서 찾아 보랴
서러운 사람아

□□□□□□□□□도 했소
밤늦은 정거장에 □□도 했소
아 임자 없는 □□□□□□□
어델 가서 불러 보랴
떠나간 사람아

인정도 참사랑도 □□□□소
현해탄 □□□□□□□ 했소
이 항구 일야 목 맺힌 목소리를
어델 가서 들어 보랴
□□□ 사람아

오호라 父主 前

신민요, 조명암 작사, 김영파 작곡, 이화자 노래, 오케 31013, 1941년

달을 따라 가셨는가 별을 따라 가셨는가
삼신산 마지막 고개 넘어가신 아버님
꽃잎 속에 파묻힌 그 발자국 찾으며
불효녀 불효녀는 백배 사죄하옵니다

가신 다음 효도하면 그 효도가 쓸데 있나
일월령 넘어가실 때 일러주신 그 말씀
구름 속에 사라진 그 음성을 찾으며
불효한 죄가 많아 아버님을 부릅니다

다홍치마 설움인가 행주치마 신세인가
어엿이 부어가면서 이별 못한다더니
온 세상이 꽃피면 그 꽃 속을 찾아서
삼신산 고갯길을 울며 울며 헤맵니다

〈오호라 부주전〉

외로운 화장대

유행가, 조명암 작사, 박시춘 작곡, 장세정 노래, 오케 12139, 1938년

붉은 붉은 붉은 붉은
입술이 타오르는 이 밤은 왜 이렇게 괴로울까요
왜 이다지 쓸쓸할까 왜 이다지 쓸쓸할까
남치마 열두 주름 갈피 갈피 갈피 갈피
설움이 찾아든다 눈물이 찾아든다

까만 까만 까만 까만
눈동자 깜박이는 이 밤은 왜 이렇게 외로울까요
왜 이다지 쓸쓸할까 왜 이다지 쓸쓸할까
보채는 앙가슴에 구석 구석 구석 구석
설움이 퍼진다 눈물이 퍼진다

하얀 하얀 하얀 하얀
얼굴에 화장하는 이 밤은 왜 이렇게 외로울까요
왜 이다지 쓸쓸할까 왜 이다지 쓸쓸할까
풀어진 허릿바에 살금 살금 살금 살금
설움이 풀린다 눈물이 풀린다

遼東七百里

신민요, 조명암 작사, 김해송 작곡, 이화자 노래, 오케 31066, 1941년

遼東이라 七百里 길이 멀거든
安東驛에 車를 타고 다녀오구려
아조 가면 나는 몰나
아조 가건 데려가소
滿洲뜰 오막사리 집을 짓고 삽시다

(이하 누락)

〈요동 칠백 리〉

요즈음 찻집

유행가, 조명암 작사, 김해송 작곡, 박향림 노래, 오케 31018, 1941년

요즈음 찻집은 브로커 세상
요즈음 찻집은 기업가 세상
이 구석에 금광이 왔다갔다
저 구석에 중석광(重石鑛)이 왔다갔다
천원 만원 주먹구구 뻘건 눈이 돌아갈 때
전화통은 찌릉 찌릉 찌릉 찌릉
찌릉 찌릉 찌릉 찌릉 운다 울어 운다 울어

요즈음 찻집은 여행권 세상
요즈음 찻집은 급행권 세상
이 테불엔 만주를 들락날락
저 테불엔 北支那 들락날락
앉은뱅이 활개치듯 젊은 피가 춤을 출 제
유성기는 풍짱 풍짱 풍짱 풍짱
풍짱 풍짱 풍짱 풍짱 운다 울어 운다 울어

요즈음 찻집은 아가씨 세상
요즈음 찻집은 도련님 세상
南窓 위엔 연극장 포스터요
北窓 우엔 베토벤 꿈을 꾼다
우유 차에 살이 쪘나 찻집 아씬 토실토실

라디오가 살금 살금 살금 살금
살금 살금 살금 살금 운다 울어 운다 울어

〈요즈음 찻집〉

라디오가 살금 살금 살금 살금
살금 살금 살금 살금 운다 울어 운다 울어

울리는 滿洲線

유행가, 조명암 작사, 손목인 작곡, 남인수 노래, 오케 12164, 1938년

푹푹칙칙 푹푹칙칙 뛰이 뛰이

떠난다 타관천리 안개 서린 응 벌판을

정은 들고 못살 바엔 아 이별이 좋다

달려라 달려 달려라 달려

하늘은 청황적색 저녁노을 떠돌고

차창에는 담배연기 서릿서릿 서릿서릿 풀린다 풀린다

푹푹칙칙 푹푹칙칙 뛰이 뛰이

넘는다 교량 숲을 파도치는 응 언덕을

허물어진 사랑에는 아 이별이 좋다

달려라 달려 달려라 달려

한정 없는 동서남북 지평선은 저물고

가슴속엔 고향산천 가물가물 가물가물 비친다 비친다

푹푹칙칙 푹푹칙칙 뛰이 뛰이

건넌다 검정다리 달빛 어린 응 철교를

고향에서 못살 바엔 아 타향이 좋다

달려라 달려 달려라 달려

크고 적은 정거장엔 기적 소리 남기고

찾아가는 그 세상은 나도 나도 나도 나도 모른다 모른다

울며 헤진 釜山港

유행가, 조명암 작사, 박시춘 작곡, 남인수 노래, 오케 20006, 1940년

울며 헤진 釜山港을 도라다보는
連絡船 난간머리 흘너온 달빗
이별만은 어렵드라 이별만은 슬프드라
더구나 정드린 사람끼리 음

달빗 아랜 허허바다 파도만 치고
釜山港 간 곳 업는 거문 水平線
이별만은 무정트라 이별만은 야속트라
더구나 못 니즐 사람끼리 사람끼리 음

〈울리는 만주선〉

〈울며 헤진 부산항〉

343

月給날 情報

만요, 조명암 작사, 박시춘 작곡, 김정구 노래, 오케 12186, 1938년

술 좋다 안주 좋아 얼근한 세상
곱배기 약주 술이 제격이란다
부어라 꾹꾹 눌러 잔이 터지게
에게 에게 고까짓 것 한 모금이다
으으 정말 취한다

때 좋다 세월 좋아 노래도 좋지
젓가락 장단 맞춰 춤도 추어라
아서라 이러다간 바람나겠네
아차차차 월급 봉투 거덜이 났네
으으 술맛 쓰겄다

찢어진 월급봉투 손에 들고서
마누라 잘못 했소 빌 생각하니
아찔한 머릿속에 찬바람 불어
건들건들 술잔 드는 손이 떨린다
으으 술맛 싱겁다

月明沙窓

유행가, 조명암 작사, 송희선 작곡, 이화자 노래, 오케 20055, 1940년

달밤에 가신 그 후로는
달만 보면 눈물겨워 청춘이 시듭니다
내 여보 독수공방 찬 자리에
아아 아아 꿈도 꿈도
한 많은 푸른 봄입니다

한 많은 구름 긴 세상에
임자 없이 사는 마음 희망을 모릅니다
내 여보 명월사창 밤 깊은데
아아 아아 누구 누구
찾아가야 옳을까요

달지는 고개 너머로
달과 함께 가신 님은 왜 아니 오시나요
내 여보 달만 보면 우는 나를
아아 아아 어이 어이
날 두고 갔나요

〈월급날 정보〉

〈월명사창〉

위문편지

신가요, 조명암 작사, 남방춘 작곡, 백년설 노래, 오케 31126, 1942년

고향의 아가씨 글씨도 정성일세
한 자에 한 마음 충성이 소원일세
따뜻한 위문의 편지를 읽으니
나라의 그 사랑이 눈물로 맺히네

한 목숨 바쳐서 천 목숨 살려보세
한 아들 죽어서 군은(君恩)을 갚아보세
오늘은 험한 산 내일은 험한 물
적병을 무찌르며 끝없이 가리다

희미한 촛불에 칼 놓고 붓을 들어
고마운 편지에 답장을 쓰자니
고향의 그 정성 갚을 길 막연해
또다시 칼을 잡고 맹서를 하였소

유랑의 나그네

가요곡, 조명암 작사, 이봉룡 작곡, 최병호 노래, 오케 31059, 1941년

아 풀벼개는 멋 번인고
돌벼개는 몇 번인고 未練은 안이엿만
故鄕 찾는 내 심사 고향 찾는 내 심사
황막한 이 벌판에 靑馬야 우지마라

아 바람결이 무심할까
구름결이 무심할까 센치는 안이엿만
父母兄弟 그리워 부모형제 그리워
꼿가지 부여잡고 消息을 물어본다

아 버들닙헤 띄운 몸아
이슬 갓치 깨진 꿈아 여기가 어듸라고
팔벼개를 베고서 팔벼개를 베고서
나그네 流浪 길에 노래를 불으느냐

有情 無情

유행가, 조명암 작사, 김준영 작곡, 안명옥 노래, 콜롬비아 40726, 1936년

세월은 흘너가도 강산은 젊엇고나
젊어도 눈물짓는 그 마음 알 길 업네
풀어진 치마끈이 눈물에 다 젓도록
쩌나신 님 생각에 애태운 녯 사랑아

꼿 피면 봄이든가 닙 지면 가을인가
세월은 말이 업다 세상도 꿈갓고나
울어서 니즐소냐 눈물노 지을소냐
저저도 타는 심사 내 알 길 바이 업네(미취입)

그리운 내 고향도 그리운 녯 사랑도
미들 길 업는 것을 내 어이 밋고 왓나
강산은 말이 업고 물방아 잠이 들어
외로운 이 심사를 아는 듯 몰나주네

愉快한 봄 消息

유행가, 조명암 작사, 채월탄 작곡, 김정구 노래, 오케 20026, 1940년

南山의 아지랑이 아롱 아롱
북악산 비둘기는 꾸룩 꾸룩
엣타 좃타 엣타 좃타 봄이로구나
봄 봄 봄 봄 봄 봄 봄 봄
경복궁 불근 추녀가 날너갈 듯
아가씨 치마짜락이 펄넝펄넝
鐘路통 南大門통 本町통 봄바람 좃타
어리궁 어허 저리궁 어허
쌔스걸 우슴에도 봄빗치 으스러진다

昌慶苑 요 사꾸라 울긋불긋
뒷골목 네온싸인 알롱달롱
엣타 좃타 엣타 좃타 봄이로구나
봄 봄 봄 봄 봄 봄 봄 봄
百貨店 六 層 洋屋이 문어질 듯
아가씨 노랫가락이 쌩쏭쌩쏭
구리개 光化門통 악박굴 봄바람 좃타
어리궁 어허 저리궁 어허
선술집 천장에도 사꾸라 꼿치로구나

漢江의 봄 물결은 출넝출넝

往十里 버들가진 넘실넘실
엣타 좃타 엣타 좃타 봄이로구나
봄 봄 봄 봄 봄 봄 봄 봄
총각은 가슴을 쥐고 콧노래요
처녀는 손을 비틀며 쌩글쌩글
다방굴 西大門通 자문박 봄바람 좃타
어리궁 어허 저리궁 어허
夜市場 복판으로 봄 타령 불너를 간다

융수건 길손

가요곡, 조명암 작사,[36] 박시춘 작곡, 남인수 노래, 오케 31061, 1941년 8월

역마등 흘러가는 푸른 陸北線
융수건 목에 감은 길손이란다
사랑도 눈물도 모르고 사는
나무 찍는 도끼에 청춘이 온다

곡절로 얽어 맺은 좁은 가슴을
종달새 육북 뜰에 풀어놓았다
푸념도 추억도 모르고 사는
움직이는 기중기에 행복이 온다

산맥을 쓸어안은 젊은 팔뚝에
진흙의 비린내가 감기어 온다
설움도 하소도 모르고 사는
한정 없는 황무지에 사랑이 온다

36　『애수의 소야곡－박시춘 명작집』에는 〈융수건 길손〉의 작사자가 김다인으로 적시되어 있다.

이 몸이 죽고 죽어

가요곡, 조명암 작사, 김해송 작곡, 백년설 노래, 오케 31121, 1942년

이 몸이 죽고 죽어 백 번 죽은들
임 향한 일편단심 잊으오리까
봄밤에 피는 꽃도 임의 은혜요
새벽에 뜨는 별도 임의 은헬세
세상의 모든 꽃이 그 사랑일세

이 몸이 죽고 죽어 천 번 죽은들
강토에 한 줌 흙을 잊으오리까
큰 동쪽 새 살림도 임의 복이요
웃으며 사는 것도 임의 복일세
일월이 도는 것도 그 사랑일세

이 몸이 죽고 죽어 만 번 죽은들
충혼의 그 맹서를 버리오리까
살아서 가는 길도 임의 길이요
죽어서 가는 길도 임의 길일세
생사에 모든 길이 임의 것일세

〈융수건 길손〉

〈이 몸이 죽고 죽어〉

이름이 기생이다

유행가, 조명암 작사, 박시춘 작곡, 남인수 노래, 오케 20010, 1940년

명색이 술집의 꽃 미천한 신세이기로
가슴에 아로삭인 純情마저 미천하랴
청춘과 황금을 저울 우에 올녀 놋코
홍사등 그늘에서 멧번이나 울엇는고

푸른 빛 난간머리 달빛을 지새우는 듯
소복에 화류단장 누굴 위한 미모인가
시퍼런 칼 위에 춤을 추는 내 청춘이
눈물에 썩어지면 어느 흙에 묻히는고

꽃단장 얼룩지는 세상에 몹쓸 이름이
티 없는 구슬 같은 내 이마에 붙었기로
황금의 채찍이 연한 가슴 휘갈기어
업수임을 받을 것이 무엇이냐 무엇이냐

二千五百萬 感激

가요곡, 조명암 작사, 김해송 작곡, 남인수·이난영 노래, 오케 31193, 1943년

歷史 깊은 半島 山川 忠誠이 매처
榮光의 날이 왔다 光明이 왔다
나라님 불으심을 敢히 받드러
힘차게 나아가자 二千五百萬
아 감격의 피 끌는 二千五百萬

東쪽 하늘 우러러서 聖壽를 빌고
한 목숨 한 마음을 님게 받치고
米英의 묵은 원수 擊滅의 마당
正義로 나아가자 二千五百萬
아 감격의 피 끌는 二千五百萬

よろこべ 榮光(ハエ)ある この朝(アシク)
すめら みことの 民(ミタミ)われ
われら 今日(キョウ)より 兵(ヘイ)もなり
征(コ) くぞ 戰(イクサ)の 海(ゥ□)の 果(ハ)て
あ□ 誰(クレ)か こ□に 進(スス) まざる

〈이천오백만 감격〉

이호실의 낙화

가요곡, 조명암 작사, 김해송 작곡, 이화자 노래, 오케 31060, 1941년

靑春이 두 번이면 원망도 안하오리
落花를 부여안고 어듸로 가람닛가
港口를 바라보는 南쪽의 窓허리
離別의 남은 時間 울어 울어 보냄니다

(이하 누락)

인생

가요곡, 조명암 작사, 김해송 작곡, 남인수 노래, 오케 31053, 1941년

달을 보고 물어보자 별을 보고 물어보자
인생의 걷는 길은 웃음이냐 눈물이냐
희망도 풋사랑도 일기첩에 남기고
달빛 속에 별빛 속에 가는 곳이 어데냐

하늘 보고 물어보자 별을 보고 물어보자
내 청춘 넘을 길이 이 고개냐 저 고개냐
눈물의 깨진 꿈을 앙가슴에 안고서
산을 넘고 물을 건너 떠난 곳이 어데냐

〈인생〉

人生街頭

가요곡, 조명암 작사, 김해송 작곡, 백년설 · 이난영 노래, 오케 31172, 1943년

(남) 알겠다 니 가슴에 서린 안개를
값없는 눈물 속에 무엇이 있으랴
보아라 저 하늘엔 푸른 별이다
저것이 인생이다 젊은 꿈이다

(대사)(여) 오라버니 다시는 울지않겠어요
가슴에 서린 안개를 밀쳐 버리고
앞으로 앞으로 나가겠어요
저 하늘의 푸른 별 저것이 인생이라면
알겠어요 이것은 깨달음 □□□
오라버니 이번에 운다고 꾸지람을 말아 주세요

((여) 2절은 일본어 가사)

(남) 알겠다 니 마음의 행복의 길을
어머님 웃음 속에 사랑이 그립다
보아라 저 거리엔 떠나는 마차
저것이 인생이다 출발이란다

人生間奏曲

유행가, 조명암 작사, 박시춘 작곡, 남인수 노래, 오케 12204, 1939년

고향 십 년 타향 십 년 오며가며 시들었소
내 사랑 남 주고 내 사랑 남 주고
내 청춘 내 청춘 시들었소

동서남북 춘하추동 이리저리 흘러가오
내 사랑 버린 죄로 내 사랑 버린 죄로
내 청춘 내 청춘 병들었소

꿈도 없이 님도 없이 오나가나 혼자 사오
내 마음 달래면서 내 마음 달래면서
내 한 몸 내 한 몸 살아왔소

〈인생가두〉

〈인생간주곡〉

인생산맥

유행가, 조명암 작사, 박시춘 작곡, 남인수 노래, 오케 20054, 1940년

(앞부분 누락)
사랑일망정 달게 달게 받으마
내 가슴 □□□ 될 때까지 이 술잔을 마신다 마신다

(앞부분 누락)
붉은 □ 술잔이냐
가면의 사랑일망정 달게 달게 받으마
내 가슴 □□□ 될 때까지 이 술잔을 마신다 마신다

어떻게 살면 못살아 애달픈 눈물이냐
사랑에 □□□□ 원망의 이별이면
허무한 웃음일망정 달게 달게 웃으마
내 목숨 □□□□□□ 내 가슴을 떠나마 떠나마

어떻게 살면 못살아 야속한 설움이냐
희망의 꽃밭이 가시로 덮였다면
새빨간 가시일망정 빨개 빨개 피흘리마
내 청춘 가랑잎 될 때까지 피눈물을 흘리며 흘리며

人生出發[37]

가요곡, 조명암 작사, 박시춘 작곡, 남인수 노래, 오케 31065, 1941년

장명등 무르녹은 층층 다리에
무릎을 꿇고 앉아 죄를 빌었소
울려서 보낸 사람 만날 길 없는
운명의 쇠사슬을 어이 합니까

장명등 그림자에 밤을 새우며
못생긴 내 청춘을 뉘우쳤건만
참다운 사랑 속에 싹트는 행복을
짓밟은 내 양심이 편하오리까

장명등 타는 불에 죄를 버리고
내일의 새 희망을 다시 찾았소
꽃다운 인생 길에 노래 부르며
그대여 눈물 없는 길을 갑시다

---

37 조명암 선생님 유족의 말에 따르면, 일제가 1절의 노래 가사 중 '운명의 쇠사슬'이라는 표현을 문제 삼았다고 한다. 남인수·박시춘 씨 등이 소속된 오케 그랜드쇼가 평양에서 공연할 때, 일제가 '운명의 쇠사슬'이 일제에 묶여 꼼짝할 수 없다는 뜻이냐며 남인수 등을 연행하는 바람에, 그들은 유치장에서 하룻밤을 보내는 고초를 겪었다고 한다.

〈남인수〉

〈인생출발〉

일가친척

가요곡, 조명암 작사, 이봉룡 작곡, 남인수 노래, 오케 31211, 1943년?

일가친척 많다 해도 부모만은 못할레라
부모님 섬길 날에 효도 못한 불효자
먼 산을 바라보니 먼 산을 바라보니
산도 아득하여라

참사랑이 많다 해도 부모 사랑 못 당하리
부모님 여읜 후에 넘고 넘은 세상길
한 목숨 사내답게 한 목숨 사내답게
버릴 곳을 찾았소

걸어온 길 돌아보고 돌아보고 뉘우치고
한 마음 정성으로 한 세상을 바치면
죽은 뒤 무덤 위엔 죽은 뒤 무덤 위엔
궁자리라 써 있대요(?)

一字上書

가요곡, 조명암 작사, 김해송 작곡, 남인수 노래, 오케 31135, 1942년

강물은 출렁출렁 달빛을 실었구나
내 고향 먼 먼 길에 뻐꾹새 우는 이 밤
부모님을 생각하면 오지랖이 설레어
창 아래 꿇어앉아 일자상서 붓을 든다

양류는 치렁치렁 청사를 풀었구나
내 고향 떠나온 지 몇 번째 봄이런고
무심으로 보냈는가 유심으로 보냈나
사나이 맹서만은 철석에다 비겼노라

바람은 슬렁슬렁 꽃잎을 쓰는구나
내 고향 산막 아래 산제비 집을 지을 때
이 아들의 금의환향 기다리는 부모님
이 소식 일자상서 아들처럼 반기소서

〈일가친척〉

〈일자상서〉

일허버린 아버지

유행가, 조명암 작사, 손목인 작곡, 이난영 노래, 오케 12256, 1939년

아버님 아버님
목미여 불음니다요
낫서른 他鄕하늘
올 때 갈 때 업는 쓸쓸한 곳에서
아버님 아버님 아버님 아버님
불으며 헤매임니다
불상한 이 운명에 떠도는 쌀자식은
흐득여 우나이다 대답하서요

아버님 아버님
어데로 가시엿나요
오늘도 창문 열고
구름 가는 곳을 바라만 봄니다
아버님 아버님 아버님 아버님
헤진 지 몃 몃 핸가요
세상을 몰으고서 홍석을 불이든 몸
봄마지 스물 두 해 울엇나이다

잘 있거라 斷髮嶺

유행가, 조명암 작사, 김해송 작곡, 장세정 노래, 오케 31005, 1940년

한 많은 단발령에 검은머리 풀어 쥐고
한없이 울고 간다 한없이 울고 간다
아 정든 님아 잘 있거라

두 눈에 피가 흘러 시들어진 진달래는
한 많게 붉었구나 한 많게 붉었구나
아 정든 님아 잘 있거라

단발령 참나무에 붉은 댕기 풀어 걸고
마지막 울고 간다 마지막 울고 간다
아 정든 님아 잘 있거라

〈잘 있거라 단발령〉

情든 땅

가요곡, 조명암 작사, 이봉룡 작곡, 백년설 노래, 오케 31157, 1943년

고향이 따로 있나 정들면 고향이지
백일홍도 심어 놓고 옥수수도 심어 놓고
부모님 섬겨보세 사랑도 맺어보세
꽃피는 고향일세 농사짓는 고향

고향이 따로 있나 살면은 고향이지
빨래터도 꾸며 놓고 빨래 줄도 늘여 놓고
노래도 불러보세 장단도 때려보세
정다운 고향일세 농사짓는 고향

(3절은 일본어 가사)

〈정든 땅〉 광고(『오케매월신보』, 1943.2)

〈정든 땅〉

第二他鄉

유행가, 조명암 작사, 김광남 작곡, 고복수 노래, 오케 12224, 1939년

찬 벼게를 안고서 흐느껴 우는
사나히 이 시름은 사랑이더냐
타향 바다 달빛은 나를 울리고
술잔마다 추억은 넘쳐흐른다

굴레 벗은 순정의 사나히 마음
타향살이 수십 년 몸만 늙었다
창문 열고 남쪽을 바라보는 맘
돌아갈 길 없는 몸 고향은 천리

〈제2타향〉

제3 일요일

유행가, 조명암 작사, 김령파 작곡, 남인수 · 이난영 노래, 오케 12214, 1939년

헬로 헬로 양장 입은 아가씨 웬일입니까
옥색 치마 저고리에 고무신을 신었네
어떻수? 야 멋있네!
아 오늘은 청춘 일요일 즐거운 아베크로 갑시다
경제시대 드라이브 할 것 없이
튼튼한 두 다리로 걸어갑시다

헬로 헬로 하쿠라이(舶來) 젠틀맨 웬일입니까
광목 고의 대님 □고 미투리를 신었네
어때 응? 아이 나라시와
아 오늘은 청춘 일요일 희망을 속삭이며 갑시다
저축시대 점심 먹을 필요 없고
즐거운 거리에는 웃음이 흘러

헬로 헬로 연지 찍은 얼굴엔 분만 바르고
술 마시던 입술에는 커피차나 마시자
□□□□□□□□요
아 오늘은 제3 일요일 손길을 서로 잡고 갑시다
청춘시대 뽐내고서 나갑시다
새파란 하늘에는 희망이 넘쳐

조각달 항로

유행가, 조명암 작사, 엄재근 작곡, 이인권 노래, 오케 12225, 1939년

떠나온 저 항구에 사랑을 물리치고
뱃전에 기대서서 술을 마시는 마도로스다
손수건 흔들어준 님아 그리운 사람아
조각달을 바라보며 이 밤도 나는 운다

눈 쌓인 저 부두에 사랑을 울려 놓고
미련을 못 참아서 흐득여 우는 마도로스다
가슴에 매달리던 님아 그 님을 따라와
기약 없는 이별이다 원망을 말아다오

조각달 부서지는 뱃머리 물결 우에
떠돌아 흩어지는 마도로스의 피눈물이여
회포를 던져주던 님아 그리운 사람아
흘러가는 수평선엔 이 밤도 별이 떴다

조선해협

주제가, 조명암 작사, 박시춘 작곡, 백년설 노래, 오케 31192, 1943년

푸른 파도 흰 파도 하염없는 바닷가
고향을 바라보면 가슴이 뛴다
그 날에 그 싸움에 못 다 바친 이 내 몸
처자를 생각하니 어리석고나

푸른 구름 흰 구름 하염없는 저 바다
고향을 가르키면 물새가 운다
한 해여 두 세 □□ 아름답게 피어라
봄날은 □□□□□□□□

(3절은 일본어 가사)

酒幕의 하로밤

유행가, 조명암 작사, 김준영 작곡, 강홍식 노래, 콜롬비아 40649, 1935년

이 잔을 잡어요 눈물의 술잔을
주막의 하로밤도 꿈이랍니다
아 우서나 볼가 울어나 볼가

고향은 멀어요 저 멀니 아득해
설음에 지고 지는 신세랍니다
아 우서나 볼가 울어나 볼가

사랑을 마러요 뜬구름 사랑을
이별이 자즌 님의 정이랍니다
아 우서나 볼가 울어나 볼가

(미취입)
밋지를 말어요 우슴이 간다고
눈물에 저즌 우슴 가시랍니다
아 우서나 볼가 울어나 볼가

중국 아가씨

유행가, 조명암 작사, 박시춘 작곡, 장세정 노래, 오케 20010, 1940년

중국 아가씨 중국 아가씨
새빨간 호롱에 불이 붙는 이 밤에
노래를 불러라 호궁을 울리며
아 흐르는 장크에 꿈꾸는 사랑
중국 아가씨 어여쁜 아가씨

중국 아가씨 중국 아가씨
꽃 피는 들창에 연지 냄새 풍기며
꿈꾸는 눈동자 빛나는 눈물에
아 사랑이 그리워 이 밤도 섧다
중국 아가씨 어여쁜 아가씨

중국 아가씨 중국 아가씨
양버들 그림자 흔들리는 거리에
휘파람 소리만 가슴을 울린다
아 구슬픈 달 아래 쓰라린 가슴
중국 아가씨 어여쁜 아가씨

즐거운 傷處

가요곡, 조명암 작사, 박시춘 작곡, 백년설 노래, 오케 31102, 1942년

상처는 만질사록 상처는 아퍼
임에게 못다 바친 목숨이 슬퍼
이 밤도 편지 받은 저 땅의 동무여
씩씩한 그 맹서가 다시 부럽소 다시 부럽소

사나히 그 목숨이 등불이라면
임에게 바치자는 등불이련만
상처로 돌아온 몸 어이 할손가
나머지 팔다리에 불을 붙일까 불을 붙일까

못 생겨 그런 것도 아니언마는
병상에 누운 대로 생각을 하면
불현듯 가고 싶은 저 땅의 전지(戰地)
훈장에 절을 하며 눈물 집니다 눈물 집니다

志願兵의 어머니

애국가, 조명암 작사, 고하정남 작곡, 장세정 노래, 오케 31052, 1941년

나라에 바치자고 키운 아들을
빛나는 싸움터로 배웅을 할 제
눈물을 흘릴소냐 웃는 얼굴로
깃발을 흔들었다 새벽 정거장

사나이 그 목숨이 꽃이라면은
저 산천 초목 아래 피를 흘리고
기운차게 떨어지는 붉은 사꾸라
이것이 반도남아 본문일게다

살아서 돌아오는 네 얼굴보다
죽어서 돌아오는 너를 반기며
용감한 내 아들의 충의충성
지원병의 어머니는 자랑해주마

굳세게 나아가는 우리나라에
총후를 지키는 어머니들은
무사의 일편단심 변함이 없이
남에게 바치리라 굳은 절개를

〈즐거운 상처〉

〈지원병의 어머니〉

진달내 詩帖

유행가, 조명암 작사, 이봉룡 작곡, 이난영 노래, 오케 31016, 1941년

진달내 바람에 봄 치마 휘날니드라
저 고개 넘어간 파랑 馬車
消息을 실고서 언제 오나
그 날이 그리워 오늘도 길을 걸어
노래를 불으느니 노래를 불너
안저도 새가 울고 서도 울어
맹서를 두고 간 봄날의 길은 멀다

갈 길도 길건만 봄날도 길고 길드라
돌 집어 풀밭에 던저 보면
이렇단 대답이 있을소냐
그 날이 그리워 오늘도 길을 걸어
노래를 불으느니 노래를 불너
山 넘어 山 있고 물 건너 벌판
기약을 두고 간 봄날의 길은 멀다

범나븨 바람에 댕기가 푸러지드라
山허리 휘감은 아즈랑이
봄날은 消息도 니젓는가
그 날이 그리워 오늘도 길을 걸어
노래를 불으느니 노래를 불너

아가씨 가슴속의 붉은 정성과

幸福을 두고 간 馬車의 길은 멀다

382 조명암

〈진달래 시첩〉

집 없는 天使

가요곡, 조명암 작사, 박시춘 작곡, 남인수 노래, 오케 31052, 1941년

하늘을 지붕 삼고 떠도는 신세
동서남북 바람 속에 갈 곳이 없어
찬이슬 잔디 위에 쓰러져 울면
어머님의 옛사랑이 다시 그립다

비오고 바람 부는 하늘 밑에서
팔벼개로 꿈을 꾸는 집 없는 천사
운다고 궂은비가 아니 올소냐
설음 맺힌 가슴에도 희망은 있다

뒷골목 장담 아래 무릎을 꿇고
쳐다보는 칠성별이 정든 임이요
집 없는 몸이라고 한을 할소냐
울지 마라 귀뚜라미 행복이 온다

處女夜曲

유행가, 조명암 작사, 박시춘 작곡, 장세정 노래, 오케 12122, 1938년

죄 없이 떨리는 가슴을 부여잡고
당신의 방문을 두다립니다
여보세요 여보세요
반가운 대답만은 못할지언정
톡 쏘지 말아요
네 네 톡 쏘면 싫어요

신 벗은 맨발로 살며시 다가서서
당신의 창문을 열어봅니다
여보세요 여보세요
따뜻이 웃어주질 못할지언정
톡 쏘지 말아요
네 네 톡 쏘면 싫어요

못 참을 사랑의 눈물을 깨물면서
당신의 손끝을 만져봅니다
여보세요 여보세요
고마운 말씀만은 못할지언정
톡 쏘지 말아요
네 네 톡 쏘면 싫어요

〈집 없는 천사〉

〈처녀야곡〉

청노새 歎息

유행가, 조명암 작사, 손목인 작곡, 남인수 노래, 오케 12122, 1938년

어서 가자 노새야 어서 가자 노새야
안개 낀 지평선 달려가자 노새야
음 이 마을 저 마을에 푸른 연기만
아 애달픈 탄식처럼 솟아오른다

울고 남은 눈물아 울고 남은 눈물아
마즈막 이별에 풀어져라 풀어져
음 노새는 가자 울고 날은 저물어
아 들판에 사모친다 먼 데 종소래

타고 남은 사랑아 타고남은 사랑아
고달픈 유랑에 스러져라 스러져
음 피 어린 가슴속에 눈물은 식고
아 조각달 바라보며 울고 또 운다

靑春問題

유행가, 조명암 작사, 박시춘 작곡, 장세정 노래, 오케 12229, 1939년

울지도 못하나요 웃지도 못하나요
사랑이란 무엇이길래 내 맘대로 못 하나요
만약에 아시거든 가르켜[38] 가르켜 가르켜 주서요

가지도 못하나요 오지도 못하나요
고향이란 무엇이길래 오도가도 못 하나요
만약에 아시거든 가르켜 가르켜 가르켜 주서요

막지도 못하나요 잡지도 못하나요
청춘이란 무엇이길래 한 번 가면 못 오나요
만약에 아시거든 가르켜 가르켜 가르켜 주서요

---

38 '가르키다'는 '가르치다'의 잘못이나, 노래할 때는 '가르켜'로 발음하고 있어, '가르키다'로 표기
하였음을 밝혀둔다.

〈청노새 탄식〉

〈청춘문제〉

청춘썰매

가요곡, 조명암 작사, 이봉룡 작곡, 백년설 노래, 오케 31112, 1942년

새 금색 벌판 우에 황혼이 짙다
저 마을 지붕 아랜 홍차 끓는 페치카
국경의 아가씨의 분홍 손끝이
고향의 편지 쓰는 등불이 있다

하늘이 맴을 돌아 백 리를 왔다
눈보라 채질하는 고향 그림 처절타
그 누가 노래하며 꿈을 꾸는고
썰매의 방울소리 잊어 버렸나

힘차게 지쳐 가면 봄날이 온다
저 강의 물이 흘러 물새 우는 봄철에
면사포 하늘하늘 꽃송이 구름
내 고향 아가씨를 만나 보리라

靑春夜曲

유행가, 조명암 작사, 박시춘 작곡, 남인수 노래, 오케 12222, 1939년

우연히 정이 들어 얽혀진 사랑을
네가 먼저 끊을 줄은 꿈에도 몰랐다
가려무나 미련 없이 가거라
차라리 내 사랑에 혼자 미치마

세상을 바친대도 시들한 사람아
정이 식어 가는 너를 내 어이 할쏘냐
가려무나 속 시원히 가거라
이왕에 속은 사랑 나도 버리마

못 믿을 그 사랑에 내 눈이 어두워
애를 태운 내 가슴에 눈물만 남았다
가려무나 너 갈데로 가거라
애당초 속은 나만 웃음거리다

청춘일기

유행가, 조명암 작사, 손목인 작곡, 남인수 노래, 오케 12285, 1939년

풀 냄새 숨 쉬는 푸른 언덕 휘파람 치며 넘어가자
임이여 가잔다 구름 따라 저 멀리 초록 안개 퍼지는 곳
아 새파란 하늘 희망의 하늘 젊은이들의 사랑이 부른다
꿈꾸는 가슴속 나부끼는 미풍에 젊은 피가 끓어 오른다

갈매기 춤추는 푸른 바다 파도를 넘어 떠나가자
임이여 가잔다 물 연기를 피우며 꿈을 꾸는 저 섬 가에
아 새파란 하늘 희망의 하늘 젊은이들의 사랑이 부른다
동백꽃 그리워 불어오는 순풍에 돛을 달고 노래 부르자

가을의 기름진 이 거리는 젊은이들의 오아시스
임이여 가잔다 노래하며 웃으며 푸른 기가 날리는 곳
아 새파란 하늘 희망의 하늘 젊은이들의 사랑이 부른다
빛나는 눈동자 속삭이는 로맨스 아름다운 꿈을 꾸잔다

靑春港口

가요곡, 조명암 작사, 박시춘 작곡, 남인수 노래, 오케 31039, 1941년

갈매기 우는 선창 가에
손을 들어 흔들었소
떠나는 그 사람의 그 행복을
빌기는 했건마는
아 서글퍼

조각달 흐린 바닷가에
누굴 찾아 헤매는고
얼굴을 만져보면 이슬인가
실없는 눈물인가
아 흘렀네

임자도 없는 등불 아래
내 가슴을 더듬었소
날러간 추억 속에 반짝이는
청춘의 별빛만이
아 외롭소

〈청춘야곡〉

〈청춘항구〉

청춘해협

유행가, 조명암 작사, 정진규 작곡, 김춘희 노래, 리갈 C452, 1938년

섬색씨 미역 따는 정다운 바다에
젊은 꿈을 실고 가는 마도로스다
낫설은 포구에 매즌 사랑을
차라리 이저볼까 꿈속에 차저볼까

해당화 꽃닢지는 끗업는 바다에
갈매기를 동무삼는 마도로스다
희망이 타버린 고흔 눈물을
차라리 단념할까 창파에 던저볼까

푸른빛 무르녹은 천만리 바다에
고향 업시 흘러가는 마도로스다
물에 뜬 사랑에 상한 가슴을
차라리 붓잡을까 우스면 달래볼까

草家三間

신민요, 조명암 작사, 김용환 작곡, 이화자 노래, 오케 1224, 1939년

모란꽃이 피거들낭 다시 오렴아 다시 오렴
연지곤지 단장하고 다시 오렴아 다시 오렴
草家三間 집일 망정 금실 조면 그만이지
호강 업시 살지라도 마음만은 너를 주마

모진 바람 고히 피해 다시 오렴아 다시 오렴
쪽도리를 고히 쓰고 다시 오렴아 다시 오렴
소금 반찬 밥일 망정 맘 마즈면 그만이지
百年偕老 살지라도 사랑만은 너를 주마

당사실에 복을 차고 다시 오렴아 다시 오렴
색 가마에 올나안저 다시 오렴아 다시 오렴
奇花妖草 업슬 망정 웃고 살면 그만이지
호사 업시 살지라도 내 가슴은 너를 주마

〈초가삼간〉

초록색 해안선

유행가, 조명암 작사, 이봉룡 작곡, 남인수 노래, 오케 12255, 1939년

초록색 해안선에 저녁 해가 지면은
내 마음 바다에도 저녁 안개 서린다
웃으며 속삭이던 이 바다는 쓸쓸도 해라 쓸쓸해
가며는 못 오느냐 가며는 못 오느냐
아 음 꿈속의 옛날

저무는 안개 속에 옷자락을 적시며
추억에 목이 메던 내 마음의 옛사랑
행복을 기약하던 이 바다는 무정도 해라 무정해
못 올 델 왜 갔느냐 못 올 델 왜 갔느냐
아 음 식어진 옛정

물결에 지워지는 행복이란 두 글자
차디찬 모래 위에 넘어져서 울었소
이 가슴 울려 주고 밤을 새던 그 날 그 밤도 꿈이요
영원히 잊었느냐 영원히 잊었느냐
아 음 무정한 여자

總角陳情書

유행가, 조명암 작사, 박시춘 작곡, 김정구 노래, 오케 12147, 1938년

누님 누님 나 장가보내 주
까막이 까치 울고 호박꽃 피는 내 고향의
어엽부고 순직한 아가씨가 나는 조와
오이김치 열무김치 맛잇게 담고
알뜰살뜰 자미성 잇는 아가씨에게
누님 누님 나 장가 보내 주
응 나 장가 갈 테야(원문)

누님 누님 나 장가보내 주
귀뚜라미 울고 들국화 피는 내 고향의
앵두같이 귀여운 아가씨가 나는 좋아
뽕잎 따서 누에치며 질쌈 잘 하고
오밀조밀 재미성 있는 아가씨에게
누님 누님 나 장가 보내주
응 응 응 응 장가 갈 테야

누님 누님 나 장가보내 주
쓰르라미 울고 모란꽃 피는 내 고향의
복스럽고 똑똑한 아가씨가 나는 좋아
바느질에 빨래질에 상냥스럽고
둥글둥글 믿음성 있는 아가씨에게

누님 누님 나 장가 보내 주
응 응 응 응 장가 갈 테야

〈총각 진정서〉

追憶의 燈臺

유행가, 조명암 작사, 손목인 작곡, 이난영 노래, 오케 1943, 1937년

그리운 저 바다 밤이 되면 서러워
오늘도 등대불이 나를 울려줍니다
사랑에 우는 마음 오나가나 외로워
눈물에 어린 창이 아 처량하여집니다

아득한 먼 바다 궂은비에 어두워
오늘도 젖은 꿈이 반짝이며 웁니다
잊었던 내 사랑도 등불 보면 그리워
추억에 하룻밤이 아 애처로워집니다

오늘은 이 바다 내일은 저 바다
물 우의 한 평생은 외롭기도 합니다
창랑을 베개 삼아 내 사랑을 꿈꾸며
눈물에 어린 등불 아 울어 울어줍니다

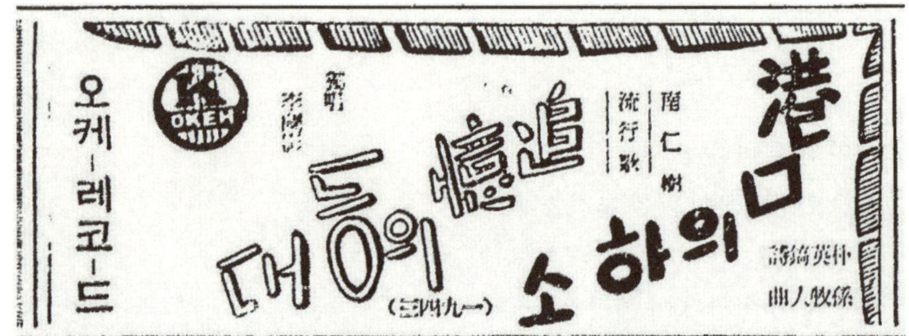

〈추억의 등대〉 광고(『조선일보』, 1937.1.17)

〈추억의 등대〉

追憶의 小夜曲

유행가, 조명암 작사, 김준영 작곡, 임헌식 노래, 콜롬비아 40606, 1935년

슬어진 옛 꿈을 눈물에 이즈리
찬이슬 새벽 풀에 매저나 두오리
하롯밤 그 일이 구름 갓구나
젊은이의 노래도 한째이든가

은하수 물결에 노래를 차즈리
시드는 꼿품 안에 이 설음 뭇으리
포구의 이별도 옛말 갓구나
임자 일흔 이 밤은 울고만 십네

문허진 옛 성에 흘으는 달빗은
천만년 두고두고 이약이 할연만
덧업는 세월이 물결이오라
가신 님의 청춘도 시들엇스리

추풍낙엽

유행가, 조명암 작사, 김해송 작곡, 이화자 노래, 오케 31004, 1940년

간다고 서를 마소 간다고 서를 마소
추풍낙엽 휘돌아 치는 원정령 서낭님께
그대 마음 이내 마음 변치 말자고
길이 길이 길이 길이 빌고를 간다

간다고 서를 마소 간다고 서를 마소
안개구름 휘몰아치는 원정령 산신님께
그대 청춘 이내 청춘 늙지 말자 하고
지극 정성 지극 정성 빌고를 간다

간다고 서를 마소 간다고 서를 마소
서리바람 휘몰아치는 원정령 고개 만리
넘어드는 내 발길을 가지 말라 하고
빗방울이 빗방울이 훼사를 논다

〈추풍낙엽〉

秋風嶺 事件

유행가, 조명암 작사, 전기현 작곡, 장세정 노래, 오케 31022, 1941년

두견새 슬피 우는 秋風嶺 고개에서
두 사람이 그 한밤을 城隍님께 빌고
잘 잇거라 다녀오마 떠난 사람아 음
고개를 넘어가면 他關길이 멀겟소

진달래 손짓하는 추풍령 고개에서
두 사람이 그 맹서를 천황봉에 걸고
잘 있거라 다녀오마 떠난 사람아 음
기약의 천리원정 청노새도 울겠소

春夢

신민요, 조명암 작사, 김준영 작곡, 강홍식 노래, 콜롬비아 40734, 1936년

눈물로 매즌 정을 눈물로 풀고 가리
봄눈은 녹아 흘러 방초만 푸르럿네
아리아리 아리아리 아라리오 아리랑 고개를 넘어간다

만나자 리별이라 손잡고 말못하니
눈물만 아롱아롱 애 타는 옛사랑아
아리아리 아리아리 아라리오 아리랑고개를 넘어간다

春風曲

신민요, 조명암 작사, 이봉룡 작곡, 이화자 노래, 오케 31098, 1942년

초목이 푸르러서 봄철인가요
진달래가 붉어서 봄철인가요
울진 삼척 머나먼 길 떠난 김 도령
보내주신 편지 속에 봄이 왔구려

강나루 얼음 풀려 봄철인가요
가책단에 눈 녹아 봄철인가요
낮에 울고 밤에 누는(우는?) 노랑 앵무새
내 가슴에 새가 울어 봄이 왔구려

한사코 일러 보낸 김 도령은
울진 삼척 먼길에 간 길을 안다
혼자 간다 편지만은 잊을 길 없어
어서 올적 기다리는 봄이 왔구려

春風信號

유행가, 조명암 작사, 손목인 작곡, 김정구 · 장세정 노래, 오케 12250, 1939년

(여) 여보

(남) 왜 불러

(여) 여보

(남) 왜 불러

(여) 사꾸라 꽃이 피면 구경 간댔지

(남) 이것 참 야단났군 나는 몰라

(여) 흥 나는 몰라라

(남) 점잖지 못하게 마누라 왜 또 울어 벤또 밥 싸 가지고 구경갑시다

(여) 흥 정말

(남) 정말

(여) 참말

(남) 참말이여

(합) 좋다 좋다 좋다 좋다 좋다 좋다 좋다 좋다 아베크 호시절 꽃구경 가세

(여) 여보

(남) 왜 불러

(여) 여보

(남) 왜 불러

(여) 봄철에 입을만한 치마가 없소

(남) 없으면 그만이지 할 수 있나

(여) 나 잉 몰라라

(남) 이것 참 큰일 났군 마누라 울지 말게 양비단 치마 한감 떠서 줄 테니

(여) 흥 정말

(남) 정말

(여) 참말

(남) 참말이여

(합) 좋다 좋다 좋다 좋다 좋다 좋다 좋다 좋다 꽃피는 봄철에 모양을 내자

(여) 여보

(여) 여보

(남) 왜 불러

(여) 옷 입은 스타일이 참말 좋지요

(남) 몸집이 말라빠져 버들같구료

(여) 흥 난 몰라라

(남) 모르면 그만이지 마누라 속이 좁아 그럴 줄 이쁘길래 혼인을 했지

(여) 흥 정말

(남) 정말

(여) 참말

(남) 참말이여

(합) 좋다 좋다 좋다 좋다 좋다 좋다 좋다 좋다 춤추는 봄날이 봄바람 분다

〈춘풍신호〉 광고(『매일신보』, 1939.7.20)

〈춘풍신호〉

코스모스 歎息

유행가, 조명암 작사, 김해송 작곡, 박향림 노래, 오케 20003, 1939년

코스모스 피여날 제 매즌 인연도
코스모스 시드르니 그만이드라
國境 없는 사랑이란 말뿐이러냐
우스며 헤어지든 豆滿江 다리

해란江에 비가 올 제 多情튼 님도
해란江에 눈이 오니 그만이드라
변함업는 마음이란 말쑌이러냐
눈물로 손을 잡든 龍井 플넷홈

豆滿江을 건너올 제 울든 사람도
豆滿江을 건너가니 그만이드라
눈물 업는 청춘이란 말뿐이러냐
한없이 흐득이든 羅津行 列車

타향의 술집

유행가, 조명암 작사, 이시우 작곡, 김정구 노래, 오케 12156, 1938년

흘러 온 타향 하늘 날이 저문 술집에서
술잔을 기울이며 외로이 우나니
눈물도 하염없어라 갈 데 없는 신세랍니다

한 잔의 술이나마 눈물 없이 마시리오
사랑도 리별하고 고향도 등진 몸
취하면 취한 그대로 주정하는 신세랍니다

물에 뜬 거품처럼 속절없는 세상에서
사나히 목숨 바친 절개란 무어냐
술잔에 남실거리는 네온 빛도 식어갑니다

토라진 눈물

유행가, 조명암 작사, 양상포 작곡, 장세정 노래, 오케 12110, 1938년

울고 가요 울고 가요
토라진 어린 마음 토라진 어린 마음 울고 갑니다
남의 눈을 숨어 피는 이 꽃이 실커들낭
‘아 그만 두’ 아 그만 두

억울해요 억울해요
턱업는 조바심이 턱업는 조바심이 억울합니다
눈물 우에 분바르는 이 사랑 실커들낭
‘아 그만 두’ 아 그만 두

푸른 달빗 푸른 달빗
눈물에 여울지는 눈물에 여울지는 처량한 밤에
열아홉 살 트는 사랑 두 뺨이 실커들낭
‘아 그만 두’ 아 그만 두

파랑치마

유행가, 조명암 작사, 박시춘 작곡, 이은파 노래, 오케 12260, 1939년

파랑 치마 긴치마 한 허리에 감기네
일만 설움 주름 타고 궂은 비가 옵니다
아리덩더쿵 스리덩더쿵 어쩔 수 없네
파랑 치마 젖는데도 어쩔 수 없네

살구나무 동리에 파랑 치마 날리네
화전놀이 서방보고 울어지고 맙니다
아리덩더쿵 스리덩더쿵 어쩔 수 없네
장구채가 부러져도 어쩔 수 없네

열 두 고개 아리랑 파랑 치마 해졌네
정든 님은 한 번도 만나지도 못했네
아리덩더쿵 스리덩더쿵 어쩔 수 없네
오다가다 발병 나도 어쩔 수 없네

〈토라진 눈물〉

〈파랑치마〉

파무든 便紙

유행가, 조명암 작사, 손목인 작곡, 이난영 노래, 오케 12148, 1938년 6월

해당화 꽃잎을 따서 눈물 씻으며
바닷가 백사장에 써 보는 글자
다시 못 올 그대의 이름입니다 이름입니다
아 다시 못 올 추억의 나머집니다 나머집니다

바닷가 모래를 모아 성을 쌓아놓고
울면서 모래 속에 파묻은 편지
다시 못 올 그대의 선물입니다 선물입니다
아 다시 못 올 사랑의 무덤입니다 무덤입니다

〈파묻은 편지〉 광고(『동아일보』, 1938.6.25)

〈파묻은 편지〉

포장친 異國街

유행가, 조명암 작사, 김령파 작곡, 박향림 노래, 오케 31012, 1941년

연붉은 □□밋 □□에 □□밋
낫설은 異國□□□
□□□□□□□□□ 흔드는
異國의 아가씨
이보 이보 우리는 써커쓰
□□□□□□□□□□
우리는 써커쓰

(이하 누락)

풋난봉

유행가, 조명암 작사, 박시춘 작곡, 이은파 노래, 오케 12141, 1938년

난봉이로구나 난봉이로구나
얼굴이 잘나서 흥 난봉이냐
돈이 잘나서 난봉이냐
노류장화 꺾을 적에 뿌린들 없을 소냐
얼싸 좋다 지화자 좋다 난봉 무리가 몰려든다

난봉이로구나 난봉이로구나
세월이 잘 가서 흥 난봉이냐
젊어 한때라 난봉이냐
독수공방 잠 안 올 때 한숨인들 없을 소냐
얼싸 좋다 지화자 좋다 모진 바람에 꽃이 진다

난봉이로구나 난봉이로구나
놀이가 좋아서 흥 난봉이냐
술이 좋아서 난봉이냐
거리거리 술집마다 유정 무정 없을 소냐
얼싸 좋다 지화자 좋다 아닌 밤중에 비가 온다

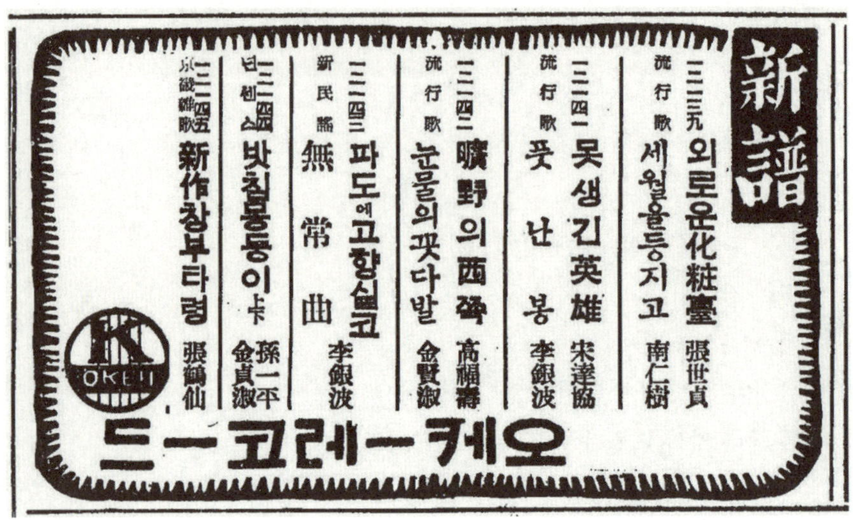

〈풋난봉〉 광고(『조선일보』, 1938.7.8)

〈풋난봉〉

漢陽은 千里遠程[39]

신민요, 조명암 작사, 이면상 작곡, 황금심 노래, 빅터 KJ1132, 1938년

한양은 천리원정 가는 님을 잡지마소
오다가다 만난 사람 맘을 주지 말았어야
에헤야 데헤야 가는 임 붙들고 울어볼까
손수건 흔들며 웃어볼까

한양은 천리원정 길이 멀다 말을 마소
정든 사람 그리우면 하룻밤에 만난다네
에헤야 데헤야 가는 임 붙들고 울어볼까
손수건 흔들며 웃어볼까

한양은 머나먼 길 걸어가면 발병 나네
못 갈 길을 떠나가면 궂은비가 나린다오
에헤야 데헤야 가는 임 붙들고 울어볼까
손수건 흔들며 웃어볼까

〈한양은 천리원정〉

---

39 음원 출처는 'http://blog.daum.net/shsj12161015/6739'이다.

할빈 茶房

가요곡, 조명암 작사, 김해송 작곡, 이난영 노래, 오케 31099, 1942년

푸른 등 꿈을 꾸는 하르빈 차방에
담뱃불 피워 물고 추억을 안고
눈 오는 겨울밤을 눈 오는 겨울밤을
조용히 보내면 아 아 아 아
희망의 속삭임이 희망의 속삭임이
가슴에 넘친다

그리운 푸른 버들 늘어진 긴자에
향기론 바람결이 다시 그리워
창살을 바라보면 창살을 바라보면
하얗게 쌓이는 아 아 아 아
봄날을 기달리어 봄날을 기달리어
하르빈 아가씨

港口마다 괄세드라

유행가, 조명암 작사, 박시춘 작곡, 남인수 노래, 오케 12168, 1938년

항구마다 여자도 많더라
항구마다 술집도 많더라
허건만 허건만 못난 이내 청춘
어리석은 나한테는
간데 족족 무정터라 괄세더라

항구마다 인심도 많더라
항구마다 눈물도 많더라
허건만 허건만 시들한 세상에
혼자 사는 나한테는
간데 족족 슬프더라 외롭더라

〈할빈 다방〉

〈항구마다 괄세드라〉

港口야 울지 마라

유행가, 조명암 작사, 박시춘 작곡, 이난영 노래, 오케 20025, 1940년

港口야 울지 마라 구슬픈 汽笛소리
안타가운 이별에 눈물 어린다
사랑이란 알고도 열의 열 번 속으니
상처바든 내 마음이 몸부림친다

港口야 울지 마라 써도는 갈맥이야
날개좃차 부서진 내 사랑이다
써나가는 사람을 원망하면 무얼 해
파도치는 선창머리 해가 점은다

港口야 울지 마라 밤거리 네온싸인
얼눅이 진 남치마 야속스럽다
붉은 입술 싸늘한 눈물 젓는 내 얼골
상처바든 첫사랑에 시들어간다

〈항구야 울지 마라〉

항구의 무명초

블루스, 조명암 작사, 엄재근 작곡, 장세정 노래, 오케 12213, 1939년

울기도 안타까운 부두 우에서
사랑이 무엇인가 가는 임 잡고
몸부림을 칩니다
태증 소리 울리고 떠나가는 연락선
끊어지는 테프만이 야속합니다

달빛도 눈물겨운 항구 밖으로
무정한 연락선은 내 님을 싣고
속절없이 떠난다
사랑 없는 세상에 누굴 믿고 살리요
명색 없는 여자라고 버리지 마소

등대 불 깜빡이는 수평선으로
떠나간 연락선의 검은 연기만
달빛 속에 어린다
원수 같은 이별에 눈물 젖는 내 가슴
이 내 몸은 울며 시든 무명초라오

〈항구의 무명초〉 광고(『동아일보』, 1939.2.11)

〈항구의 무명초〉

港口의 밤

가요곡, 조명암 작사, 박시춘 작곡, 장세정 노래, 오케 31059, 1941년

港口의 밤이여 離別의 밤이여
버들닙 떠러지는 電燈불 밋흐로
선창을 걸어가는 두 그림자
아 간열푼 휘파람 가슴을 찌르는
港口의 밤이여
離別의 밤이여

港口의 밤이여 離別의 밤이여
사랑의 똑딱船이 닷줄을 감을 제
맹서를 깨트리는 靑春 埠頭
아 地圖를 펼치면 눈물의 航路다
港口의 밤이여
離別의 밤이여

港口의 밤이여 離別의 밤이여
달빗도 부서지는 물결을 넘어서
떠나는 마도로스 파이푸에
아 煙氣도 希望도 바다에 맷기는
港口의 밤이여
離別의 밤이여

港口의 붉근 소매

유행가, 조명암 작사, 손목인 작곡, 이난영 노래, 오케 20058, 1940년

그 누가 버리고 간 한 송이 붉은 장미
해 저문 항구 비 나리는 아스팔트
꽃잎을 밟고 가는 요꼬하마 아가씨는
아 아 나르리리 나르리리 나르레겐
그 누구를 찾아가나
안타까운 새빨간 꽃잎 하나

그 누가 불러주는 애달픈 세레나데
이별의 항구 네온사인 처마 밑에
나막신 끌고 가는 요꼬하마 아가씨는
아 아 나르리리 나르리리 나르레겐
그 누구를 사모하나
안타까운 눈초리 검은 눈썹

그 누가 흘리고 간 한 잔에 푸른 아이스
정념의 항구 술 마시는 폐부두에
술잔에 눈물짓는 요꼬하마 아가씨는
아 아 나르리리 나르리리 나르레겐
그 누구를 이별했나
안타까운 입술엔 연지 냄새

港口日記

유행가, 조명암 작사, 박시춘 작곡, 남인수 노래, 오케 12273, 1939년

등 달린 전봇대 안개 서린 부두에
파이프를 입에 물고 기대 섰는 이 밤은
울기도 싫구나 웃기도 싫구나
여자 없는 내 청춘만 흘러를 간다

새빨간 술잔에 하염없이 취해서
플라탄[40]의 그늘 아래 헤매이는 이 밤을
십 년도 하루요 하루도 수십 년
여자 없는 내 가슴은 얼음쪽 같다

고요한 바닷가 시달리는 조약돌
이 내 몸도 하염없이 세상 물에 시달려
사랑도 꿈같고 고향도 꿈같애
여자 없이 흘러가는 상선 보이다

---

40 '플라탄'은 '플라타너스'를 뜻한다.

〈항구의 붉은 소매〉

〈항구일기〉

해 점은 黃浦江

유행가, 조명암 작사, 김해송 작곡, 박향림 노래, 오케 K5034, 1941년

황포강 저문 날에 비는 오는데
그 누가 울리느냐 깡깡이 줄을
오늘도 가고 싶은 나가사끼로
쌍굴뚝 누렁배는 떠나는구나

쌍팔을 늘어뜨린 푸른 들창에
노래를 불러주는 타향 아가씨
아느냐 모르느냐 이내 마음을
눈앞에 떠오른다 어머니 얼굴

황포강 물새 울어 해가 저물 제
그 누가 막을소냐 떠나는 배를
사나히 그 희망에 꽃이 피면은
즐거이 가리로다 그리운 산천

鄕愁列車

유행가, 조명암 작사, 박시춘 작곡, 이인권 노래, 오케 20025, 1940년

千里라 달니는 눈이 싸힌 國境線
이 밤은 뻬치카의 불이 그리워
털외투로 몸을 싸고 눈을 감은 창머리
어린다 내 고향이 눈에 어린다

三十의 고개로 기우러진 내 靑春
빗 날근 사랑 속에 追憶은 길어
기대 안즌 아가씨의 꿈을 꾸는 눈섭에
떠도는 그 옛날이 어제 갓고나

이 밤이 새면은 눈이 싸힌 정거장
날 마즐 사람 업는 他國 待合室
동무 삼는 파이푸의 풀은 연기 쌀아서
영원이 떠나가는 나그네런가

〈해 저문 황포강〉

〈향수열차〉

血書志願[41]

가요곡, 조명암 작사, 박시춘 작곡, 남인수 · 박향림 · 백년설 노래, 오케 31193, 1943년

(백년설) 無名指 깨물어서 붉은 피를 흘려서
日章旗 그려놓고 聖壽萬歲 불으고
한 글짜 쓰는 사연 두 글짜 쓰는 사연
나라님의 兵丁 되기 所願입니다

(박향림) 海軍의 志願兵을 뽑는다는 이 消息
손꼬바 기달이든 이 소식은 꿈인가
감격을 못 니기여 손끗을 깨물어서
나랏님의 兵丁 되기 志願합니다

(합창) 나랏님 허락하신 그 은혜를 잊으리
半島에 태여남을 자랑하여 울면서
바다로 가는 마음 물결에 뛰는 마음
나라님의 兵丁 되기 所願입니다

(남인수) 半島의 핏줄거리 빗나거라 한 핏줄
한 나라 지붕 아래 은혜 깊이 자란 몸
이 때를 놓칠손가 목숨을 아낄손가
나라님의 병정 되기 소원입니다

---

41 조선징병제 실시 기념.

(합창) 大東亞共榮圈을 建設하는 새 아츰

구름을 헤치고서 솟아오는 저 햇발

기뿌고 반가워라 두 손길 合掌하고

나랏님의 兵丁 되기 所願입니다

〈혈서지원〉

紅桃

가요곡, 조명암 작사, 산하오랑(山下五郎) 작곡, 이난영 노래, 오케 31122, 1942년

칼이냐 꼿이리냐 두견 홍도는
샛빩안 피가 무더 우줄거리네
못 오는 님이기로 섫어 울손가
섬색시 가슴에는 절개가 잇소

비 개인 港口에는 으스름 달빗
이슬이 반짝이는 실눈섭이여
화륜船 떠나간지 열에 열두 달
菊姬는 열아홉의 색시람니다

옷깃을 잡으면은 人情이 되고
잘 가소 보내면은 못 오는 그 길
철없는 杜鵑 紅桃 샐이 치시고
장부의 그 일홈을 애씨옵소서

〈홍도〉

紅紗燈 푸념[42]

가요곡, 조명암 작사, 박시춘 작곡, 박달자 노래, 오케 31021, 1941년

란딴[43]이 흔들리는 국낙도 언덕
나는요 열아홉살 송화강 큰 애기
새빨간 홍사등에 얼굴을 적시며
누구를 들으라고 누구를 들으라고
초금(草琴)을 부나요

흐르는 창크(?)에 칠성별 싣고
왕모래 던져보는 송화강 큰 애기
울리는 수도로구 총대를 맽기고
누구를 들으라고 누구를 들으라고
초금을 부나요

꽃바람 실어오는 모스도와야
꿈꾸는 센터라르 사랑의 거리
나는요 열아홉살 송화강 큰 애기
누구를 들으라고 누구를 들으라고
초금(草琴)을 부나요

42　음원 출처는 'http://blog.daum.net/bak588/12422443'이다.
43　'란딴'은 랜턴(lantern)의 일본식 발음이다.

紅薔薇

유행가, 조명암 작사, 박시춘 작곡, 이인권 노래, 오케 31009, 1940년

붉은 술에 춤을 추는 쌴데리아 불빛아래
이 내 가슴은 눈물에 시달니는 보드러운 꼿닢
잠시로 피엿다가 시들어간다
아 믿을 길 없는 옛사랑의 젊은 꿈

(대사) 밤비를 마즈며 지금 막 정거場에서 도라왔음니다. 플랫트홈에서 당신을 보았을 때 나는 와르르 당신 품안으로 달녀가 마즈막 통곡을 하고 싶엇슴니다. 新婚旅行 — 얼마나 아름다운 人生의 幸福이오릿가? 허지만 나는 무한이 슬펏나이다. 언제인가 당신은 창백한 내 손을 어르만지며 「네 가슴은 써거간다 그러나 써거가는 네 가슴에서 나는 永遠히 살고 싶다」 이렇게 하소연하시엿지만 아니 良心이 잇는 나로서야 사랑하는 당신께 내 무서운 病을 올마드리기는 실엿슴니다. 오즉 그것이 당신 받치는 내 眞情이엇든 까닭에 지금에 와서 나는 당신을 원망하지 안슴니다. 오즉 지금 나는 당신의 幸福을 祝福하는 뜻으로 레스트랑 술상머리에서 쓰듸쓴 술을 혼자 들겟슴니다.

불너보는 그 녯날에 피눈물이 흘으건만
이내 가슴은 한숨에 빛을 일어 떨어지는 꼿닢
달내여 주는 이도 없는 이 내 몸
아 속절이 없소 녯사랑의 젊은 꿈

花柳 雜記帳

유행가, 조명암 작사, 박시춘 작곡, 박향림 노래, 오케 20027, 1940년

울기도 싫으며 웃기도 싫어
눈물에 썩은 사랑 화류의 한을
붉은 입술 깨물어서 웃어야 옳을소냐

꿈속에 속아서 꿈속에 맺혀
밤거리 꼭두각시 깨진 사랑을
술잔 너머 비웃으며 웃어야 옳을소냐

목숨도 끊고서 맹세도 끊어
짓밟힌 꽃잎처럼 떠날 내 신세
경대 앞에 분바르며 울어야 옳을소냐

花柳春夢

유행가, 조명암 작사, 김해송 작곡, 이화자 노래, 오케 20024, 1940년

꼿다운 二八 少年 울녀도 보앗스며
철업는 첫사랑에 울기도 했드란다
연지와 분을 발너 다듬은 얼골 우에
청춘이 바스러진 落花 신세
마음마저 기생이란 일홈이 원수다

점잔은 사람한테 귀염도 바덧스며
나 절믄 사람한테 사랑도 했드란다
밤 느즌 人力車에 취하는 몸을 실어
손수건 적신 적이 몃 번인고
일홈조차 기생이면 마음도 그러냐

빗나는 금강석도 탐네도 보앗스며
겁나는 세력 압헤 아양도 떨엇단다
호강도 시들하고 사랑도 시들해진
한 떨기 짓밟피운 落花 신세
마음마저 썩는 것이 기생의 도리냐

〈홍장미〉

〈화류춘몽〉

火輪船아 가거라

유행가, 조명암 작사, 김해송 작곡, 이화자 노래, 오케 20024, 1940년

철석간장 녹여 주고 가는 곳을 무러 보자
피눈물 목이 밀 제 汽笛이 뚜
허풍선이 사랑 속에 속아서 매즌 情이로구나
오냐 오냐 잘 가거라

千金같은 내 청춘에 離別이 웬 말이냐
떠나는 火輪船에 물결이 출넝 출넝
내 품속에 울든 님아 마음이 변해 원수로구나
오냐 오냐 잘 가거라

火輪船아 잘 가거라 만경창파 잘 가거라
몸부림치며 울 제 바다가 뗑 뗑
花柳 신세 계집에도 사랑이 잇어 病이로구나
오냐 오냐 잘 가거라

荒野에 해가 점으러

유행가, 조명암 작사, 김준영 작곡, 강홍식 · 김초운 노래, 콜롬비아 40705, 1936년

천리만리 황야에 해가 점으러
류랑의 이 내 몸이 외롭습니다
쩌나갈 길 아득한 나그네 신세
누굴 쌀아 이갓치 울며 헤매나

쩌나가면 가는 곳 그 어듸런가
외롭다 내 갈 길은 황야의 저 끚
한이 업는 설음을 풀 길이 업서
나그네로 한 평생 사라갑니다

강남 가에 피는 곳 사랑의 쑴도
어젯 날 찬이슬에 슬어지고요
님을 쌀아 헤매든 젊은 시절도
속절업는 세월에 쩌낫습니다

봄바람에 쩌나온 이내 고향이
가을비 오는 밤엔 참아 그립다
그릴사록 마시는 술잔을 들고
눈물 지운 그 밤이 몃 번이런가

이즈리라 먹은 맘 눈물도 허사

애태운 옛사랑도 허사랍니다
해가 점은 황야에 갈 길은 멀어
아득하다 별빛도 외롭습니다

〈황야에 해가 저물어〉

黃布 돛대

가요곡, 조명암 작사, 박시춘 작곡, 최병호 노래, 오케 31165, 1943년

황하수 벅찬 물에 노래를 싣고
어드메로 떠나가는 황포 돛대냐
흘러가는 동쪽 바다 동쪽의 사랑
행복을 실어오는 황포 돛대냐

병원선 뱃머리에 깃발을 보고
손을 들어 절을 하는 뱃사공이냐
아세아에 두견 피는 영원의 사랑
홍아를 싣고 가는 황포 돛대냐

〈화륜선아 가거라〉

〈황포 돛대〉

흐르는 南 끗동

유행가, 조명암 작사, 김령파 작곡, 박향림 노래, 오케 31012, 1941년

어제는 □□□ 오늘은 □□□
연지도 흘너간다 곤지도 흘너간다
아가씨 水平線이 □□□□□□□□

(이하 누락)

흘너간 學窓

유행가, 조명암 작사, 이봉룡 작곡, 이난영 노래, 오케 31021, 1941년

(1절 누락)

도라지 꽃이 피는 湖水가에는
그 누가 버렷는가 연지 무든 손수건
흘너간 녯추억을 누가 아리요
혼자서 집어보는 수건 끗해는
샛밝안 일홈자가 외롭습니다

물 위에 황혼 빛이 서려들 적에
숲 사이 이슬길을 혼자 걸어 가면은
구름은 흘러가고 새는 우느니
휘파람 불어보는 옛 노래 속에
학생복 입던 시절 꿈이 그리워

(대사)
아! 고향을 떠날 적에도
고향으로 돌아 올 적에도
나에게 아름다운 희망을 주던
이 호수의 물결
그리고 저 송이는 바위틈의 도라지꽃
언제나 그립던 추억이 가득 찬 이 숲속의

구부러진 길

아! 여기서 놀던 영숙이 진숙이 남이□

지금은 모두들 성공을 했을 테지?

헌데 나는 무엇을 했나

하지만 나에게는 커다란 희망이 있지?

나도 빛나 볼테야

저 산머리에 걸린 별같이 꼭 빛나고 말테야

희미한 남포불에 소식을 쓸까

생각을 하다마다 구겨버린 편지는

가슴이 아픈 마음 잊을까 하고

혼자서 도란뜰을(?) 제쳐보느니

새파란 풀잎은 쓸쓸도 하오

〈흘러간 학창〉

희망[44]

조명암 작사, 김해송 작곡, 이난영 노래, 오케 31045, 1941년

앵무새가 우는 거리로 붉은 장미 피는 거리로
어여쁜 아가씨들이 춤을 추잔다
바람이 살랑 희망이 설렁
기쁜 노래 부르면서 희망의 길을 걸어 가잔다

능수버들 가지 사이로 푸른 잔디 너머 고개로
어여쁜 아가씨들이 춤을 추잔다
바람이 살랑 웃음이 방긋
기쁜 노래 부르면서 희망의 길을 걸어 가잔다

---

44 1959년, 이난영의 부산 국제극장 공연 실황 녹음.

희망마차

가요곡, 조명암 작사, 남촌인 작곡, 백년설 노래, 오케 31215, 1943년

어서 가자 저 마을 영산홍 무르녹은 항구의 거리
□□□ 설렁대는 희망의 마차여
은방울을 울려라 말고삐를 재쳐라
□□□□□이다

어서 가자 저 마을 물새가 집을 찾는 항구의 부두
젊은 꿈 피가 끓는 희망의 마차여
저녁 안개 헤쳐라 달조각을 찾어라
□□□□□이다

(3절은 일본어 가사)

김다인

개고기 主事

유행만요, 김다인 작사, 김송규 작곡, 김해송 노래, 콜롬비아 40824, 1938년

아 떨어진 중절모자 빵꾸난 당꼬바지
꽁초를 먹드래도 내 머시야
댁더러 밥 달냇소 아 댁더러 옷 달냇소
쓰듸쓴 막걸니나마 권하여 보앗껀듸
이래 뵈도 종로에서는 개고기 주사
나 몰나 개고기 주사를 머야 이건

아 여름에 동복 입고 겨울에 하복 입고
엽흐로 거러가도 내 머시야
댁더러 밥 달냇소 아 댁더러 옷 달냇소
쓰듸쓴 막걸니나마 권하여 보앗껀듸
이래 뵈도 종로에서는 개고기 주사
나 몰나 개고기 주사를 머야 이건

아 안경을 발에 쓰고 냉수에 초처 먹고
해 뜨면 우산 써두 내 머시야
댁더러 밥 달냇소 아 댁더러 옷 달냇소
쓰듸쓴 막걸니나마 권하여 보앗껀듸
이래 뵈도 종로에서는 개고기 주사
나 몰나 개고기 주사를 머야 이건

고향설

가요곡, 김다인 작사, 이봉룡 작곡, 백년설 노래, 오케 31096, 1942년

한 송이 눈을 봐도 고향 눈이요
두 송이 눈을 봐도 고향 눈일세
깊은 밤 날러오는 눈송이 속에
고향을 불러 보는 고향을 불러 보는
젊은 푸념아

소매에 떨어지는 눈도 고향 눈
뺨 우에 흩어지는 눈도 고향 눈
타관은 낯설어도 눈은 낯익어
고향을 외어 보는 고향을 외어 보는
젊은 한숨아

이 놈을 붙잡아도 고향 냄새요
저 놈을 붙잡아도 고향 냄샐세
나리고 녹아 가는 모란 눈 속에
고향을 적셔 보는 고향을 적셔 보는
젊은 가슴아

故鄉郵便

유행가, 김다인 작사, 이용준 작곡, 박향림 노래, 콜롬비아 40850, 1939년

천리타향 구름 속에 기럭이 운다
나 홀로 이 벌판에 헤매라는 법 잇소
달니는 박휘 우에 달니는 박휘 우에 고향은 흘은다
방울을 목에 걸고 단부링 손에 들고
재주를 넘는다

이 그네서 저 그네로 손벽은 운다
썩이는 나팔 곡조 우는 맘을 메우네
달니는 박휘 우에 달니는 박휘 우에 고향은 흘은다
수건을 입에 물고 외박희 자정거에
재주를 넘는다

큰옵빠는 싱가폴에 언니는 청도
뿔뿔이 헤저 보는 타국 달은 설구나
달니는 박휘 우에 달니는 박휘 우에 고향은 흘은다
코기리 발장단에 허리를 꺽그면서
재주를 넘는다

(未吹込)
글자마다 눈물 엉켜 편진들 쓰랴
추야장 천막 속에 어째 이리 짤을까

달니는 박휘 우에 달니는 박휘 우에 고향은 흘은다
변하는 라이트에 우슴을 던지면서
재주를 넘는다

달니는 박휘 우에 달니는 박휘 우에 고향은 흘은다
변하는 라이트에 우슴을 던지면서

妓生手帖

유행가, 김다인 작시, 전기현 작곡, 이옥란 노래, 콜롬비아 40839, 1938년

허크러저 상한 가슴 술로 속여 웃는 밤
이 한 밤이 아
엇재 이리도 길단 말이냐

칠보단장 어데 가고 노류장화 가엽다
내 신세가 아
엇재 이리도 안타까우냐

밤거리에 흐터지는 길을 일흔 꼿송이
가는 길이 아
엇재 이리도 험상구즈냐

키타는 운다

유행가, 김다인 작사, 이재호 작곡, 김장미 노래, 콜롬비아 40863, 1939년

들여온다 들여온다 깊은 밤에
들여온다 들여온다 키타 소리가
타국의 호텔에서 발코니에서
키타소리 들으면 아 그리운 건
떠나 온 떠나 온 그 땅이냐

누구세요 누구세요 깊은 밤에
누구세요 누구세요 키타 소리가
불꺼진 베란다에 스텦스에서
키타소리 들으면 아 보고푼 건
두고 온 두고 온 그 정이냐

꼿 갓흔 純情

유행가, 김다인 작사, 이용준 작곡, 이옥란 노래, 콜롬비아 40846, 1939년

꼿 갓흔 순정을 꼿 갓흔 순정을 치마폭에 싸들고
당신이 가는 길은 라라 나도 가겟소
어차피 이 한 몸은 당신 것이니
물인들 불 속인들 라라 쪼차가겟소

꿈이나 생시나 꿈이나 생시나 당신가는 길이면
비바람 불기하고 라라 따라가겟소
어차피 이 한 몸은 당신 것이니
산인들 바다인들 라라 쪼차가겟소

살거나 죽거나 살거나 죽거나 당신만을 미더요
한울이 쏘다저도 라라 소사나겟소
어차피 이 한 몸은 당신 것이니
아모리 울여줘도 라라 참고 살겟소

꽃바람 님바람

유행가, 김다인 작시, 전기현 작곡, 남일연 노래, 콜롬비아 40832, 1938년

연분홍 꽃바람에 쌍그네를 뛰잔다
치마를 주름잡는 사랑의 꽃바람
불타는 첫사랑을 달빗 속에 띄워 보내자
불으자 젊은 노래를 라 꽃바람 분다

진주사 치마끈이 달빗 속에 날닌다
가슴을 주름잡는 정열의 꽃바람
싹트는 첫사랑을 날니는 치마끈에 붓뜨르 매자
불으자 젊은 노래를 라 꽃바람 분다

보채는 머리카락 수풀가치 흔들여
열 아홉 풋마음이 뿔뿔이 떠돈다
불붗는 첫사랑을 아득한 구름 속에 날너 보내자
불으자 젊은 노래를 라 꽃바람 분다

나도 백 년 너도 백 년

가요곡, 김다인 작사, 박시춘 작곡, 김정구 노래, 오케 31105, 1942년

넓은 세상 넓게 살자 네 활개 펴고
나도 백 년 너도 백 년 대장부 세상
떠들며 사는 것도 하소를 알라
수수하게 건전하게 다정한 이웃

모가 없는 둥근 세상 둥글게 살자
나도 백 년 너도 백 년 한 식구처럼
하늘에 꽂힌 별도 정성을 알라
오붓하게 차분하게 다정한 이웃

알고 보면 너나 나나 알만한 친구
웃음 끝에 한숨 끝에 당신과 나다
혀끝에 묻은 말도 가슴을 알라
오래 두고 뒤에 두고 다정한 이웃

남무아미타불

만요, 김다인 작사, 김송규 작곡, 김해송 노래, 콜롬비아 40847, 1939년

상투 깎고 십 년 공부 남무아미타불
발톱 깎고 십 년 공부 남무아미타불
네 까짓게 버팅기면 나는 너를 홀짝할까
그런 대로 나만 따르면 쪽도리나 씌워줬지
관샴보살 관샴보살 십 년 공부 남무아미타불

좁살 먹고 십 년 공부 남무아미타불
도라지 먹고 십 년 공부 남무아미타불
되잖은 게 된척 하면 허리 굽힐 난 줄 아나
그런 대로 나만 쪼츠면 가마라두 태워주지
관샴보살 관샴보살 십 년 공부 남무아미타불

하눌 천 따 지 십 년 공부 남무아미타불
가갸거겨 십 년 공부 남무아미타불
지지리도 못 생긴 게 분 바르면 고와질가
그런 대로 나만 미드면 썩이라두 먹어보지
관샴보살 관샴보살 십 년 공부 남무아미타불

낭자머리 歎息

유행가, 김다인 작사, 이재호 작곡, 김장미 노래, 콜롬비아 40861, 1939년

가세요 가십시요 가세요 가십시요
잡어도 안 머무실 토라진 그대의 마음
타고 남은 심장이라 눈물도 말렀소
낭자머리 풀어서 분홍 댕기 맺어본들
다시 몬 필 동백꽃입니다

가세요 가십시요 가세요 가십시요
이대로 떠난다면 맹서가 보람이 없오
울고 남은 가슴이라 하손들 잇겠소
낭자머리 풀어서 분홍댕길 디려본들
다시 몬 올 카나리압니다

눈물의 連絡船

유행가, 김다인 작사, 김송규 작곡, 유종섭 노래, 콜롬비아 40846, 1939년

고드름 낙수 지는 항구의 밤은
어이타 이다지도 어이타 이다지도 마음을 울니느냐
안개 속에 아득이는 가랑비 소린
마스터에 홀로 우는 나그내 심사라

푸서기 바람결에 테푸가 풀여
어이타 이다지도 어이타 이다지도 가슴을 울니느냐
바다 멀니 깜박이는 고동소리는
닷을 잡고 포구 찻는 나그내 심사라

多情 燈臺

가요곡, 김다인 작사, 이봉룡 작곡, 남인수 노래, 오케 31103, 1942년

석양천의 붉은 노을 바다에 깔고
아득히 떠나가는 타관 낚시 배
떠도는 포구마다 반기는 등대
인생의 낚시 줄이 불빛을 감네

감겼다 풀어지는 낚시 줄 속에
부산 땅 청진 땅이 얼룩이 지고
순풍이 넘쳐나는 황포 돛대에
인생의 낚시 줄이 불빛을 감네

달 갓흔 님아

신민요, 김다인 작사, 유일춘 작곡, 미스 코리아 노래, 태평 8603, 1939년

달 갓흔 님아 해 갓흔 님아
벽오동 거문고에 줄 타는 님아
압산 꾀꼴이 뒷산 뻑꾹이
청실홍실이 따로 잇느냐 홍
늠실 늠실 아 늠실 늠실 늬나니 난실
안달이 낫구나 홍 홍 안달이 낫구나 홍

능청한 님아 새침한 님아
태극선 부처가며 잔드는 님아
압뜰에 청풍 뒤뜰에 명월
재자가인이 따로 잇느냐 홍
늠실 늠실 아 늠실 늠실 늬나니 난실
성화가 낫구나 홍 홍 성화가 낫구나 홍

총 갓흔 님아 칼 갓흔 님아
홍공단 이불 속에 꿈꾸는 님아
이 모에 원앙 저 모에 두루미
무릉도원이 따로 잇느냐 홍
늠실 늠실 아 늠실 늠실 늬나니 난실
안달이 낫구나 홍 홍 안달이 낫구나 홍

달려라 노새

가요곡, 김다인 작사, 김해송 작곡, 남인수 노래, 오케 31078, 1941년

제쳐라 노새야 제쳐라 노새야
채찍에 피가 터진 설한풍을 달래며
석유불 깜박이는 아득한 육로에
흥안령(興安嶺) 그림자가 가로질렀다

제쳐라 노새야 제쳐라 노새야
□□선 안타까운 승가리를 감돌아
시퍼런 말갈기에 달빛을 적시며
변강의 푸른 뫼가 어디쯤이냐

□□의 한 세상은 □□와 같구나
다달족 창을 들고 소리치던 벌판에
역사가 속절없던 오논의 강물아
제쳐라 노새야 달려라 노새야

〈달 같은 님아〉

〈달려라 노새〉

대동강 물결 위에

신민요, 김다인 작사, 전기현 작곡, 모란봉 노래, 태평, 1937년(?)

대동강이 대동강이 좋을시고
대동강이 좋을시고
기린 말이 승천한 곳 사천 년이 그윽하고
요리조리 감돌아서 기성팔경이 기특하다
산은 점점 물은 용용 가인재사 노든 데라
대동강이 좋을시고

청천강이 청천강이 좋을시고
청천강이 좋을시고
비단 띠를 두른 바위 은하수가 너울이요
굽이굽이 굽이쳐서 동해 서해가 치마로다
앉은 구름 누운 구름 팔선녀가 하강하네
청천강이 좋을시고

구룡연이 구룡연이 좋을시고
구룡연이 좋을시고
옥부용이 일만 이천 수정방아 기특하고
구불구불 솟아오른 단발령이 시원하다
하늘길이 닿았고나 은사다리 금사다리
구룡연이 좋을시고

더벙머리 과거

가요곡, 김다인 작사, 박시춘 작곡, 백년설 노래, 오케 31090, 1942년

과거사 못 생겼소 과거사 못생겼소
황혼이 꽃 노을이 천변에 나린
광교에 걸터앉아 울었소 소리쳤소
철없는 더벅머리
서글픈 과거사다 못생긴 과거사다

과거사 어리석소 과거사 어리석소
이슬이 밤 안개가 종로에 나린
로타리에 걸터앉아 웃었소 낄낄댔소
한 많은 더벅머리
외로운 과거사다 고달픈 과거사다

과거사 잊어야지 과거사 잊어야지
낙엽이 수박등이 흐르는 골목
이 골목 저 골목을 헤맸소 더듬었소
철없는 더벅머리
버리자 골목대장 버리자 더벅머리

〈더벅머리 과거〉

동백꽃 피는 望樓

가요곡, 김다인 작사, 이재호 작곡, 이인권 노래, 태평 5086, 1943년

혼자서 피는구나 혼자서 지는구나
새빨간 동백꽃이 대동강 내 형제다
이 몸은 등대지기 바다의 망루살이
오늘도 타관 배를 마중한다 배웅한다

남몰래 오는구나 남몰래 가는구나
춘삼월 물제비가 대동강 내 형제다
이 몸은 등대지기 수평선 망루살이
길 잃은 화륜선을 마중한다 배웅한다

피는 새 피는구나 오는 새 가는구나
춘삼월 물제비가 한 동갑 사는 데다
등대는 불사의 꽃 망루는 나의 무덤
한 백년 한평생을 이 바다에 던지겠소

동그랑 땡땡

신민요, 김다인 작사, 전기현 작곡, 미스코리아 노래, 태평 8695, 1939년

동그랑 땡땡 동그랑 땡 동그랑 땡땡 동그랑 땡
칠보단장이 동그랑 땡 좋다 좋다 응 응
요내 춘색이 동그랑 땡
네가 네가 네가 누구냐 네가 네가 네가 누구냐
건너말 김면장 막내딸이냐 응 — 고것 참 늘씬하구나
어느새 저렇게 자랐었나 동그랑 땡 땡 동그랑 땡

동그랑 땡땡 동그랑 땡 동그랑 땡땡 동그랑 땡
홍도 백도가 동그랑 땡 좋다 좋다 응 응
요내 춘색이 동그랑 땡
네가 네가 네가 누구냐 네가 네가 네가 누구냐
아랫말 박감사 둘째딸이냐 응 고것 참 고와졌구나
어느새 저렇게 영글었나 동그랑 땡땡 동그랑 땡

동그랑 땡땡 동그랑 땡 동그랑 땡땡 동그랑 땡
청실 홍실이 동그랑 땡 좋다 좋다 응 응
요내 세월이 동그랑 땡
네가 네가 네가 누구냐 네가 네가 네가 누구냐
담 너머 오동집 첫째 딸이냐 응 고것 참 능청맞구나
어느새 저렇게 철이 났나 동그랑 땡땡 동그랑 땡

滿洲新郎

가요곡, 김다인 작사, 이봉룡 작곡, 송달협 노래, 오케 31099, 1942년

정 하나 잘못 주어 우는 가슴아
호삭풍 불어오는 만주러라
흥안령 높은 고개 산부리 위에
새 사랑 새 태양에 신랑이 되자

발 하나 잘못 짚어 빠진 발길아
참대도 얼어 죽는 만주러라
흑룡강 넓은 물길 용솟음 속에
새 사주 새 역사에 신랑이 되자

꿈 하나 잘못 꾸어 헝큰 청춘아
눈물도 웃음 되는 만주러라
흥안령 흑룡강이 무궁한 벌판
새 살림 새 나라에 신랑이 되자

〈송달협〉

〈만주 신랑〉

못감니다

유행가, 김다인 작시, 이용준 작곡, 박향림 노래, 콜롬비아 40845, 1939년

못감니다 못감니다 절대로 못가요 못가심니다
사정업시 내 가슴에 요러케 속속드리 흠집을 내고
못감니다 못감니다 절대로 못가요

안됨니다 안됨니다 절대로 안돼요 아니됨니다
마음대로 내 가슴에 요러케 이모저모 눈을 쑤리고
안됨니다 안됨니다 절대로 안됨니다

약속 하소 약속 하소 오늘 밤 이 시간 약속하세요
하늘쌍이 꺼지어도 당신은 언제던지 잇서 주세요
약속 하소 약속 하소 가지 마세요

바다의 자장가

유행가, 김다인 작시, 전기현 작곡, 신회춘 · 이옥란 노래, 콜롬비아 40836, 1938년

에헤 써나를 가자 써나를 가요
광풍을 밀치고 써나를 가자
어기영디영 에헤
남빗 히망 가득 싣고 둥실둥실 잘도나 써나가네

에헤 써나를 가자 써나를 가요
파도를 바드며 써나를 가자
어기영디영 에헤
황소 갓흔 청춘 싣고 둥실둥실 잘도나 써나가네

에헤 써나를 가자 써나를 가요
히망기 날니며 써나를 가자
어기영디영 에헤
솟갓흔 청춘환은 둥실둥실 잘도나 써나가네

백지올시다

가요곡, 김다인 작사, 박시춘 작곡, 장세정 노래, 오케 31062, 1941년

한 자 쓰고 푸념일세 두 자 쓰고 넋두릴세
개천선 천리길에 개천선 천리길에
아 이 편지를 부칩니다

눈물 루(淚)자 쓰고 나니 쓸 사연이 가이 없네
두루마기 둘둘 말어 두루마기 둘둘 말어
아 백지로 써 보냅니다

울고 싶은 만단 사연 못 쓰는 맘 아시는가
당신의 참사랑을 당신의 참사랑을
아 가득 쓰고 보내소서

별일이 다 많어

유행가, 김다인 작사, 전기현 작곡, 박향림 노래, 콜롬비아 40852, 1939년

나이는 열 아홉 풋색신데
아버지는 작구만 짜증을 내여
그래서 어머니한테 살그머니 무러봤드니
별일이 다 많어
옆집의 총각이 말썽이래요

댕기는 흑갑사 풋색신데
어머니는 벼란간 단장을 하래
그래서 아버지한테 살그머니 무러봤드니
별일이 다 많어
오늘이 미아이(맞선 – 인용자) 하는 날이래

꿈결도 수집은 풋색신데
옷고름만 다어도 정이 가서요
그래서 큰언니한테 살그머니 무러봤드니
별일이 다 많어
낼 모래 장날엔 시집간대요

봄 便紙

유행가, 김다인 작사, 고하정남(古賀政男) 작곡, 이난영 노래, 오케 31035, 1941년

蓮밥 따는 궁노 숲헤 낫달이 쓸 때
가랑닢에 쓰신 便紙 가슴에 품고
왼종일 기다려도
왜 아니 와요 왜 아니 와요
나 혼자 나 혼자서 울고 잇서요

쌍가마진 가르마를 곱게 갈라서
쪽쩌 보며 만저보는 아가씨 시절
그때가 그리워요
야속하구려 야속하구려
종달새 萬頃 쓸에 혼자 웁니다

가슴으로 울며가며 바라다보는
하늘에는 별만 총총 헝크러젓소
당신는 왜 몰나요
저 구름 속에 저 구름 속에
초잡은 내 便紙를 띄웟습니다

쌍가풀 진 눈동자에 싸라진 비밀
왕모래를 던저보는 아가씨 마음
왜 몰나주시나요

그 비밀 속에 그 비밀 속에
불너서 밤을 새워 멋 번이런가

살어름에 매친 사랑 녹일 길 업서
가슴 우에 손을 언고 입김을 분다
새벽 별 도다와도
왜 아니 와요 왜 아니 와요
혼자서 몸부림에 꿈만 더듸다

不忘의 꽂따발

유행가, 김다인 작사, 김수월 작곡, 김춘희 노래, 리갈 C449, 1938년

가는 봄이
아쌉다 울어선 무엇하랴
님 그린 술잔에
아아 애쑤진 옛날이 발버둥쳐요

가야금에
이 몸을 멕긴지 멋해런가
님 그린 가락에
아아 쓰거운 눈물이 몸부림쳐요

이팔청춘
주고서 어든게 무엇이냐
님 그린 홍등에
아아 철업는 나븨야 덤비지마라

빛나는 水平線

유행가, 김다인 작사, 이재호 작곡, 김해송 노래, 콜롬비아 44007, 1940년

불러라 (라) 불러라 (라)
壯士의 노래를 (라)
모래는 銀가루요 우리들은 검둥이 (라)
가잔다 (라) 가잔다 (라)
夢金浦로 靑春의 水鄕 (라)
물소 우는 바다 우에
부르자 壯士들아 (라)

불러라 (라) 불러라 (라)
男兒의 노래를 (라)
하늘은 코발트요 우리들은 젊었다 (라)
가잔다 (라) 가잔다 (라)
明沙十里 靑春의 벌판
휘날리는 꽃닢 속에
부르라 男兒들아 (라)

불러라 (라) 불러라 (라)
靑春의 노래를 (라)
바위는 울퉁불퉁 우리들은 놉세다 (라)
가잔다 (라) 가잔다 (라)
月尾道로 靑春의 바다

타오르는 모래 속에
부르라 청춘들아 (라)

上海로 가자

유행가, 김다인 작사, 이용준 작곡, 유종섭 노래, 콜롬비아 40839, 1938년

키타를 목에 걸고 상해로 도라가자
안개는 흐터지고 테푸는 난다
아득한 부두에는 고동소리 넘치고
집웅을 물드리는 달빗이 조쿠나

오송노 깁흔 밤은 힌 눈이 싸이고
멀고먼 선찬에는 등불이 곱다
지난날 이 항구에 울고 쩌난 사람아
새로 단 카텐 미테 쏘다시 맛나자

눈 싸인 장명등엔 향수만 길구나
타향에 피를 쑤린 용사의 마음
히망의 싸이렌이 이 항구에 들닌다
봄철이 오기 전에 상해로 오너라

少年草

가요곡, 김다인 작사, 이재호 작곡, 진방남 노래, 태평 5052, 1942년

새파란 안개 새빨간 안개 안개 낀 수평선
羅針을 돌려라 뱃머리 돈다
열대의 한울 사나희라면 사나희라면
南쪽으로 珊瑚바다로 흐르자 少年들아

싸락눈송이 함박눈송이 눈송이 지평선
기빨을 날려라 軍馬는 운다
國境의 한울 사나희라면 사나희라면
北쪽으로 노로 高地로 달리자 少年들아

수평선들아 지평선들아 감격의 언덕아
소라를 부러라 테푸는 난다
평화의 한울 사나희라면 사나희라면
珊瑚海로 노로 高地로 흐르자 달리잔다

신 곰배타령

신민요, 김다인 작사, 전기현 작곡, 모란봉 노래, 태평 5040, 1942년

곰배랏다 곰배야 곰배나 칭칭칭칭 곰배
문곰배야 쌀곰배야 풍년곰배가 너로구나
곰배랏다 곰배야 곰배나 칭칭칭칭 곰배

곰배랏다 곰배야 곰배나 칭칭칭칭 곰배
이팔청춘 걸머지고 나무리벌로 나아가자
곰배랏다 곰배야 곰배나 칭칭칭칭 곰배

곰배랏다 곰배야 곰배나 칭칭칭칭 곰배
노랑고깔 푸른 고깔 포곡새소리 멋들었다
곰배랏다 곰배야 곰배나 칭칭칭칭 곰배

곰배랏다 곰배야 곰배나 칭칭칭칭 곰배
재수사망 누가 아나 공이소리가 아는구나
곰배랏다 곰배야 곰배나 칭칭칭칭 곰배

곰배랏다 곰배야 곰배나 칭칭칭칭 곰배
더꺼머리 발 방아에 노랑수건이 춤을 춘다
곰배랏다 곰배야 곰배나 칭칭칭칭 곰배

쌍쌍타령

신민요, 김다인 작사, 김송규 작곡, 김장미 노래, 콜롬비아 40847, 1939년

영남이라 부산바단 섬도나 쌍쌍
해가 쓰면 오륙도요 달이 쓰면 두셋
현해탄이 거울이드냐 맵씨 보는 저 색씨 보소
만고강산 다 제처노코 이 고장에
내 차저왓소 응응응 얼시구나 조치

평양이라 대동강엔 배도나 쌍쌍
원포귀범 돗대 우엔 물제비도 쌍쌍
능라도가 주막이드냐 소리 쏩는 저 기생 보소
천하명승 다 버려 두고 이 고장에
내 차저왓소 응응응 얼시구나 조치

금남이라 연대봉엔 달도나 쌍쌍
장군바위 굴속에는 불노초도 쌍쌍
총석정이 바둑판이냐 시조 읍는 저 노인 보소
관동팔경 다 실타하고 이 고장에
내 차저왓소 응응응 얼시구나 조치

아가씨 茂盛

가요곡, 김다인 작사, 김교성 작곡, 백난아, 태평 5012, 1941년

濟州道 아가씨는 三臺星 아가씨
바가지 박을 물 우에 띄우고
한바휘 들면은 홍합이 나오고
두바휘 들면은 전복이 나온다
휘파람 장단에 □□□ 춤을 춘다

□陸島 아가씨는 □□못 아가씨
삼지창 장대를 어깨에 □□고
요쪽을 들면은 미역이 감기고
조쪽을 들면은 □□가 감긴다
옷고름 바람에 □산이 춤을 춘다

(3절 누락)

아득한 故鄕

유행가, 김다인 작사, 이재호 작곡, 김장미 노래, 콜롬비아 40867, 1939년

아 멀다 고향길이
마철령 저 산 넘어 솔빵울 지는 고향
아 그립드라 옷소매에 감겨드는
타향 꿈은 속절없어 간데족족 눈물이요
내 고향만 못 하드라

아 멀다 고향길이
마철령 저 산 넘어 산까치 우는 고향
아 그립드라 꽃닙 따서 점을 치든
딸네들아 잘 잇느냐 오나가나 푸념이요
내 고향만 못 하드라

아 멀다 고향길이
마철령 저 산 넘어 쑥나물 피는 고향
아 그립드라 아즈랑이 산허리에
청대콩이 눈에 암암 자나깨나 안타까운
내 고향을 잊을소냐

아주까리 手帖

가요곡, 김다인 작사, 이봉룡 작곡, 백년설 노래, 오케 31102, 1942년

아주까리 꽃 그림자 흔들리는 섬 속에
하모니카 안타까운 강남달 시절
갈매기 울어 울어 해지는 선창에
모자를 흔들면서 떠나던 사람아

분수처럼 넘쳐나는 꼭두서니 노을에
하모니카 불어 불어 떠나던 님아
날마다 선창 우에 해를 지우며
당신을 기다려서 십 년이 넘었소

맹서 남긴 방초 언덕 이슬비가 나린다
갈매기만 쌍을 지어 꿈을 부르네
실실이 풀어지는 노을 속으로
수평선 흘러가는 돛대만 헤이네

哀愁의 江邊

유행가, 김다인 작사, 이재호 작곡, 박향림 노래, 콜롬비아 40853, 1939년

궤잽이 불빛도 꿈꾸는 강변
나룻배 우에서 추억은 크다
모래를 헷치며 가슴을 때려본들
문허진 모래성을 문허진 모래성을
다시 쌀 수 있느냐

노 젓는 소리도 꿈꾸는 강변
모래밭 우에서 하소는 멀다
강까에 쓰러저 물소릴 헤여 본들
흘러간 물거품을 흘러간 물거품을
다시 몰 수 있느냐

안개도 이슬도 꿈꾸는 강변
다릿목 우에서 한숨은 길다
고개를 숙이고 머리를 뜨더본들
끊어진 연줄이야 끊어진 연줄이야
다시 일 수 있느냐

〈아주까리 수첩〉

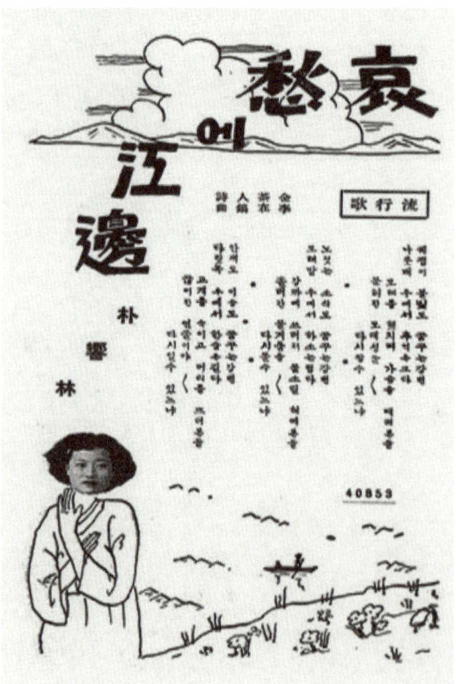

〈애수의 강변〉 광고
(『콜롬비아매월신보』, 1939.5)

엉터리 大學生

유행가, 김다인 작사, 김송규 작곡, 김장미 노래, 콜롬비아 40848, 1939년

우리 옆집 대학생 호떡주사 대학생은
십 년이 넘어도 졸업장은 캄캄해
아서라 이 사람아 참말 딱하군
밤마다 잠고대가 걸작이지요
연애냐 졸업장이냐 연애냐 졸업장이냐
아서라 이 사람아 정신 좀 채려라 응

우리 옆집 대학생 행수장사 대학생은
공부는 다섯꿋 다마쓰낀 오백꿋
아서라 이 사람아 참말 섭섭해
밤마다 잠고대가 걸작이지요
공부냐 다마쓰끼냐 공부냐 다마쓰끼냐
아서라 이 사람아 정신 좀 채려라 응

우리 옆집 대학생 붕어색기 대학생은
학교는 못 가도 혼부라는 한목 봐
아서라 이 사람아 참말 기맥혀
밤마다 잠고대가 걸작이지요
홍차냐 소다수이냐 고히냐 뽀도랍푸냐
아서라 이 사람아 지각 좀 드러라 응

연분홍 薔薇

유행가, 김다인 작사, 이용준 작곡, 남일연 노래, 콜롬비아 40849 , 1939년

장미화 붉은 뜻을 아는 나븨 머치려뇨
가시에 찢긴 상처 라라 안타까워 홍

제풀에 떠러저도 언짠타고 안달인데
억지로 피어노코 라라 흔드시남 홍

한 닙새 두 닙사귀 시러가는 바람들아
뜬세상 거리마다 라라 뿌려주렴 홍

梧桐닢 질 때

유행가, 김다인 작사, 이재호 작곡, 박향림 노래, 콜롬비아 40868, 1939년

한 닙 두 닙 오동닙히 쩌러지는 밤
웬일일가 울고 십허 알범에 남겨주신
그리운 모습 책장을 넹기면서 그 이름을
불러보나 다시 못 올 그 옛날
아 낙엽소리 설구나

흐터지는 낙엽 속에 벌네 우는 밤
웬일일가 울고 십허 울면서 주고밧던
열정의 편지 글짜를 헤이면서 그 일흠을
불너보나 다시 못 올 그 옛날
아 낙엽소리 설구나

〈오동잎 질 때〉

"

온돌야화 溫突夜話[45]

유행가, 김다인 작사, 전기현 작곡, 이병한 · 함석초, 리갈 C471, 1939년

(대사) 그 사기에 적켜있는 일은 아니해 그러하되 지금으로부터 한 육십 년
전 경기도 여주땅에는 박돌이란 총각과 갑순이란 처녀가 있었답니다

박돌이와 갑순이는 한 마을에 사렸소
두 사람은 서로서로 사랑을 하였대요
그러나 그것은 마음 속뿐이오
겉으로는 서로서로 모른는척 하였소

그러는 중 갑순이는 시집을 갓다나요
시집가는 가마 속에 눈물이 흘렀대요
그러나 그것은 가마 속일이요
겉으로는 아모런 일 없는 척 하였소

화가 나서 박돌이도 장가를 들었대요
그날 밤에 서방님은 하늘 높이 우섰소
그러나 마음은 앞으고 쓰리었소
겉으로는 그까짓년 하여도 보았소

그 후에도 두 사람은 한결같은 옛 생각

---

45 〈갑돌이와 갑순이〉의 원곡.

안타까운 상사님을 이즐 수는 없었소
그러나 그것은 마음 속뿐이요
겉으로는 서로서로 모르는 척 하였소

왜 이럴가요

유행가, 김다인 작사, 이재호 작곡, 박향림 노래, 콜롬비아 40857, 1939년

왜 이럴가요 왜 이럴가요 왜 이럴가
연락선의 통곡도 물새의 하소도
해방된 이 항구에
나 혼자 왔소 울라구 왔서요
풋정만 남겨두고 가신 님아
아시나요 내 맘을

왜 이럴가요 왜 이럴가요 왜 이럴가
조잘대는 물결도 보채는 달빛도
잠이 든 이 항구에
나 혼자 왔소 울라구 왔서요
풋꿈만 남겨두고 가신 님아
아시나요 내 맘을

왜 이럴가요 왜 이럴가요 왜 이럴가
눈보라의 비명도 등대의 애교도
사러진 이 항구에
나 혼자 왔소 울라구 왔서요
애꾸진 내 설움에 가신 님아
아시나요 내 맘을

우리는 風雲兒

유행가, 김다인 작사, 이용준 작곡, 유종섭 노래, 콜롬비아 40861, 1939년

울다니 될 말이냐 웃잔다 사내답게 우서 부치자
금단추 번쩍이는 가슴을 앙버티고
달리는 스키 우에 몸을 싣자
응 아렴풋 지평선에 저녁종이 반가워

울다니 될 말이냐 웃잔다 사내답게 우서 부치자
술잔에 남은 꿈을 발길로 거더차고
흐르는 눈보라에 몸을 싣자
응 멀고먼 구름 속에 저녁놀이 정다워

스키냐 화살이냐 하눌은 팽이처럼 돌아가누나
바람에 몸을 매껴 옷자락 날리면서
끝없이 한정 없이 흘러가자
응 낯 설은 벌판에도 둥근 달은 좋구나

울고 간 연못가

유행가, 김다인 작사, 이재호 작곡, 유종섭 노래, 콜롬비아 40858, 1939년

가녀손 피는 밤 달 아래 속삭인 님
그 꽃이 지는 밤엔 못 가에서 울었소
사람 없는 골목길로 둘이서 걸어가던 그 밤도
흘러간 꿈이냐 다시 몯 올 그대런가

목나단 우산에 얼골을 가리우고
우는 님 떠나보낸 연못가가 원수다
안타까운 물결 우에 원망의 돌팔매를 던저도
어짜피 꿈이다 다시 못 올 그대런가

피 끌어 타는 맘 속절없어
풀 멕인 모시치마 눈물 저저 구겼소
깜박이는 가등 밑을 밤새워 헤매이든 첫사랑
홋터진 꽃이냐 다시 못 올 그대런가

울고 간 龍山驛

유행가, 김다인 작사, 전기현 작곡, 신회춘 노래, 콜롬비아 40836, 1938년

야속히 부러오는 구즌 비속에
재우처 들여오는 건 싸이렌이냐
갈니면 마지막인 애달픈 조각길
한사코 가려느냐 무정한 님아

힌 수건 흔들어서 보내는 기차
바퀴가 돌 때마다 마음도 돈다
끗 업는 레루 우에 눈물을 뿌리며
한사코 가려느냐 박정한 님아

아득한 빗빨 넘어 흐르는 가등
흐르는 가등 따라 바퀴는 돈다
도라라 쉬지 말고 지향도 업서라
이 세상 저 끗까지 한업시 가자

인생선 人生線

가요곡, 김다인 작사, 이봉룡 작곡, 남인수 노래, 오케 31136, 1942년

똑같은 정거장이요 똑같은 철길인데
시름 길 웃음 길이 어이한 한길이냐
인생이 철길이냐 철길이 인생이냐
아득한 인생선에 달이 뜬다 해가 뜬다

똑같은 시그널이요 똑같은 깃발인데
고향 길 타관 길이 어이한 한길이냐
인생이 철길이냐 철길이 인생이냐
아득한 인생선에 비가 온다 눈이 온다

사나이 옷고름이 바람에 나부낄 때
연기는 꾸불꾸불 희망의 깃발이냐
인생이 철길이냐 철길이 인생이냐
아득한 인생선에 밤이 온다 꿈이 온다

〈울고 간 연못가〉

〈인생선〉

情熱의 水平線

유행가, 김다인 작사, 이용준 작곡, 유종섭 노래, 콜롬비아 40864, 1939년

메리겐 부두에서 싸이렌이 들린다
오늘은 달빛 속에 고향 찾어 가는 밤

소리처 잡는 손을 부두 우에 밀치고
뱃머리 돌리여라 고향길이 바뿌다

아득한 바다 저쪽 손짓하는 내 고향
제물포 항구에는 울며 새는 가로등

달빛에 울고 헤진 아가씨가 반갑다
옛 고향 달밤에는 무슨 새가 우느냐

朝鮮의 누님

가요곡, 김다인 작사, 이재호 작곡, 진방남 노래, 태평 5052, 1942년

방가로 열두 골목 함박눈 부러오는 밤
구슬 등잔 창머리에 그리운 우리 누님
시모후리 소매 잡고 소매 잡고
동생아 눈길 千里 비바람 千里
동생아 성공하여라

보스톤 가방[46] 속에 털로 짠 장갑 한 쌍은
황국 단풍 추야 삼경 밤 새신 누님 선물
시모후리 소매 잡고 소매 잡고
동생아 육로 千里 물로 千里에
동생아 성공하여라

두 남매 걷는 길은 그림자 한 쌍(?)이었소
고생 주고 낙을 사자 조선의 우리 누님
시모후리 소매 잡고 소매 잡고
동생아 나라 위한 꽃송이들아
동생아 성공하여라

---

46 '보스톤 가방'은 미국의 보스톤 대학생들이 주로 애용한 이후로 사용하기 시작한 용어이다.

地平線아

가요곡, 김다인 작사, 윤학구 작곡, 남인수 노래, 오케 31094, 1942년

청대콩 벌판에 해가 떨어지면
흐르는 방울소리 북녘은 멀다
조각달 뿌다귀에 꿈길은 길고
地平線아 地平線아 푸른 地平線

기러기 외로운 구름 길 속에
한 많게 아득이는 별을 헤인다
밤 주막 추녀 아래 새벽을 걸고
지평선아 지평선아 푸른 지평선

멀고 먼 북녘도 손 안에 두고
달리는 내 가슴은 서늘도 하다
별 위에 얹어 놓은 사나이 희망
지평선아 지평선아 푸른 나□야

陣頭의 男便

가요곡, 김다인 작사, 박시춘 작곡, 박향림 노래, 오케 31091, 1942년

눈빨이 울부짓는 北邊陣頭에
칼날에 사모치는 東方사나희
아마도 놉흔 절개 旗빨에 거러
一死로 박구랴는 당신은 英雄

달빗도 떨고잇는 北邊陣頭에
銃口에 가득 차는 正義 사나희
한□의 은갑흠을 槍날에 걸어
玉으로 깨지랴는 당신은 英雄

내나라 내 百姓의 행복을 지고
나서는 그 서슬이 만만 할소냐
松竹을 담은 가슴 영그른 가슴
祖國을 직히랴는 당신은 英雄

천리정처 千里定處

가요곡, 김다인 작사, 박시춘 작곡, 백년설 노래, 오케 31090, 1942년

낭성이 떨어져서 물 우에 흐른다
물 우에 정처 실어 정처 우에 물 실어
종소리 수평선 하늘이 천리
가누나 가는구나 종소리 속에

저 별이 기슭의 별 이별 길 갈래길
은하가 거울 되어 고향 땅이 어려라
뱃노래 수평선 하늘이 천리
가누나 가는구나 뱃노래 속에

여섯 자 이내 키가 광야에 섰구나
넘어진 그림자도 새파랗게 젊었다
종소리 뱃노래에 하늘이 천리
가누나 가는구나 뱃사공 세상

청년고향

가요곡, 김다인 작사, 박시춘 작곡, 남인수 노래, 오케 31136, 1942년

한없이 솟아나는 찻김을 바라보며
내 고향 논두렁에 흙김이 그립구나
사시나무 고개 아래 봄버들 나직한
언제나 그리운 건 흙 냄새 고향이지

깊은 밤 굴러가는 차 소릴 듣노라면
내 고향 외양간에 황소가 그립구나
느릅나무 바위 아래 풀피리 노곤한
언제나 가고픈 덴 얼룩소 고향이지

우수수 무너지는 가로술 기대면은
내 고향 벌판 우에 가을이 그리워라
북두칠성 그늘 아래 다듬이 그윽한
언제나 보고픈 건 풍년의 고향이지

〈천리정처〉

〈청년고향〉

청실홍실

유행가, 김다인 작사, 이용준 작곡, 남일연 노래, 콜롬비아 40851, 1939년

꽃피던 아츰도 꿈이엇나요
달뜨는 저녁도 꿈이엇나요
낙심 마루 언제던지 웃고 삽시다
철석갗이 다짐밧던 그 날 그 밤이
엇저면 허무한 꿈이엇나요

별 헤든 그 밤도 꿈이엇나요
머리푼 그 밤도 꿈이엇나요
울지 마루 언제든지 뽐내고 살자
강철처럼 엉킨 사랑 그 날 그 밤이
엇저면 턱업는 꿈이엇나요

靑春無情

유행가, 김다인 작사, 김송규 작곡, 유종섭 노래, 콜롬비아 40849, 1939년

오랑캐 꼿닙 따서 점치든 그 사랑은
내 가슴 갈기갈기 찌저준 사랑
지금은 나만 홀로 꼿을 따들고
언제나 오실꺼나 점을 친다오

이 세상 사랑이란 이런 것이런가
두 목숨 걸든 맹서 갑시 업고나
이처럼 변키 쉬운 사랑이라면
수집든 첫사랑이 너무 가엽소

흐르는 물거품에 락화를 실고
그 옛날 노든 터나 헤매여 볼가
잇자니 눈물겨운 첫사랑이나
맛나야 그는 벌서 남이로구나

청춘 블루스

유행가, 김다인 작사, 대구보덕이랑 작곡, 이인권 노래, 오케 31038, 1941년

아득한 달빗 엉크러진 불빗
안타까운 쌍알등은
어듸로 흘너가냐
사랑의 信號러냐

레인코트의 얼눅진 설흠
녯날을 차저보네
밋지 못할 건 靑春의 스텝
追憶도 □□

(이하 누락)

八道 장타령

유행가, 김다인 작사, 김송규 작곡, 김해송 노래, 콜롬비아 40852, 1939년

해주감사 삼 년에 해가 나서 못하고
연안 백천 인절미는 송도 장꾼이 다 먹고
황주 봉산 능금 배는 서울 장꾼이 다 먹고
신계 곡산 멀우 다레는 처녀 총각이 다 먹네
얼시구두 잘 한다 절시구도 잘한다
응 품바 품바 잘 한다

평양감사 삼 년에 기생 등쌀에 못 하고
구름 떳다 운산장은 날이 구저서 못 보고
개천 만타 박천장은 물이 만어서 못 보고
이변 저변 영변장은 별리가 만어서 못 보네
얼시구두 잘 한다 절시구두 잘한다
응 품바 품바 잘 한다

함경감사 삼 년에 고향생각에 못 하고
길주나 명천 북포장은 상주 무서워 못 보고
덕원 원산 명태장은 눈이 무서워 못 보고
일흠 조흔 이천장은 이가 업서서 못 보네
얼시구두 잘 한다 절시구두 잘한다
응 품바 품바 잘 한다

浦口의 人事

가요곡, 김다인 작사, 이봉룡 작곡, 남인수 노래, 오케 31065, 1941년

포구의 인사란 우는 게 인사러냐
죽변만 떠나가는 팔십 마일 물길에
비 젖는 뱃머리야 비 젖는 뱃머리야
어데로 가려느냐 아

학 없는 학포란 어이한 곡절이냐
그리운 그 사람을 학에다 비겼는가
비 젖는 뱃머리야 비 젖는 뱃머리야
어데로 가려느냐 아

해협을 흘러가는 열 사흘 달빛 속에
황소를 실어 가는 울릉도 아득하다
비 젖는 뱃머리야 비 젖는 뱃머리야
어데로 가려느냐 아

〈포구의 인사〉 광고(『매일신보』, 1941.10.11)

〈포구의 인사〉

活動寫眞 강짜

유행만요, 김다인 작사, 김송규 작곡, 김해송 남일연 노래, 콜롬비아 40824, 1938년

보선목이라고 뒤집어 보이리까
내가 무얼 엇잿다고 트집입네가
모록코 사진보다 우섯기로니
케리쿠파한테 반햇다니 억울합니다
아 이건 도모지 코 트러 막고 답답한 노릇이 또 어데 잇담

호주머니라고 털어서 보이리까
나는 무얼 엇잿다고 바가질 극소
쓰바키히메(椿姬)의 사진보다 우섯기로니
크레타 갈보한테 노갓다니 원통하구려
아 이런 도모지 코 트러 막고 답답할 노릇이 또 어데 잇담

피차에 똑갓소 존수가 잇소 그려
극장을 발 끈으란 그런 말이지
그리고 말썽 만튼 서양사진도
구경할 수 업시 되엇다니 안성마침이요
아 이런 도모지 속 시언하고 짭짤할 노릇이 또 어데 잇담

흘으는 春色

유행가, 김다인 작사, 이용준 작곡, 유종섭 노래, 콜롬비아 40851, 1939년

하눌은 꼭두선이 종달새 넘놀고
벌판은 아롱아롱 비단을 까랏고나
가잔다 동모들아 저 산을 넘어서
미치는 봄바람에 끗업시 흘으자

숩 속을 흘너가는 안타까운 봄 안개
물결은 구비구비 희망을 실엇고나
가잔다 동모들아 저 강을 건고서
철업는 봄바람에 마음끗 떠돌자

아득한 산골작이 피리소리 넘놀고
바람은 산들산들 옷깃을 잡는고나
가잔다 동모들아 저 벌을 넘어서
얄구진 봄바람에 한업시 덤비자

흘너간 五 年

유행가, 김다인 작사, 이용준 곡, 박향림 노래, 콜롬비아 40871, 1939년

새빨간 마후라 우에 눈을 바드며
외로운 경편철도 쓸쓸한 정거장에서
불꺼진 날로 앞에 밤차를 기대린
오 년 전 그날 밤이 눈에 암암타

코스모스 그늘 속에 황혼이 빗겨
로미오 쭐니엣이 얼마나 울여 주엇나
봄 안개 가을낙엽 흘러간 다섯 해
오늘은 세상바다 고동을 튼다

希望의 바다로

유행가, 김다인 작사, 이용준 작곡, 박향림 노래, 콜롬비아 40864, 1939년

꽃구름 달빛 속에 어기어차 배 띄워 떠나가자
파도는 출렁출렁 출렁거린다 헤이
라 흐르는 뱃머리에 진주를 안고
희망이 손짓하는 바다로 가자

흐터진 섬을 도라 어기어차 노 저어 쩌나가자
바람은 소근소근 소근거린다 헤이
라 춤추는 돗대 우에 달빛을 실고
희망이 손짓하는 바다로 가자

아득한 포구마다 어기어차 섬 처녀 반겨 웃네
물새는 조잘조잘 조잘거린다 헤이
라 조으는 잔별 속에 사랑을 찾아
희망이 손짓하는 바다로 가자

希望의 썰매

유행가, 김다인 작사, 김송규 작곡, 김해송 노래, 콜롬비아 40848, 1939년

달니잔다 사명 실은 썰매야

달니잔다 희망 실은 썰매야

눈보라 속에서 군도는 운다

어서 어서 달니자

달니잔다 달니자 어서 어서 달니자

달니잔다 달니자 어서 어서 달니자

달니잔다 승리 실은 썰매야 북국을 차저

달니잔다 서광 실은 썰매야

달니잔다 날개 돗친 썰매야

아득한 이국 길 등불도 언다

어서 어서 달니자

달니잔다 달니자 어서 어서 달니자

달니잔다 달니자 어서 어서 달니자

달니잔다 승리 실은 썰매야 북국을 차저

달니잔다 복을 실은 썰매야

달니잔다 광명 실은 썰매야

새 하눌 새 땅에 새벽이 온다

어서 어서 달니자

달니잔다 달니자 어서 어서 달니자

달니잔다 달니자 어서 어서 달니자
달니잔다 승리 실은 썰매야 북국을 차저

희망 타관

가요곡, 김다인 작사, 김해송 작곡, 백년설 노래, 오케 3112, 1942년

버들잎 정처 없이 떠나는 물길
그림자 물에 띄운 젊은 길손아
세상을 그림이냐 사랑을 그림이냐
사나히 앙가슴이 그것뿐이냐

숲 넘어 물레방아 아득한 하늘
가슴에 손을 얹은 젊은 길손아
고향을 부름이냐 사랑을 부름이냐
사나히 걸을 길이 그 길 뿐이냐

잔 들어 구긴 가슴 □□□ 펴고
희망을 깃발처럼 앞에 세우자
산이면 넘어가고 물이면 건너가고
사나히 울릴□□ 바로 □□□□

고향초 故鄕草 [47]

김다인 작사, 박시춘 작곡, 송민숙 노래, 오케, 1947년

남쪽나라 바다 멀리 물새가 날으면
뒷동산에 동백꽃도 곱게 피는데
뽕을 따던 아가씨들 서울로 가네
정든 사람 정든 고향 잊었단 말인가

찔레꽃이 한 잎 두 잎 물위에 날리면
내 고향에 봄은 가고 서리도 찬데
이 바닥의 정든 사람 어데로 가나
전해오던 흙 냄새를 잊었단 말인가

---

47 〈고향초〉는 송민숙 이후에 장세정이 오리엔트에서 다시 취입한 바 있다.

〈고향초〉

몽고의 밤[48]

김다인 작사, 박시춘 작곡, 남인수 노래, 뉴오케레코드, N4001, 1947년

동방국 아세아에 밤이 나린다
고비 사막 너머로 아득한 저 하늘
달빛도 울며 새는 몽고의 밤이여
별빛도 울며 새는 몽고의 밤이여
아 낙타 등에 꿈을 싣고 한없이 가리라

아득한 대지 위에 밤은 깊구나[49]
성길사한(成吉思汗)[50] 옛 꿈에 잠들은 저 벌판
바람도 숨을 죽인[51] 몽고의 밤이여
별빛도 얼어붙는 몽고의 밤이여
아 낙타 등에 꿈을 싣고 한없이 가리라

---

48 1950년 〈백제의 밤〉으로 개작되어 재취입되었다.
49 『특선 신곡조 유행가집』(문언사, 1951)에는 제목이 〈몽고의 달밤〉으로 나와 있고 '밤은 깊구
    나'가 '날이 밝는다'로 표기되어 있다.
50 성길사한(成吉思汗)은 칭기즈칸이다.
51 『특선 신곡조 유행가집』에는 '바람도 숨을 죽인'이 '바람도 춤을 추는'으로 표기되어 있다.

아내의 노래

대중가요, 김다인 작사, 손목인 작곡, 김백희 노래, K.B.C B3001

당신이 가신 길은 가시밭 골짝이어라
기어코 가신다면 내 어히 살으리까
가신 뒤에 내 갈 곳도 임의 길이요
까마귀가 울어도 떨리는 가슴속엔
피눈물이 흐릅니다 피눈물이 흐릅니다

가신단 그대 □□ 꿈속에 울었나이다
이 몸이 죽고 죽어 일백 번 고쳐 죽어
넋이야 있든 없든 임 향한 마음
이 세상이 휘돌아 텅비는 가슴속엔
잊을 길이 있으리까 잊을 길이 있으리까

VIVA-TONAL RECORDING
K.B.C.
大衆歌謠
B 3001-A
안해의노래
金茶人作詞 · 孫牧人作編曲
노래 金白姫
伴奏 · 什通放送敎音樂團
朝鮮放送文化協會 製作

ORIENT
RS15
(15)
兪湖 作詞 ★ 孫牧人作編曲
아내의 노래
伴奏 노래 · 沈蓮玉
오리엔드管絃樂團
MADE IN KOREA ORIENT GRAMOPHONE.LTD.

〈아내의 노래〉

첫사랑

김다인 작사, 박시춘 작곡, 금사향 노래, 오케, 1947(?)

싸리꽃이 휘날리는 돌창가에서
치맛자락 움켜잡고 내가 울었소
시냇물도 울었소 산새도 울었소
귀밑머리 마주 풀던 첫사랑이여

떡갈잎이 타오르는 언덕길에서
손가락을 깨물면서 내가 울었소
장경성(長庚星)도 울었소 장승도 울었소
구곡간장 녹여주던 첫사랑이여

향수마차[52]

가요곡, 김다인 작사, 이향(?) 작곡, 이인권 노래, 오케 8153, 1950년 이전 추정

바람은 산들산들 해는 저물고
하늘가 북극성이 꿈을 부른다
달려라 어서 가자 향수마차야
저멀리 빤작이는 님의 거리로

별빛은 빤작빤작 날은 저물고
잉경전 초마 끝에 꿈이 새롭다
달려라 어서 가자 향수마차야
희미한 옛터전에 님을 찾아서

추억은 새록새록 옛이 그립고
과거사 흘겨보니 꿈이 새롭다
달려라 어서 가자 향수마차야
아득한 □□□□ 님을 □□□

---

52 김혁제 편, 『새 유행 가요 명곡집』, 명문당, 1950.

조령출

가을이로세

조령출 작사, 리면상 작곡

에헤야 데헤야
이 논 저 논의 다부진 이삭 금파 은파로 물결치고
이 밭 저 밭에 오곡은 익어 바람에 넘실 춤을 추는
가을이로세 금파은파로 넘실거리는
오곡의 이삭을 썩썩 베여 타작 마당에 쌓아들 놓고
족답기 탈곡기 휘돌리는 가을이로세
하늘은 드높고 바람은 맑고나
금파가 물결치는 가을이 왔고나
기름이 철철 흐르는 곡식 싸우는 전선에 보내주자

개나리

조령출 작사, 문호월 작곡

개나리 개나리 개나리 길섶에 핀 개나리야
너를 보자고 내가 왔나 님을 만나려 내가 왔지
정든 고향 넓은 밭에 봄 보러 일찍이 심어놓고
봄노래 아리 아리랑 님을 만나러 내가 왔지

개나리 개나리 개나리 길섶에 핀 개나리야
너를 한가지 꺾어 들고 님이 오는 길 찾아갈가
저녁 노을 붉은 언덕에 소떼를 몰고 넘어오는
젊은이 노래 소리 님의 노래 분명쿠나

그리운 동무야[53]

조령출 작사, 김명록 작곡, 1964년

방실 방실 꽃 피는 우리 우리 꽃동산
방실 방실 꽃 피여 너를 너를 부른다
다정한 동무야 그리운 동무야
꽃나비도 어서 오라 너를 너를 부른디

---

53 북한의 예술 영화 〈장자강반에 핀 꽃〉 중에서.

꽃 피는 내 고향

조령출 작사, 모영일 작곡

하늘가엔 저녁 노을 꽃을 뿌리고
버들 숲엔 꾀꼴새 노래 부르네
산을 넘고 물을 건너 부는 바람도
꽃향기를 실어오네 행복을 가져오네
(후렴) 아 내 고향 꽃피는 락원
가슴마다 물결치는 우리의 행복

대동강

조령출 작사, 리면상 작곡, 1955년

양덕 맹산 굽이굽이 흘러 내린 푸른 물
모란봉을 감돌아서 대동강은 흐른다
수천 년 인민들의 력사를 말하며
반월도 여울에 물소리 밝고나
아 대동강 우리의 강 흘러라
끝없이 아름다운 강이여 흘러라
오늘은 네 가슴에 우람히 일어서는
찬란한 영웅 도시 평양을 위하여
흘러라 흘러라 흘러라 흘러라
아름다운 인민의 강
조선의 강의여 조선의 강이여

침범자의 불길 속에 용감하게 일어나
인민들은 붉은 피로 너를 지켜 싸웠다
간악한 원쑤들을 무찔러 치던 날에
강물도 일어서 원쑤를 삼켰다
아 대동강 우리의 강 흘러라
인민의 아름다운 노래와 더불어
오늘은 네 기슭에 넓고도 기름진 벌
황금빛 물결치는 풍년을 위하여
흘러라 흘러라 흘러라 흘러라

아름다운 인민의 강
조선의 강이여 조선의 강이여

만경대의 노래

조령출 작사, 김옥성 작곡, 1962년

대동강 푸른 물도 안기여 들고
날아가던 새들도 노래드리는
만경대 아름다운 산기슭에는
혁명의 유서 깊은 집이 있다네
만경대 아름다운 산기슭에는
혁명의 유서 깊은 집이 있다네

대대로 무려받은 애국의 뜻을
혁명의 붉은 피로 이어 싸우신
김일성 원수님의 요람의 고향
그이의 살아 속에 새 봄이 왔네
김일성 원수님의 요람의 고향
그이의 사랑 속에 새 봄이 왔네

항일의 이십성상 눈보라 속에
어느 한때 이 고장을 잊으셨으랴
나라의 새 봄 찾아 싸우신 보람
오늘은 이 땅 우에 꽃이 피였네
나라의 새 봄 찾아 싸우신 보람
오늘은 이 땅우에 꽃이 피였네

물레야 동무야

조령출 작사, 리면상 작곡, 1952년

물레야 동무야 도리 돌돌 슬슬 돌아라
님 그려 타는 마음 너는 알리라
이 마음을 다리 달달 감았다
원쑤를 물리치고 우리 님 오시거든
이 마음을 스리 슬슬 풀어라
물레야 동무야
도리돌돌 슬슬 돌아라

미국 놈이 원쑤로세
이 원쑤를 굽이굽이 갚세나
락동강 칠백 리 피가 어린 굽이마다
이 원한을 스리 슬슬 푸세나
물레야 동무야
도리 돌돌 슬슬 돌아라

님 가신 저 산에도 저 달은 밝으리
저 달빛을 도리 돌돌 감아라
쌈터에 나오신 몸 잠 어이 주무시나
나도 이 밤 스리 슬슬 새우리
물레야 동무야 도리 돌돌 슬슬 돌아라

압록강 이천 리

조령출 작사, 리면상 작곡, 1952년

어야 더허야 어야 더허야
어야 더허야 어야 더허야
압록강 이천 리에 노를 저어라
얼음장을 헤치면서 떼는 흐른다
어야 더허야 어야 더허야
어야 더허야 어야 더허야
에헤야 더허야

백두산의 나무로구나
천년이나 자란 이깔나무
참나무는 떼를 지어서
혜산 초산 돌아돌아 몇 밤 새웠나
의주 가면 진달래꽃 피여나리라
어여차 지여차 어야 더야
어야 더허야 어야 더허야
어야 더허야 어야 더허야
어야더야

강 언덕엔 밭갈이하는 처녀들의 노래
전선으로 좋은 선물 보내 주자네
이깔나무 참나무야 너도 가거라

너 가는 곳 조국건설 꽃이 피리라
어여차 지여차 어야 더야 어야 더야

어머니 우리 당이 바란다면

조령출 작사, 김문혁 작곡, 『조선예술』 제3호, 문학예술종합출판사, 1993년

어머니 우리 당이 진달래로 피라면
나는야 한마음 진달래로 피리라
저 하늘의 노을처럼 이 강산을 물들이며
우리 당을 우러러 우리 당을 우러러
붉게만 피리라

어머니 우리 당이 목란꽃이 되랴면
나는야 한마음 목란꽃이 되리라
백두의 흰눈처럼 깨끗한 마음으로
우리 당을 따르며 우리 당을 따르며
티없이 살리라

어머니 우리 당이 참대같이 살라면
나는야 한마음 푸른 참대 되리라
모진 바람 불어와도 한생을 굽힘없이
우리 당을 받들어 우리 당을 받들어
변함이 없으리

어머니의 노래

조령출 작사, 리면상 작곡, 1951년

사랑하는 내 아들 전방으로 보낼 제
내 품 속에 안아 키운 지난날이 어젠 듯
떠나가는 아들아 어미 정은 끝없다
한마디로 부탁이니 잘 가 싸워라
한마디로 부탁이니 잘 가 싸워라

사랑하는 내 아들 먼 곳으로 보낼 제
부질없다 여기면서 옷소매가 젖노니
떠나가는 아들아 어미 걱정 아예 말고
나라 위해 목숨 바쳐 잘 가 싸우라

사랑하는 내 아들 싸움터로 떠날 제
슬기로운 그 모습은 대건하고 기뻐라
떠나가는 아들아 네가 다시 돌아올 때
승전가를 부르면서 돌아오너라

한마디로 부탁이니 잘 가 싸워라

어버이 사랑 옥류금은 노래하네

조령출 작사, 김병화 작곡

달빛 어린 창문가에 옥류금 타는 소리
꽃이 피는 봄이 좋아 줄줄이 울리는가
아 하루 일 끝낸 기쁨 안고
수령님 주신 낙원이 좋아 옥류금을 울려주네

옥구슬이 흐르는가 옥류금 맑은 소리
천년 만년 못다 전할 은덕을 노래하네
아 행복의 요람 안겨 주신
어버이 사랑 줄줄이 담아 옥류금 노래하네

안겨 주신 그 사랑이 이 땅에 넘쳐 흘러
옥류금도 둥근 달도 잠들지 못하는가
아 수령님 모신 이 행복을
노래에 담아 락원의 강산 끝없이 울려 가라

얼룩소야 어서 가자

조령출 작사, 김진명 작곡, 1952년

식량바리 등에 싣고 얼룩소야 어서 가자
쩔렁쩔렁 방울 소리에 잠자던 새도 반기는구나
이랴 이 소야 어서 가자 얼룩소야 어서 가자
원쑤놈의 시한탄에 귀한 내 딸 잃었단다
이내 원쑤 갚아주는 인민군대를 찾아가자
이랴 이 소야 어서 가자 얼룩소야 어서 가자

네가 실은 식량바리 원쑤에 폭탄이다
천리라면 천리를 걸어 전선으로 어서가자
이랴 이 소야 어서 가자 얼룩소야 어서 가자
원쑤놈의 시한탄에 귀한 내 딸 잃었단다
이내 원쑤 갚아주는 인민군대를 찾아가자
이랴 이 소야 어서 가자 얼룩소야 어서 가자

조국보위의 노래

조령출 작사, 리면상 작곡, 1950년

가슴에 끓는 피를 조국에 바치니
영예로운 별빛이 머리 우에 빛난다
(후렴) 나가자 인민군대 용감한 전사들아
인민의 조국을 지키자 목숨으로 지키자

정의의 총칼로써 원쑤를 무찔러
공화국은 영원히 부강하게 살리라
나가자 인민군대 용감한 전사들아
인민의 조국을 지키자 목숨으로 지키자

우리의 부모형제 우리가 사는 곳
제국주의 침략에 한 치인들 밟히랴
나가자 인민군대 용감한 전사들아
인민의 조국을 지키자 목숨으로 지키자

조국산천에 해 둥실 떠온다

조령출 작사, 윤영환 작곡, 1975년(?)

천리마 우에 하늘을 보니
조국산천에 해 둥실 떠온다
붉은 광명이 넘치는 곳에
행복의 노래 넘치고
황금옥야에 만풍년이로구나
(후렴) 얼씨구 절씨구 좋아 로동당의 세월
쌍두천리마 달리구 달려 7개년 건설도 앞당기세

천년을 두고 기다린 세월
조국산천에 새날이 밝았다
사회주의를 건설하는 곳
로동의 노래 넘치고
행복의 나라 새 세상이로구나
(후렴) 얼씨구 절씨구 좋아 로동당의 세월
쌍두천리마 달리구 달려 7개년 건설도 앞당기세

종달새야 너도 노래 불러라

조령출 작사, 리면상 작곡, 1955년

강물은 흘러 흘러 벌판으로 돌아들고
봄바람은 살랑살랑 마을 찾아 불어온다
에헤루 상사디 종달새야 너도 노래 불러라
우리 당 우리 조국 새 살림 주셨으니
협동의 이 기쁨을 너도 노래 불러라 너도 노래 불러라

논갈이 밭갈이도 뜰락 똘이 갈아주니
새날의 높은 자랑 이 땅 우에 자라난다
에헤루 상사디 종달새야 너도 노래 불러라
우리 당 우리 조국 새 살림 주셨으니
협동의 이 기쁨을 너도 노래 불러라 너도 노래 불러라

우거진 갈대숲에 논을 풀어 모 심으니
끝없는 논벌 우에 벼물결이 춤을 춘다
에헤루 상사디 종달새야 너도 노래 불러라
우리 당 우리 조국 새 살림 주셨으니
협동의 이 기쁨을 너도 노래 불러라 너도 노래 불러라

옥수수 우거지니 밭곡식의 왕이로다
새로운 농기계로 흥겨웁게 김도 맨다
에헤루 상사디 종달새야 너도 노래 불러라

우리 당 우리 조국 새 살림 주셨으니
협동의 이 기쁨을 너도 노래 불러라 너도 노래 불러라

처녀로 꽃 필 때

조령출 작사, 김복윤 작곡

시집을 가라한 어머니 말씀
처녀로 꽃필 때 가라시네
생각만 해봐도 가슴 뜨거워
싫다고 대답했네
나는야 선방공 기대 앞에 일하는
행복이 제일 좋아
허지만 어머니 허지만 어머니
시집도 가라시네

시집을 가면 어데로 가나
나 혼자 남 몰래 생각했네
선반에 모범 진실한 그이
나 혼자 생각했네
언제나 책임량 초과하며
동지애 뜨거운 젊은 그이
허지만 그이는 허지만 그이는
내 마음 아시는지

하루는 집에 돌아와 보니
그이가 다녀간 편지 있었네
행복의 건설 말하는 사연

내 마음 뜨거웠네
어머니 어느새 아셨는지
그이의 칭찬을 하시더니
부부 내외 한 직장 다니면 더 좋아
사위로 삼으셨네

철령이라 높은 고개

조령출 작사, 김진명 작곡, 『조선문학』 1981년 1월호

철령이라 높은 고개 봄철에도 눈이 있네
눈보라가 치던 날에 포를 끌고 넘은 고개
못 잊어라 그 전사들 그 이야기 못 잊어
바람 세찬 령마루에 진달래는 피여나네

철령이라 높은 고개 사연 많은 고개 길에
넘어서면 화선 천 리 한 치의 땅 물러서랴
내 나라를 지켜 싸운 영웅들을 못 잊어
바람 세찬 령마루에 진달래는 피여나네

청년유격대

조령출 작사, 리면상 작곡, 1951년

우리는 청년유격대
복수의 폭탄을 품고
원쑤의 어둠 속으로
오늘도 용감하게 나간다
우리의 피 젖은 깃발이
저 마을에 휘날릴 때
조국을 위해 자유의 노래를
동무여 힘차게 불러라

우리는 청년유격대
복수의 칼날을 품고
원쑤의 심장 앞으로
오늘도 용감하게 나간다
원한의 미제 야수들
저 거리에 쓰러질 때
인민을 위해 자유의 노래를
동무여 힘차게 불러라

해당화

조령출 작사, 안성현 작곡

해당화 붉은 꽃이라 곱네 해당화 붉은 꽃이라 곱네
호랑나비는 감돌아 들고 해당화 피여서 방긋이 웃네
너만 곱다 뽐내지 말아 굴 캐는 처녀 나에게도
고운 사랑 너와 같이 피여서 뱃사공 우리님 날 보러 온다

해당화 붉은 꽃이라 곱네 해당화 붉은 꽃이라 곱네
아침에 볼 제 웃는 얼굴 저녁에 보아도 변함이 없네
아 좋구나 해당화야 너만 곱다 뽐내지 말아
만선기 달고 오는 님은 정든 포구 감돌아 돌면서
굴 캐는 날 먼저 반기여 준다

해당화 붉은 꽃이라 곱네 해당화 붉은 꽃이라 곱네
해마다 맺는 붉은 열매 열매도 많아서 자랑일세
아 좋구나 해당화야 너만 곱다 뽐내지 말아
포구에 꽃 핀 내 사랑도 고운 열매 너와 같이 맺어서
우리의 행복을 자랑하리라

흘러라 대동강

조령출 작사, 안성현 작곡

만수대 우러르며 강물이 흘러가네
꽃 피는 봄엔 봄노래를 싣고 흐르네
아 대동강 맑고 푸른 강물이여
락원의 행복 한가득 안고서 끝없이 흐르네

만경대 고향으로 강물이 흘러가네
가을이 들면 풍년가를 안고 흐르네
아 대동강 맑고 푸른 강물이여
행복을 주신 그 은정 못 잊어 설레며 흐르네

사시절 그 언제나 강물은 흘러가네
인민의 마음 흠모의 정 물결쳐 가네
아 대동강 맑고 푸른 강물이여
수령님 모신 락원을 감돌아 영원히 흘러라

조영출(趙靈出, 조명암) 작사 대중가요 가사의 집대성과 그 의미*

장유정

1.

광복 이전 대중가요 작사가 중의 거두를 꼽으라면 단연 조영출(필명 조명암(趙鳴巖))과 박영호를 거론할 수 있다. 양적으로나 질적으로나 이 두 사람의 대중가요 가사는 탁월하다 할 수 있다. 이 중, 조영출은 1934년 『동아일보』 신춘문예에, 시 「동방(東方)의 태양(太陽)을 쏘라」가 당선되고, 마찬가지로 『동아일보』 문예 작품 현상 모집 가요부에 '명암(鳴巖)'이라는 필명으로 투고한 〈서울 노래〉가 입선되면서 시인과 대중가요 작사가로 활동하기 시작했다. 시인이자 대중가요 작사가, 그리고 극작가 등으로 활약하면서 상당수의 작품을 남긴 그는 1948년에 월북하기까지 우리나라 대중문화계에서 중요한 역할을 하였다.

조영출은 충청남도 아산시 탕정면(湯井面) 매곡리(梅谷里) 643번지에서 1913년 11월 10일(호적 기준)에 출생하였다. 부친 양주(楊州) 조(趙)씨 조경희(趙慶熙)와 모친 조희정(趙熙定) 여사 사이에서 출생한 조영출은 부모님을 따라 1917년, 4세 때 서울로 이주하였다. 조영출의 나이 9세 때, 아버지가 돌

---

* 본 해제는 장유정, 「조영출(조명암) 대중가요 가사 자료 보강 및 그 갈래별 특성」, 『한민족문화연구』 42, 한민족문화학회, 2013을 발췌·수정·보완한 것임을 밝혀둔다.

아가시고 금강산 석왕사로 출가한 어머니를 따라 절에 간 조영출은 강원
도 고성군에 위치한 건봉사로 출가하여 '중련(重連)'이란 법명으로 승려 생
활을 했다. 1929년 16세 때 불교 잡지『회광(回光)』창간호에 시「가을」을
발표한 조영출은 건봉사의 부설 학교인 봉명학교에서 공부하다가, 만해
한용운의 추천을 받아 1930년에 보성고등보통학교에 입학하였다.

1932년, 19세의 조영출은「밤」이란 시를『조선일보』에,「이 동굴 안을
거니는 자여」라는 시를『신동아』에 발표하였고, 보성고보 재학 시절에
「경주순례기」라는 산문을『불교』지의 독자 문단에 투고하는 등 십대 때
부터 문학에 대한 남다른 관심과 특장을 드러냈다. 이후, 1938년에 일본
와세다 대학교 불문과에 입학한 조영출은 1941년에 대학을 졸업할 때까
지 시작과 극작, 그리고 대중가요 가사 창작을 병행하면서 활발하게 활동
하였다. 특히 포리돌 회사와 콜롬비아 회사 등에서 수많은 대중가요 가사
를 발표하였으나 일제 말에 쓴〈지원병의 어머니〉를 위시한 몇 곡의 친일
가요를 작사한 행적으로 인해, 그는 2009년 '친일반민족행위진상규명위
원회'가 발표한 '친일반민족 행위 704명'의 명단에 포함되기도 하였다.

2.

이번에 엮은 조영출 대중가요 가사 모음은 국내에서 찾을 수 있는 조영
출의 작품을 모두 모아서 엮은 것이다. 따라서 목록이나 가사 확보에서 가
장 방대한 양을 모아 놓은 것이라 할 수 있다. 기존에 조영출의 시와 대중
가요 가사를 한데 모은『조명암 시전집』(이동순 편, 선, 2003)이 있어 조영출
의 시와 대중가요 가사를 일별할 수 있었다.『조명암 시전집』을 통해 조영
출이 창작한 시와 대중가요 가사가 세상 빛을 보게 된 것도 사실이다. 이
번에는 조영출의 산문과 시, 희곡, 대중가요 가사를 각 권으로 하여 조영

출 전집을 구성하였다. 그중에서 이 책은 조영출의 대중가요 가사만을 모아서 정리한 것이다. 그리고 기존의 오류를 수정하고 보완하는 차원에서 목록과 가사를 새롭게 정리하였다. 특히 원문이 있는 경우는 원문대로 표기하여 연구를 목적으로 하는 이들이 이 책을 일차자료로 활용할 수 있도록 배려하였다. 아울러 원문은 없고 음원만 남아 있는 노래는 일일이 음원을 들으면서 가사를 채록하였다.

당시 대중가요의 작사자와 작곡자들은 본명 외에 예명을 사용하여 창작 활동을 하는 경우가 많았다. 조영출도 예외는 아니어서, 조영출이라는 본명은 물론이고 조명암, 금운탄, 이가실, 김다인이라는 예명을 사용하여 대중가요 가사를 작사하였다. 예명별 작사 현황을 살펴보면, 먼저 조영출이라는 이름으로 작사한 노래로는 총 9곡의 목록을 정리했고, 이 중 5곡의 가사를 확보하였다. 주로 조영출이 대중가요 작사를 시작한 초기에 해당하는 1934년과 1935년에 포리돌에서 발매한 음반에서 조영출이라는 본명을 사용한 것을 확인하였다. 1934년은 조영출이 처음으로 대중가요 작사를 시작하던 해이기도 하다. 광복 이후에 조영출이라는 이름으로 발표한 노래 두 곡의 가사도 함께 정리했다.

다음으로 금운탄이라는 예명도 주로 포리돌 회사에서 음반을 발매할 때 사용한 예명이다. 뉴코리아에서 발매된 〈창파에 가시는 님〉을 제외한 47곡이 모두 포리돌 회사에서 나왔기 때문이다. 총 48곡의 목록에서 가사를 찾은 곡은 17곡이다. 항간에 금운탄을 김운탄으로 표기하기도 하였으나, '금운탄'으로 표기하는 것이 맞다. 조영출 선생님의 유족이 봉명학교에서 조영출과 선후배로 지내던 설산 스님께 들은 말에 따르면, 일본으로 유학 갔던 조영출이 방학 때 우리나라로 돌아오는 관부연락선 위에서 현해탄의 아름다운 낙조와 금빛 파도를 보며, '금운탄(金雲歎)'이란 예명을 짓게 되었다고 한다. 금운탄이라는 예명으로 발매된 음반이 1935년에 처음 나오는데, 1935년은 조영출이 와세다 제2고등학원에 들어간 해이기도 하다.

금운탄이라는 예명으로 작사한 작품의 연도별 작품 수를 보면, 1935년에 13편, 1936년에 15편, 1937년에 16편, 그리고 1938년에 4편의 작품을 금운탄이라는 이름으로 발표한 것을 알 수 있다. 그 갈래를 보면, 가요곡이 3편, 유행가가 26편, 서정민요가 1편, 신민요가 12편, 재즈송이 4편, 합창이 2편으로 나타났다. 연도별 작품 수를 보건대, 금운탄이라는 이름도 조영출의 대중가요 작사 인생 중 비교적 초기에 해당하는 1935년에서 1937년에 주로 사용됐음을 알 수 있다.

다음으로 이가실이라는 예명을 사용한 작품은 총 44곡이며, 이 중 41곡의 가사를 찾을 수 있었다. 이가실은 1940년 이후부터 주로 콜롬비아 회사에서 사용했는데, 그 구체적인 연도별 작품 수는 다음과 같다. 즉 1940년에 5편, 1941년에 17편, 1942년에 8편, 1943년에 13편, 1948년에 1곡으로 나타났다. 그 곡종별 작품 수를 보면, 신가요 27편, 유행가 16편, 대중가요 1편으로 나타났다. '대중가요'는 광복 이후에 나온 〈울어라 은방울〉에서 찾을 수 있고, 나머지는 대부분 신가요와 유행가임을 알 수 있다. 여기서 '신가요'는 전시 체제 하에서 '유행가' 대신 사용한 용어였으므로 조영출이 이가실이라는 예명을 사용할 때는 주로 유행가를 창작하였음을 알 수 있다. 이어서 조명암이라는 예명으로 발표한 작품은 총 424곡의 목록을 정리하였고, 이 중에서 241곡의 가사를 찾아서 제시하였다. 그 연도별 작품 수를 보면, 1934년에 1편, 1935년에 5편, 1936년에 3편, 1937년에 4편, 1938년에 48편, 1939년에 87편, 1940년에 79편, 1941년에 89편, 1942년에 62편, 1943년에 43편, 1944년에 2편, 1946년에 1편으로 나타났다. 연도별 작품 수를 볼 때, 조명암이라는 예명은 주로 1930년대 후반과 1940년대 초반에 사용하였음을 알 수 있다. 다음으로 곡종별 작품 수를 보면, 유행가가 242곡으로 가장 많고, 이어서 가요곡이 105곡, 신민요가 42곡, 만요 8곡, 주제가 9곡, 신가요 3곡, 민요 1곡, 신가곡 1곡, 경기잡가 3곡, 자서곡 1곡, 애국가 1곡, 블루스 1곡, 가요극 1곡, 마지막으로 곡종을 알 수 없는 곡이 총 5곡으로 집계되었다.

한편 조영출은 월북 이후에 '조령출'로 북한에서 활발한 활동을 하였다. 이 책에서는 일단 조영출 선생님의 유족으로부터 받은 광복 이후의 자료를 모두 수록하였다. 그렇게 해서 그가 북한에서 작사한 20곡의 노래 가사를 수록하였다. 분명히 그가 북한에서 훨씬 더 많은 작품을 창작했겠지만 그 가사의 내용이 대중가요 가사라기보다는 북한 체제에 동조하는 내용이 대부분인지라 대중가요 가사를 수합한 이 책의 내용과는 거리가 있다. 하지만 광복 이후 그의 활동에 대한 이해를 돕고 광복 이후의 작품과 광복 이전 대중가요 가사와의 비교를 돕기 위해 함께 수록하였다.

3.

한편 앞서 언급하였듯이, 조영출은 다양한 예명을 사용하여 대중가요를 작사하였다. 특히 조명암이라는 필명으로 제일 많은 작품을 작사하였기에 본명보다 작사가 '조명암'으로 더 유명한 것도 사실이다. 그런데 조영출이 사용한 예명 중 문제가 되는 것이 있는데, 바로 '김다인'이라는 예명이다. 아직 작사가 '김다인'의 존재가 명확하게 밝혀지지 않은 것이다.

김다인이 누구인가에 대해서는 현재 네 가지 설이 있다. 첫째, 조영출의 예명이다. 둘째, 박영호의 예명이다. 셋째, 제3의 인물이다. 넷째, '공동으로 사용하였다'가 그것이다. 아직까지 김다인이 누구라고 단정하기 어려운데, 일제강점기에 가수로 활동했고 광복 이후 작사가로 활발한 활동을 했던 반야월 선생님은 생전에 '김다인'이 박영호라고 한 적이 있다고 한다. 그런가 하면 오리엔트 회사의 창립자이신 이병주 선생님과 작곡가 손목인 선생님의 사모님이신 오정심 선생님은 김다인을 박영호와 조영출과는 다른 제3의 인물로 기억하고 있었다.

하지만 몇 작품에서 김다인이 조영출이라는 증거가 나타나는 것도 사실이다. 예를 들어, 〈낙화유수〉의 경우, 오케 신보 소개 광고에는 작사자 이름을 '김다인'으로 적시하였으나, 『매일신보』 1942년 6월 3일자에는 '조명암'으로 기록한 것을 볼 수 있다. 즉 동일 작품의 작사가를 김다인과 조명암으로 각각 기재하고 있어 김다인과 조명암이 같은 인물이라는 것을 알 수 있는 것이다. 이는 〈인생선〉과 〈포구의 인사〉, 〈천리정처〉에서도 마찬가지로 확인된다. 그렇다면 적어도 이 작품들의 작사가 김다인은 바로 조영출이라 할 수 있다.

그러나 김다인이라 적시된 모든 대중가요 작품을 조영출의 작품이라고 단정하기에는 아직 더 많은 증거가 필요하다. 일단 1946년 이후에 발간된 문헌에 적시된 '김다인'은 조명암으로 볼 수 있다. 왜냐하면 조명암이 1948년에 월북한 것과 달리, 김다인은 1946년에 월북하였기 때문이다. 그러므로 1946년 이후에 우리나라 문헌에 나타나는 김다인은 이미 월북한 박영호의 예명일 수 없는 것이다.

실제로 2013년 8월 6일, 금사향 선생님과의 통화에 따르면, 금사향 선생님의 데뷔곡인 〈첫사랑〉을 작사한 김다인은 조영출일 가능성이 매우 높다. 1929년에 평양에서 출생한 금사향 선생님(본명 최영필)은 19살 때, 〈첫사랑〉이라는 곡으로 데뷔하셨다. 당시 선생님은 오케 회사에서 주최하는 전국가수콩쿠르 대회에 나가서 1등을 하셨다. 그때 2등은 이기봉이라고 목걸이와 반지를 만드는 기술자였으나 가수로 데뷔하지 않은 사람이고, 3등은 이후 〈유정천리〉와 같은 곡으로 인기를 얻은 박재홍이었다.

당시 대회에 상품과 상금이 없는 대신에 곡을 받았는데, 금사향 선생님이 받은 곡이 바로 박시춘 작곡, 김다인 작사로 창작된 〈첫사랑〉이었다. 김다인이 누군지 알고 계시냐는 필자의 질문에 금사향 선생님은 모른다 하셨다. 하지만 당시 대회의 심사위원은 작곡자 박시춘과 작사자 조영출이었다. 그래서 그 사실을 상기시켜드리자 김다인이 조영출인 것이 거의 확실해 보인다 하셨다. 1929년 출생이신 금사향 선생님이 19살이 되던 해는 1947년이라 할 수 있다. 그리고 이때는 이미 박영호가 월북을 한 뒤이다. 따라서 〈첫사랑〉의 작사자 김다인이 박영호일 가능성은 희박하다. 그런데 당시 심사위원이 작곡자 박시춘, 작사자 조영출이었으므로, 〈첫사랑〉의 작사자인 김다인은 조영출이라 볼 수 있는 것이다.

그런가 하면 최근 연구에서 오케에서 사용한 김다인을 조명암으로, 태평과 콜롬비아에서 사용한 김다인을 박영호로 본 것은 어느 정도 일리가 있다.[1] 반야월 선생님이 생전에 증언한 바에 따르면, 오케와 태평은 라이벌 관계에 있었고 예술가들이 서로 접촉조차 못하게 했다고 한다. 이런 정황을 염두에 둘 때, 김다인이 만약 한 명이라면, 그가 경쟁 관계에 있던 오케 회사와 태평 회사에서 모두 작품을 내었다고 보기 어렵기도 하다.

하지만 오케의 김다인을 조명암으로, 태평의 김다인을 박영호로 본다 하더라도 콜롬비아의 김다인마저 박영호로 보는 것은 무리가 있다. 단순히 연도만으로 콜롬비아와 오케의 김다인을 구분하는 것은 근거가 빈약하다. 콜롬비아 회사에서 나온 음반에서 박영호가 김다인이라는 예명을 사용한 흔적이 있더라도 콜롬비아의 김다인을 모두 박영호로 보는 것은 아직 조심스럽다. 조영출은 '이가실'과 '조명암'이라는 예명으로 콜롬비아 회사에서 상당수의 음반을 발매했다. 그러므로 콜롬비아 회사와 이미 접촉이 있었던 조영출이 그곳에서 다른 예명을 사용해서 음반을 내지 못할 이유가 없는 것이다. 따라서 김다인을 박영호로 볼 것인가, 아니면 조영출을 볼 것인가에 대해서는 앞으로 더 많은 방증 자료를 찾아서 해결할 문제로 보인다.

『동아일보』 1991년 11월 2일자에 '신파극 작가 김다인'이라는 제목의 라디오 프로그램을 소개하는 기사가 실려 있다. 〈소리 100년 생활 100년〉이란 프로그램에서 '개화기의 신파 작가 김다인에 대해 알아보고 그의 활

---

1   이준희, 「누가 김다인인가?」, 『대중음악』 10호, 한국대중음악학회, 2012, 143~145쪽.

약상을 조명한다'고 적혀 있는 것이다. 지금으로서는 방송 내용을 확인할 수 없으나, 그 광고만을 놓고 볼 때, 적어도 김다인을 조명암이나 박영호 중의 한 사람으로 간주한 것 같지는 않아 보인다.

생전에 반야월 선생님은 "조명암의 작품은 가늘고 여성적인 경향을 띠고 박영호의 작품은 선이 굵다"[2]고 평한 바 있다. 따라서 김다인의 작품만을 분석해서 그 작품 경향을 추출하고 이를 조영출과 박영호의 작품과 비교한다면 김다인의 정체를 밝힐 수 있는 단서를 찾을 수 있을지도 모른다. 그 때문에 이 책에서는 김다인이 작사한 작품의 목록과 가사도 함께 수록하였다. 김다인이라는 예명으로 작사한 작품은 대략 95곡의 목록을 정리하였고, 이 중 광복 이전에 59곡, 광복 이후에 작사한 5곡의 가사를 확보하였다.

한편 북한에서 조영출과 교류했던 김성희는 조영출을 다음과 같이 묘사하고 있다.[3]

인간적으로 볼 때 고지식하고 결곡한 형의 인간이었다.(229쪽)

그는 천성적이라고 할만치 겸손한 성미였고 언제 한번 자기 자랑을 할 줄 몰랐다.(230쪽)

오락회에서 지명되면 천천히 일어나 지정곡인 〈아리랑〉을 부르곤 하였다. 사람들이 "선생님, 선생님이 직접 지은 노래를 불러주십시오"라고 청을 하면 그는 어줍은 미소로 거절하였다.(231쪽)

이러한 묘사를 통해 볼 때, 조영출이 다소 내성적이고 꼼꼼하며 겸손한 성격의 소유자임을 알 수 있다. 이는 반야월이 조영출의 작품을 일러, "가

2 　반야월, 『불효자는 웁니다―반야월 회고록』, 2005, 111쪽.
3 　김성희, 『운명의 선택』 1, 평양출판사, 2012.

늘고 여성적인 경향을 띠고 있다"고 한 것과 연결되는 부분이기도 하다.
이는 생전에 작곡자 손목인과 가수 고운봉이 조영출에 대해 언급한 내용
과도 통한다.[4]

> 머리가 아주 치밀해요. 그리고 참 유식하고 철학적인 머리를 가졌고, 낭만적
> 이고 희망적이지요. 가요를 쓸 때는 나름대로 우리 가요를 통해서 심체('침체'
> 의 오기로 보임 — 인용자)돼 있는 국민들의 마음을 밝게 해주거든요.(손목인)

> 아주 좋아요. 뭐 그 양반, 참 글밖에 모르고 세상이 어쨌든 샌님같아요. 샌
> 님! 참 사람이 양순하고 술만 먹으면 좋아서 그저 히히 하고 웃는 게 그 양반
> 의 애교예요.(고원범('고운봉'의 오기임 — 인용자))

동시대에 활동했던 작곡자 손목인과 가수 고운봉의 회고를 통해 보건
대, 조영출은 머리가 명석하고 글 밖에 모르던 외곬의 기지를 지녔던 인물
이라 할 수 있다. 그리고 술만 마시면 좋다고 "히 히" 웃었다는 대목에서
천성적으로 밝고 선한 사람이었음을 짐작할 수 있다.

4.

이 책에서 제시한 목록 속 작품 수는 640편이고, 이 중 가사를 제시한 것
은 총 363편이다. 김다인을 제외하고 볼 때, 이는 『조명암 시전집』[5]에서
제시한, 조영출 작품 6곡, 금운탄 작품 30곡, 이가실 작품 36곡, 그리고 조

---

4 조영출에 대한 손목인과 고운봉의 회고는 한국문인협회충남지회 편, 『충남 작고 시인 연구』I,
   대교출판사, 1997, 381쪽을 참고했다.
5 이동순 편, 『조명암 시전집』, 선, 2003, 624~641쪽.

명암 작품이라고 목록에 제시한 334곡을 모두 합친 406곡보다 117곡 정도의 목록을 더 찾은 것이다. 특히 기존에 알려지지 않았거나 잘못 알려진 작품들의 제목과 가사를 바로잡기 위해 노력하였다. 그리고 가사 없이 음원만 남아 있는 것은 일일이 듣고 채록을 하여 가사를 정리하였다. 그럼에도 불구하고 완벽하다고 보기는 어렵다. 목록은 있으나 여전히 가사를 찾지 못한 곡이 있으며, 음원을 듣고 채록할 때도 아무리 여러 차례 들어도 들리지 않는 가사는 공란으로 남길 수밖에 없었다. 그렇더라도 지금으로서는 최선을 다한 결과물이라 할 수 있다. 이번 자료집을 계기로 하여 더 많은 가사와 음원을 확보할 수 있기를 기대해 본다.

조영출 작사 대중가요의 곡종을 보면 전반적으로 '유행가'가 가장 많다는 것을 알 수 있다. 사실상, '유행가'는 특정 장르라기보다는 당시에 유행한 노래를 일반적으로 지칭하는 것으로 볼 수 있다. 그래도 이 유행가 속에 오늘날 우리가 트로트라고 하는 곡들이 매우 많이 포함되어 있기도 하다. 이러한 노래들은 당시의 세태를 반영하듯이 주로 '비극적인 낭만성'을 표출하는 노래가 많다. 특히 〈서울 노래〉처럼 초기 대중가요 가사에서 드러나는 민족적 자각은 조영출의 대중가요 가사가 단순히 귓전에서 흘려버릴 대중가요 가사만이 아니라는 것을 증명하기도 한다.

그런가 하면 1942년부터 조영출이 군국가요의 가사를 작사한 것은 조영출 대중가요 작사 인생에서 오점으로 기록될 것이다. 하지만 이 시기에 활동한 연예인들은 일제의 강압과 억압 속에서 억지로라도 그들에게 협조하는 행위를 하지 않을 수 없었다. 생전에 반야월 선생님의 증언에 따르면, 일제 말로 가면서 음반 검열이 극에 달했다고 한다. 그 때문에 가사를 써서 보내면 일제히 빨간 줄이 쳐서 돌아왔다는 것이다.

일제 말, 일제는 모든 연예인을 전시 요원으로 간주하고 기예증(技藝證)을 발급하여 행동을 제약했고, 이러한 상황 속에서 대중가요 관련자들은 '절필'과 '동조' 중 오직 하나만을 선택해야 했다. 특히 당시에 인기 가수와 이름이 알려진 작사자와 작곡자들은 일제에 적극적으로 동조할 것을 강요받았다. 그렇다면 어떤 면에서 일제에 동조한 그들의 행위는 '친일'이라기보다 '부역'에 가까웠다 할 수 있다. 날로 극악해지는 일제 앞에서 그들의 선택권은 없는 것이나 마찬가지였기 때문이다. 물론 그러한 상황이 조영출이 군국가요를 작사한 사실 자체를 정당화시키기는 어렵다.

그런데 일제에 동조하기 위해 썼던 가사를 무조건 친일로 보기 어려운 측면도 있다. 조영출이 작사한 군국가요 중에서도 오히려 역으로 일제에 의해 해체된 가족의 실상을 보여주는 작품도 있다. 그리고 이는 기존의 질서가 일제에 의해 어떻게 무너졌는지를 여실히 보여주기도 하는 것이다. 따라서 군국가요를 무조건 '친일가요'로 보는 것은 한계가 있다. 앞으로 이에 대해서도 차근차근 살펴볼 필요가 있다. 그 어떤 인간도 완벽할 수 없다. 누구나 살다 보면, 공적을 쌓기도 하고 과오를 범하기도 한다. 중요한 것은 그 사람의 공적이나 과오 중 어떤 것 하나만으로 그 사람 전부를 판단하고 평가해서는 안 된다는 것이다.

조영출이 일제 말에 군국가요를 작사하기도 했으나 그 전에 〈서울 노래〉와 같은 민족의식을 드러내는 노래는 물론 당대를 핍진하게 반영하면서 당대인의 심금을 울려주고 당대인을 위로해주는 노래를 작사하기도 했다. 또한 광복 이후에는 월북하기 전까지 해방된 감격과 기쁨을 노래로 표현하기도 했다. 그의 과오에 감정적으로 대응하기 이전에 그의 공적과 과오를 정확하게 기록하는 일이 선행되어야 한다. 즉 공적을 치하하고 과오를 따지기에 앞서 그와 관련된 자료를 정리하고 정확하게 기록할 필요가 있는 것이다. 사실상 군국가요는 엄밀한 의미에서 대중가요라 할 수 없다. 그럼에도 불구하고 이 책에서는 군국가요를 수록해서 군국가요에 대한 분석은 물론 이를 여타 대중가요 가사와 비교할 수 있게 하였다.

5.

　그렇다면 조영출이 작사한 가사는 어떤 특성을 지닐까? 먼저 이제까지 수합한 가사를 통틀어 볼 때, 재즈송 6곡, 만요 8곡으로 재즈송과 만요는 그다지 많지 않다고 할 수 있다. 하지만 '만요'의 경우, 곡종명에 '만요'를 적시하지 않았더라도 그 가사 내용에 풍자나 해학이 드러나는 곡이 더러 있다. 이에 반해 재즈송은 매우 적어서 조영출이 서양 대중음악의 영향을 받아서 출현한 재즈송에 별 관심을 두지 않았음을 알 수 있다. 다음으로 신민요는, 서정민요 1곡을 포함하여 약 56곡 정도를 찾을 수 있었다. 마지막으로 유행가는 약 287곡인데, 1940년대 들어서 가요곡과 신가요가 유행가라는 용어를 대신하였다. 따라서 가요곡 107곡과 신가요 30곡도 모두 유행가의 범주에서 다룰 수 있다. 그러므로 유행가는 총 424곡 정도를 작사했다고 할 수 있다.

　한편 가사를 살펴볼 때는 전통을 계승하는 측면과 근대에 새롭게 변모된 모습을 모두 고려할 필요가 있다. 대중가요가 근대와 근대 매체의 산물이라는 점에 주목할 때, 우리의 관심사는 그 대중가요 가사에서 지속적인 측면과 변모된 측면이 무엇인가 하는 점에 놓인다. 실제로 대중음악사에서 전통가요의 대중음악적인 수용과 변용 양상을 살펴보는 작업은 의미가 있을 것이다. 이는 대중음악을 연속적 개념에서 파악하려는 명제의 실현 과정이면서, 동시에 전통단절론이나 이식문화론을 실증적으로 극복하려는 노력의 일환이기 때문이다.

　모든 문학 작품이 좋든 싫든 과거에 대한 의식 없이 쓰일 수 없고, 자각하든 자각하지 아니하든 전체 세계 문학사가 전통이라는 맥락 위에서 전개되듯이,[6] 대중음악사 또한 전통의 지속과 변모 과정 속에서 형성되고 전

6　박노준 외, 『현대시의 전통과 창조』, 열화당, 1998, 10쪽.

개된 것은 자명하다. 그러므로 중요한 것은 단절이냐 지속이냐의 이분법적 논란이 아니라 오랜 동안 축적되어 온 문화적 집적물에서 지속과 변화의 맥락들을 추출하고 이에 적극적으로 의미를 부여할 필요가 있다.[7]

이상을 고려할 때, 조영출이 작사한 대중가요는 크게 네 가지로 나누어서 살펴볼 수 있다. 첫째, 신민요에 나타나는 향토성, 둘째, 유행가에 표출된 상실감, 셋째, 유행가에 드러난 이국성(異國性), 넷째, 만요에 표현된 풍자와 해학이 그것이다. 구체적인 작품을 들어 각각의 모습을 살펴보겠다.

1) 신민요에 나타나는 향토성

조영출이 작사한 신민요에서 기본적으로 언급할 수 있는 것은 '향토성'이라 할 수 있다. '향토성'이라 하면 보통 '토속적인 풍경'을 떠올릴 수 있다. 여기에 더해 '향토성'은 향토적인 소재와 정서, 그리고 미학을 아우르는 말로 사용할 수 있다. 그리고 기존의 민요나 잡가 등의 전통가요에서 내용과 형식을 차용했다면 여기서도 향토성을 지적할 수 있다.

당대 여타의 신민요가 그러했던 것처럼 조영출이 작사한 신민요에서도 기존 민요나 잡가의 후렴과 여음을 그대로 사용하거나 변용해서 사용한 것을 쉽게 볼 수 있다. 이는 그 자체로 향토적인 요소라 할 수 있다.

에헤여 / 데헤여(〈구십 리 고개〉)
에여라차 에여라차(〈금노다지 타령〉)
얼시구 좃타 절시구나 흥(〈금송아지 타령〉)
에헤루여 데헤루여(〈처녀제〉)
아리살짝궁 응 쓰리쓰리 응(〈가거라 초립동〉)
당기당둥 둥둥 둥둥 당기당 둥둥 어럼마 얼싸 당기당둥(〈당기당 타령〉)

---

7   위의 책, 89쪽.

두리둥둥 둥실둥실둥실 두리둥둥 둥실둥실둥실 / 두리두리두리둥둥둥 성
화로구나(〈비둘기 소식〉)
　널리리 널리리 널리리야(〈쌍도라지 고개〉)
　얼싸 좋다 지화자 좋다(〈풋난봉〉)

일제강점기 대중가요 갈래 중 신민요가 여타 갈래와 변별되는 것은 바로 기존의 후렴을 그대로 내지는 변용해서 사용한다는 것에서 찾을 수 있는데, 조영출의 작품에서도 이를 확인할 수 있다. 그리고 조영출의 신민요 제목에는 기존의 민요나 잡가 제목에 '신(新)' 내지는 '신작(新作)' 등을 첨부하거나 '타령'을 넣은 것이 대부분이다. 〈신작아리랑〉, 〈신오돌독〉, 〈신작노들강변〉, 〈신작도라지〉, 〈십오야 타령〉, 〈신고산타령〉 등이 그러한 예이다. 이러한 제목은 제목에서부터 기존 가요를 의식하고 창작하였음을 알려준다.

한편 기존의 후렴을 사용하지 않더라도 〈삽살개 타령〉, 〈서귀포 칠십리〉, 〈서생원 일기〉, 〈섬색시〉, 〈알쌍급제〉, 〈초가삼간〉, 〈목포는 항구〉 등은 농촌이나 어촌과 같은 시골 풍경이나 그 곳의 인물을 소재로 하여 향토성을 드러내고 있는 노래라고 할 수 있다.

그런데 조영출이 작사한 이러한 노래들은 현실을 있는 그대로 반영하기보다는 희망하는 세계를 그리는 것에 경도되어 있다.

　노들두 강변에 늘어진 양유를
　한 가지 쑥 꺽거 피리를 맨들어
　시화년 년풍에 숲송아지 타고서
　얼시구 좃타 절시구나 흥
　피리를 불자네

　금강두 산꼴에 자라난 칡덩쿨

한줄기 쑥 잘너 감어를 두엇다

아리랑 바람에 가는 님의 허리를

얼시구 좃타 절시구나 흥

동여나 매잔쿠

삼신산 불로초 다 어데 간느냐

한 폭이 쑥 뽑아 화분에 심었다

고흔 님 오시건 늙지를 말자고

얼시구 좃타 절시구나 흥

난우어 먹잔다

— 〈금송아지 타령〉(신민요, 금운탄 작사, 김저석 작곡,
이화자 노래, 포리돌 19399, 1937)

〈금송아지 타령〉은 현실을 그린 노래라기보다는 희망과 바람이 넘쳐 나는 노래라 할 수 있다. 즉 민요에서 종종 볼 수 있는 '선취된 미래'를 그린 노래로 볼 수 있는 것이다. '태평성대(太平聖代)'를 비유하는 사자성어인 '시화연풍(時和年豊)'을 사용하고 있을 뿐만 아니라 "금송아지를 타고", "삼신산 불로초를 화분에 심은" 등의 표현에서 이를 알 수 있다. 어쩌면 허무맹랑한 바람을 표현한 것으로 볼 수 있으나 이 노래를 부르고 듣는 순간만큼은 기쁨의 세계에 있을 수 있다. 당시 신민요는 '흥겨움으로 위안 얻기'[8] 를 담당하고 있었고, 조영출의 작품에서도 이러한 사실을 확인할 수 있다.

이처럼 향토성이 기쁨과 즐거움의 세계로 이어지는 것과 마찬가지로, '국토 예찬'을 주제로 한 그의 작품에서도 향토성이 기쁨의 정서와 연결되는 것을 알 수 있다.

---

8 일제강점기 신민요에 나타나는 '흥겨움으로 위안 얻기'에 대한 설명은 장유정, 『오빠는 풍각쟁이야—대중가요로 본 근대의 풍경』, 민음in, 2006, 273~275쪽을 참고할 수 있다.

북으로 백두산은 구름 속에 꿈꾸고

남으로 한라산은 물소리에 꿈꾸네

이 江山 處女들은 三千里 꿈속에

五色실로 아롱아롱 사랑을 수놋네

아리아리 둥둥 스리스리 둥둥

둥둥둥 북을 울려라

二八은 處女時節 노래 불으자

평양도 大同江은 물이 맑어 조쿠나

제일도 江山에는 꽃이 만어 조쿠나

연두나 조고리에 연분홍치마에

이리 굼실 저리 굼실 구경이 조쿠나

아리아리 둥둥 스리스리 둥둥

둥둥둥 북을 울려라

二八은 處女時節 노래 불으자

숫처녀 허리에는 봄바람이 감도네

실버들 늘어진데 선녀들이 춤추네

당홍두 갑사댄기 바람에 날리면

삼수갑산 어름 눈도 녹고야 만다네

아리아리 둥둥 스리스리 둥둥

둥둥둥 북을 울려라

二八은 處女時節 노래 불으자

― 〈朝鮮의 處女〉(신민요, 금운탄 작사, 석일송 작곡,

이화자 · 조영심 노래, 포리돌 19431(X535 재발매), 1939)

당시 신민요의 한 모습이던 '국토예찬'을 주제로 하고 있는 〈조선의 처녀〉는 향토성이 기쁨의 정서로 이어지고 있는 작품이다. 이 작품은 시어에서부터 우리나라 사람들에게 남다른 의미로 다가오는 시어들을 사용하고 있다. 백두산, 한라산, 삼천리, 대동강, 삼수갑산 등이 모두 그러한 예이다. 게다가 '아리랑'을 연상시키는 "아리아리 둥둥 스리스리 둥둥"이라는 후렴이 우리나라 사람들의 문화적 의미망 속에서 남다른 의미를 지니는 것은 물론이다. 구체적인 지명의 사용, 향토성을 드러내는 시어의 활용 등을 통해 이 작품이 궁극적으로 지향하는 정서는 '기쁨의 정서'라고 할 수 있다.

이처럼 '향토성'을 드러내는 작품들은 기존의 민요와 잡가 등의 형식과 내용에서 많은 요소들을 차용하고 있다. 시어, 소재, 후렴, 주제 등에서 전통의 지속적인 측면을 찾을 수 있는 것이다. 하지만 이것이 당시의 현실을 있는 그대로 반영하거나 비판하기보다는 기쁨의 정서와 연결되면서 상황을 추상적이고 낭만적으로 그리는데 치중하고 있음을 알 수 있다.

1930년대 후반에는 시에서도 '향토'가 중요한 화두로 등장하곤 했다. 1930년대 후반에 가면 일제 검열의 핵심적인 대상이 민족주의와 공산주의였는데, 이와 관계가 없는 작품은 엄격한 잣대를 제시하지 않았던 것이다.[9] 이때 '향토'는 식민지 조선을 표상하는 국가 대신 대리 보충물로 발견되었다.[10]

하지만 당시에 김종한은, 시에 등장하는 '향토'를 민족주의적인 향수의 표상이 아니라 방향을 상실한 세대가 희구하는 낭만주의적인 이상의 상징이라고 하였다.[11] 고봉준은 김종한의 글에 동의하면서, "향토에 대한 상상이 제국-일본과의 관계 속에서 로컬로써의 정체성에 저항하면서 조선

<hr>

9 고봉준, 「일제 후반기 시에 나타난 향토성 문제」, 『우리문학연구』 30집, 우리문학회, 2010, 12쪽.
10 한만수, 「1930년대 '향토'의 발견과 검열 우회」, 『한국문학이론과 비평』 30집, 한국문학이론과 비평학회, 2006, 394쪽.
11 김종한, 「일지(一枝)의 윤리」, 『국민문학』, 1942.3.

문화의 정체성을 사유하고 확립하고자 했던 민족적이며 탈식민적인 실천으로 평가할 수 있다"[12]는 주장에 반론을 제기하였다. 즉 일제 후반에 광범위하게 확인되는 '조선적인 것'의 추구가 '동양(일본)=보편 / 조선=특수'라는 동양 담론의 영향권 내에 놓여있다는 것이다. 더 나아가서 고봉준은 한국시가 추구한 '향토성'이 이국 취미를 선호하는 제국의 시선에 의해 매개된 표상에 불과하며, '향토'가 조선인의 삶의 터전이 아니라 풍물과 유물로 채워진 비역사적 세계라고 하였다.[13]

　일제 후반기 시에 대한 이러한 지적은 당시 일련의 신민요 가사에도 적용할 수 있다. 하지만 신민요가 민족적인 차원에 놓여 있든, 아니면 동양 담론에 위치하고 있든지 간에 당대인들이 신민요를 통해 추구한 것은 일종의 '흥겨움으로 위안 얻기'라 할 수 있다. 그리고 이는 김효정이 지적한 것처럼 충족되지 못한 욕망을, 욕망 그 자체를 강조하거나 가상적 현실이나 유토피아로 대체한 것이라 할 수 있다.[14] 그리고 전통가요를 계승하는 여러 요소들이 신민요가 당대인의 호응을 얻는데 도움을 주기도 하였다.

　그렇다고 해서 당시 모든 대중가요가 기쁨의 정서만을 추구한 것은 아니다. 신민요보다 상대적으로 더 많은 수를 차지하고 있던 유행가는 상실감을 통해 당대의 현실을 반영하고 핍진하게 드러내고 있다.

2) 유행가에 표출된 상실감

　신민요가 흥겨움에 경도된 것과 달리 유행가에서는 당대의 현실을 그대로 반영해서 보여주고 있다. 특히 유행가에 나타나는 상실감은 크게 고향의 상실과 임의 상실로 나누어서 살펴볼 수 있다.

12　김진희, 「1930년대 조선문화의 정체성과 로컬 향토의 상상」, 『어문연구』 61집, 어문연구학회, 2009, 383쪽.
13　고봉준, 앞의 글, 23쪽.
14　김효정, 「조명암 대중가요 연구」, 『낭만음악』 50호, 낭만음악회, 2001, 40쪽.

(1) 고향의 상실

일제강점기는 자의 반 타의 반으로 고향을 떠나 방랑하는 나그네가 많았던 시기였다. 그 때문에 대중가요 가사에도 방랑과 이산이 주요 소재로 사용되었고, 고향의 상실에서 비롯한 방랑의식과 고향에 대한 그리움이 많이 나타났다. 종종 한 노래에 방랑과 고향에 대한 그리움이 동시에 표출되기도 하였다.

고향의 상실에서 비롯한 방랑과 고향에 대한 그리움을 드러낸 대표적인 작품으로는 〈쓸쓸한 여관방〉, 〈얼러 본 타관 여자〉, 〈역마차〉, 〈오로라의 눈썰매〉, 〈유랑의 나그네〉, 〈제2 타향〉, 〈주막의 하룻밤〉, 〈청노새 탄식〉, 〈타향의 술집〉, 〈황야에 해가 점으러〉, 〈남포의 추억〉, 〈정한의 남북〉 등을 들 수 있다. '사막'을 배경으로 한 〈사막의 밤 눈물〉과 〈사막의 정가〉와 〈타관천리〉에서도 방랑의식이 드러나고 있다.

沙漠에 해 저므러 나그네 고달퍼라
椰子樹 그늘 속에 하로밤을 지낼까
님이여 옛사랑의 노래를 불러다오
외로운 駱駝 등에 눈물 넘친다

어제는 故鄕살이 오날은 他鄕살이
달빛에 속삭이는 그 옛날이 그립다
님이여 정처 업시 沙漠을 쩌나가자
나그네 가슴속에 눈물 넘친다

— 〈沙漠의 밤 눈물〉(유행가, 금운탄 작사, 김준영 작곡,

조영심 노래, 포리돌 X545 재발매, 1939)

위의 작품에서 '사막'은 나그네의 비극성을 강화시키는 배경이라 할 수

있다. 나그네는 고향을 떠나 타향을 헤매고 있으며, 그가 느끼는 감정은 고달픔에서 비롯한 '눈물'로 설명할 수 있다. 고향을 떠나 헤매거나 헤맬 수밖에 없던 대중에게 이런 노래는 자신의 심사를 드러내주는 노래로 많은 공감을 얻을 수 있었다. 조영출이 작사한 이러한 일련의 노래들은 당대 대중가요가 보여주는 상실의식과 다르지 않다. 이에 반해, '임의 상실'을 드러낸 노래는 여타 대중가요와 조금 다른 특성을 드러내는바, 이에 대한 고찰이 필요하다.

(2) 임의 상실

조영출이 작사한 가사에서 임은 크게 두 가지로 나타난다. 하나는 사랑하는 임이면서 부재(不在)한 임이고, 다른 하나는 가족이다. 임의 상실에서 비롯한 임에 대한 그리움을 표출한 노래는 당시 대중가요 가사에서 쉽게 볼 수 있다. 하지만 조영출의 작품에서 유독 두드러지는 것은 임의 상실 중, 가족의 상실을 작품에서 많이 다루었다는 것이다. 〈부모이별〉, 〈오호라 부주 전〉, 〈일가친척〉, 〈일허버린 아버지〉, 〈동생을 찾아서〉, 〈남매〉 등이 모두 그러한 예이다. 이러한 노래들은 가족과의 평화로운 한때를 그리는 것이 아니라 가족들이 모두 흩어지고 헤어져서 서로를 그리워한다는 점에서 당대를 핍진하게 반영한 것으로 볼 수 있다.[15]

> 싸락눈 흩날리는 신작로 굽은 길
> 오늘도 양차 위에 황혼이 어린다
> 동생을 찾아서 동생을 찾아서 여기까지 왔건만
> 그리운 동생은 대답이 없다

15　일제강점기 대중가요에 나타난 가족의 양상과 의미에 대해서는 장유정, 「일제강점기 대중가요에 나타난 가족의 양상 고찰」, 『구비문학연구』 제30집, 한국구비문학회, 2010을 참고할 수 있다.

어머니 슬하에서 자라난 두 형제

우리는 아버지의 얼굴도 모른다

세월이 흘러서 세월이 흘러서 이별한 지 십여 년

동생아 널 찾아 나는 헤맨다

양차는 떠나간다 눈발을 헤치고

낯설은 거리 거리 네 이름 부르며

동생아 아느냐 동생아 아느냐 눈물겨운 운명을

살아서 있다면 대답을 해라

— 〈동생을 찾아서〉(유행가, 조명암 작사, 박시춘 작곡,

이인권 노래, 오케 20029, 1940)

　　조영출의 작품에서 헤어진 가족은 단순히 어머니나 아버지뿐만이 아니다. 〈동생을 찾아서〉에서 보듯이 헤어진 사람은 동생으로도 나타난다. 이 노래는 헤어진 동생을 찾아 헤매는 형의 심사를 절절하게 그리고 있는 노래이다. 그런데 그 내용을 보면, 형의 감정이나 정서를 드러내기보다는 한 편의 이야기를 떠오르게 한다는 것을 알 수 있다. 즉 아버지 없이 어머니 슬하에서 자라난 두 형제가 있다. 그런데 이들은 헤어진 지 10년이 되었고, 형은 동생을 찾아서 낯선 거리를 헤매고 있는 것이다. '아프다' 내지는 '슬프다'라고 말하지 않지만 오히려 사실적이고 구체적인 정황의 설명은 듣는 이로 하여금 안타까움을 자아내고 더 많은 슬픔을 전해주기도 한다.

　　주지하다시피, 일제는 강점 시기 내내 조선인의 희생을 대량으로 강요했다. 모집, 징용, 보국대, 근로동원, 정신대 등을 통해 노동력을 강제 수탈했고, 침략 전쟁이 본격화하기 전에는 농촌에서 쫓겨난 조선의 값싼 노동력을 '모집'이라는 형식으로 일본의 토목공사장이나 광산에 집단 동원했던 것이다. 1937년 중일전쟁 이후에는 국가총동원법(國家總動員法)을 공포하

고 이어서 국민징용령(國民徵用令)을 실시하여(1939년) 많은 조선인을 침략 전쟁 수행을 위한 노동력으로 강제 동원했다.[16] 이런 배경에서 가족들은 헤어질 수밖에 없었고, 헤어진 가족들은 서로 그리워할 수밖에 없었다.

그런가 하면, 조영출의 유행가에서도 임의 상실에서 비롯한 애상을 표현한 작품이 많다.

> 울어야 보지 못할 사람이라면 / 차라리 그 이름도 잊으련마는
> 비오는 저문 거리 깜박이는 등불에 / 가슴속 타오른다
> 아 눈물의 추억
>
> 빗방울 유리창에 부딪칠사록 / 흐르는 식은 눈물 쉴 새 없나니
> 떨리는 이 가슴을 혼자 안어 보면서 / 마음 속 불러본다
> 아 그리운 사랑
>
> 애꿎은 입술만을 깨물어 가며 / 아프고 쓰린 심정 참아보건만
> 거울에 비친 얼굴 여외 가는 청춘에 / 눈물이 넘쳐난다
> 아 흘러간 사랑
>
> ─〈눈물의 신호등〉(유행가, 조명암 작사, 박시춘 작곡,
> 김정구 노래, 오케 12193, 1938)

〈눈물의 신호등〉은 당시에 만연했던 임과의 이별을 제재로 하고 있는 노래이다. '임과의 이별'이 어찌 일제강점기 때만 만연했겠는가? 그 이전 시기에도 '임과의 이별'을 제재로 한 문학 작품 내지 가요는 많았다. 특히 김대행이 지적한 것처럼 '임의 부재에서 생기는 정서는 우리 고유의 정서'

---

16 강만길, 『고쳐 쓴 한국 현대사』, 창작과비평사, 1994, 36~37쪽.

이고, 이것이 민요에서 '부재(不在)한 임'과 '과거지향성', 그리고 '시적 화자의 수동성'으로 발현되는 것이다.[17] 〈눈물의 신호등〉에서도 이를 확인할수 있다. 작품의 시적 화자는 비 오는 거리에서 떠난 임을 그리워하며 눈물을 흘리고 있다. 김대행이 지적했던 것처럼, 시적 화자는 현재 자신의곁에 없는 임을 그리워하며 눈물을 흘리고 있는데, 여기서 '과거지향성'과'시적 화자의 수동성'도 지적할 수 있다.

특히 이 작품에서 전반적으로 나타나는 '물'의 이미지는 이 작품의 애상성을 강화시키는 기능을 하고 있다. '비'와 '눈물'이 교차되면서 임이 없는현실의 비극성을 강조하는 것이다. 다만 전통적인 시가 작품에서 임을 그리워하고 기다림의 인고 속에서 사는 것이 주로 여성이었다면,[18] 〈눈물의신호등〉에서는 시적 화자의 성별을 알 수 없을뿐더러 김정구라는 가수를떠올리면 오히려 남성 화자로 볼 수 있는 여지마저 있다. 물론 무조건 가수의 성별을 작품 속 화자와 동일시할 수는 없다. 하지만 종종 우리는 노래를 부르는 가수와 작품 속 화자의 성별을 동일한 것으로 간주하며 노래를 듣기도 한다. 당대 유행가에는 떠난 임을 그리워하며 기다리는 사람이대부분 여성이었다. 이에 반해 〈눈물의 신호등〉에서는 시적 화자를 남성으로 볼 수 있기에, 이를 기존과 달라진 모습이라 할 수 있다.

3) 유행가에 드러난 이국성(異國性)

조영출의 작품 중에는 이국성을 드러낸 작품도 상당수 있다. 이국성이란 범박하게 이국적인 소재를 다루고 있는 노래로 볼 수 있다. 그런데 이국성은 다시 이국정취와 이국정서로 나눌 수 있다. 동일하게 이국적인 소재를 다루면서도 이것이 단순히 소재주의적인 차원에서 이국적인 분위기를 표현하는데 치중하고 있다면 이국정취라 하고, 이국적인 특징이 가사

---

17 김대행, 『한국시의 전통 연구』, 개문사, 1980, 159~164쪽.
18 김준오, 『현대시의 해부』, 새미, 2009, 304쪽.

속에서 정서의 자기화 내지는 내면화까지 거친다면 이국정서를 표현했다고 볼 수 있는 것이다.[19]

  조영출의 작품 중 이국성을 드러낸 작품으로는 〈만주 뒷골목〉, 〈만주 아가씨〉, 〈북경의 달밤〉, 〈산동 아가씨〉, 〈중국 아가씨〉, 〈춘풍신호〉, 〈할빈 다방〉, 〈홍사등 푸념〉, 〈상해릴〉 등을 들 수 있다. 이 중에서 만주 뒷골목의 풍경을 묘사한 〈만주 뒷골목〉이 이국정취를 드러내고 있다면, 〈상해릴〉은 이국정서를 드러낸 곡이라 할 수 있다. 그런데 조영출의 작품에서 이국의 여성을 제재로 한 노래가 많은 것은 주목할 만하다. 〈만주 아가씨〉, 〈산동 아가씨〉, 〈중국 아가씨〉, 〈홍사등 푸념〉 등이 그러한 예이다.

중국 아가씨 중국 아가씨 / 새빨간 초롱에 불을 드는 이 밤에
노래를 불러 담던 호궁을 울리며 / 아 아 흐르는 장크에 꿈꾸는 사랑
중국 아가씨 어여쁜 아가씨

— 〈중국 아가씨〉(유행가, 조명암 작사, 박시춘 작곡,
장세정 노래, 오케 20010, 1940)

해점은 거리에 꽃파는 아가씨 / 故鄕을 물으면 山東이라네
눈瞳子가 쌈박 쌈박 사랑스런 속눈썹 / 아 어여쁜 洋蘭온(?) 山東 아가씨
(이하 누락)

— 〈산동 아가씨〉(가요곡, 조명암 작사, 이봉룡 작곡,
장세정 노래, 오케 31078, 1941)

  〈중국 아가씨〉와 〈산동 아가씨〉를 통해 알 수 있듯이, 시적 화자는 이국 여성을 '어여쁜 아가씨'로 간주하고 있다. 1950년대에 금사향이 부른

---

19 장유정, 「1950년대 대중가요의 이국성 고찰」, 『구비문학연구』 제27집, 한국구비문학회, 2008, 316쪽.

〈홍콩 아가씨〉의 원조격으로 볼 수 있는 〈산동 아가씨〉 속 아가씨는 〈홍콩 아가씨〉의 아가씨와 마찬가지로 '꽃을 파는 아가씨'이다. 여기서 '꽃'과 '아가씨'의 이미지가 중첩되면서 산동 아가씨는 순수 내지는 순진한 여성으로 표상되는 것이다.[20] 이처럼 이국 여성을 제재로 한 조영출의 노래들은 대부분 이국 여성에 대한 환상과 욕망을 드러낸다고 할 수 있다. 그러면서도 이국 여성의 외향을 묘사하고 예쁘다고 하는 것에 그치고 있다. 즉 이국 여성이 적나라하거나 노골적인 욕망의 대상이라기보다는 추상적이거나 관념적인 동경의 대상이었다고 할 수 있다.

흥미로운 것은 광복 이후에는 대중가요 속 이국 여성이 광복 이전 이국 여성과 다르게 그려진다는 점이다. 한국전쟁을 거치면서 서구의 문물이 물밀 듯이 밀려왔고, 서양 영화 등을 통해 많은 남성들이 서양 여성에 대한 동경과 환상을 키워왔다. 그 때문에 이국의 여성을 제재로 한 1950년대 대중가요에서는 아시아계 이국 여성이 하층 계급 여성으로 그려지고, 서구의 여성은 찬미나 찬양의 대상 내지는 사랑의 대상으로 나타났다.[21] 이는 광복 이전 이국 여성을 제재로 한 노래와 차별된다. 이를 통해 대중가요 속 이국 여성의 변모된 모습을 확인할 수 있다. 그리고 이는 당대 남성들의 욕망이 변천한 모습의 일단을 보여주기도 한다.

4) 만요에 표현된 풍자와 해학

일종의 코믹송(comic song)에 해당하는 만요는 풍자와 해학으로 당대인에게 웃음과 교훈을 동시에 주었던 갈래라고 할 수 있다. 조영출의 대표적인 만요로는 〈모던 관상쟁이〉, 〈복덕 장사〉, 〈세상은 요지경〉, 〈수박행상〉, 〈신접살이 풍경〉, 〈앵화춘〉, 〈앵화폭풍〉, 〈요즈음 찻집〉, 〈월급날 정보〉 등을 들 수 있다. 이 중에서 〈신접살이 풍경〉, 〈월급날 정보〉는 근대

---

20 장유정, 앞의 글, 2008, 324쪽.
21 위의 글, 322~328쪽.

에 와서 달라진 신식 가정의 풍경을 웃음으로 묘사한 작품이다.[22] 이에 반해, 〈모던 관상쟁이〉, 〈복덕 장사〉, 〈수박 행상〉 등은 기존의 민요 중 유희요에서 종종 볼 수 있는 반복과 열거를 통한 웃음을 지향하고 있다.

관상이요 관상입니다 / 자 관상입니다 관상 관상입니다 관상
아씨마님 관상입니다 / 이마가 넓으면 남의 덕을 보고
귀가 크면은 남의 말을 잘 듣고 / 입이 크면은 먹을 것이 많습니다
자 어서 어서 관상입니다 / 십 전을 내면 십 전 어치
오십 전 내면은 오십 전 어치 / 일원을 내면은 일원 어치요
자 관상이요 관상입니다
— 〈모던 관상쟁이〉(만요, 조명암 작사, 김영파 작곡,
김정구 노래, 오케 12203, 1939)

대추드렁 사려 대추드렁 사려 / 충청도 당대추 꿀맛이요 자
신랑 신부 잔치상에 이 대추를 쓸랴치면 / 옥동자가 한 쌍이요 귀동자가
한 쌍이요
장사하면 돈 잘 벌고 백년해로 / 언제든지 싸움 안 하고 살터이니
있을 적에 다들 사소 / 자 대추 대추 대추드렁 사려
— 〈복덕장사〉(만요, 조명암 작사, 김영파 작곡,
김정구 노래, 오케 12236, 1939)

위에 제시한 〈모던 관상쟁이〉와 〈복덕장사〉는 반복과 열거로 언어유희를 추구한 작품이다. 풍자보다 해학에 초점을 맞추고 있는 이러한 노래들은 그 가사 자체로 웃음을 유발시킨다고 할 수 있다. '관상쟁이'의 목소

22　만요를 통해 본 1930년대 근대 문화에 대해서는 장유정, 「만요를 통해 본 1930년대의 근대 문화」, 『웃음문화』 창간호, 한국웃음문화학회, 2006을 참고할 수 있다.

리로 이루어진 〈모던 관상쟁이〉에서는 1절에서 3절까지 차례로 '아씨 마님', '학생 아씨', 그리고 '신부 신랑'의 관상을 열거한다. '관상'이란 말의 열거에서 '십 전', '오십 전', '일 원'으로 점층법을 사용하여 재미를 유발시키고 있다. 게다가 가수 김정구가 노래와 말을 섞어가며 재미를 유발시키는 것도 이 노래의 특징이라고 할 수 있다.

관상쟁이가 일종의 호객 행위를 하는 내용으로 이루어진 것이 〈모던 관상쟁이〉이라면, 〈복덕 장사〉 또한 복과 덕을 파는 장수의 말로 1절부터 3절까지 이루어져 있는 노래이다. 각 절을 보면, 1절에서는 대추 파는 장수, 2절에서는 고기 파는 장수, 3절에서는 명태 파는 장수가 나와서 각각 자신들이 파는 것이 얼마나 좋은 지를 광고하고 있다. 〈복덕 장사〉의 1절에서 "신랑 신부 잔칫상에 이 대추를 쓸랴치면 옥동자가 한 쌍이요, 귀동자가 한 쌍이요"라는 표현에서 이것이 일종의 과장 광고라는 것을 알 수 있다. 하지만 부르는 사람이나 듣는 사람이나 이것이 과장 광고인지 알면서도 묵인하고 수용하면서 웃음 공동체를 이룬다고 할 수 있다. 그리고 이는 기존의 사설시조에서 볼 수 있던 가사의 계승이라는 점에서 그 의미를 부여할 수 있다.[23]

그런가 하면, 〈세상은 요지경〉, 〈요즈음 찻집〉, 〈앵화폭풍〉, 〈앵화춘〉은 세태를 풍자하고 있는 노래로 주목할 만하다.

> 요즈음 찻집은 브로커 세상 / 요즈음 찻집은 기업가 세상
> 이 구석에 금광이 왔다갔다 / 저 구석에 중석광(重石鑛)이 왔다갔다
> 천원 만원 주먹구구 뻘건 눈이 돌아갈 때 / 전화통은 찌릉 찌릉 찌릉 찌릉
> 찌릉 찌릉 찌릉 찌릉 운다 울어 운다 울어

---

23 만요와 사설시조의 유사성에 대해서는 장유정, 앞의 책, 2006, 239~244쪽을 참고할 수 있다.

요즈음 찻집은 여행권 세상 / 요즈음 찻집은 급행권 세상

이 테불엔 만주를 들락날락 / 저 테불엔 北支那 들락날락

앉은뱅이 활개치듯 젊은 피가 춤을 출 제 / 유성기는 풍짱 풍짱 풍짱 풍짱

풍짱 풍짱 풍짱 풍짱 운다 울어 운다 울어

요즈음 찻집은 아가씨 세상 / 요즈음 찻집은 도련님 세상

南窓 위엔 연극장 포스터요 / 北窓 우엔 베토벤 꿈을 꾼다

우유 차에 살이 쪘나 찻집 아씬 토실토실 / 라디오가 살금 살금 살금 살금

살금 살금 살금 살금 운다 울어 운다 울어

— 〈요즈음 찻집〉(유행가, 조명암 작사, 김해송 작곡,

박향림 노래, 오케 31018, 1941)

〈요즈음 찻집〉은 1940년대에 들어서 달라진 다방(찻집)의 풍경을 풍자적으로 그린 작품이다. 주지하다시피, 근대 유흥 공간으로 출현한 다방은 문인의 공동 서재이자 룸펜의 안식처로 기능하였다. 때로 커피를 마시며 명곡을 감상하는 공간이기도 하였다.[24] 하지만 〈요즈음 찻집〉에서 찻집은 전화기가 울어대고 유성기와 라디오 소리에 정신없는 공간으로 그려지고 있다. 특히 당시에 불어온 '노다지 열풍'도 짐작할 수 있다. 개인 전화를 소유하기 어려웠던 시절에 다방은 연락을 주고받는 공동 사무실의 기능도 하였던 것이다. 1절의 '브로커'와 '기업가'는 이러한 배경에서 등장한 것이다. 그리고 이를 심각하게 묘사하기보다는 '찌릉', '풍짱', '살금' 등의 의태어와 의성어를 사용하여 재미있게 묘사하고 있다.

요컨대 조영출의 대중가요 가사는 당대 대중가요 가사의 특성과 별반 다르지 않다. 하지만 이를 통해 조영출이 당대의 가사 작법의 관습을 충실

24　일제강점기 다방의 풍경에 대해서는 장유정, 『다방과 카페, 모던보이의 아지트』, 살림, 2008을 참고할 수 있다.

하게 따랐다고 단정하기는 어렵다. 왜냐하면 그 작사한 작품의 수와 양을 고려할 때, 오히려 조영출이 그러한 가사 작법의 관습을 주도했을 가능성도 배제할 수 없기 때문이다. 앞으로 박영호의 가사에 나타나는 특성과 더불어 동시대에 활동했던 작사가들의 작품들을 분석하면서 종합적으로 평가한다면 조영출만의 독창적인 가사 작법의 특성 등을 밝혀낼 수 있을 것이다.

6.

아직까지 조영출의 작품에 대한 정리와 생애에 대한 정보가 정확하게 기록되었다고 보기 어렵다. 지금까지 그와 그의 작품에 대한 정보조차 정확하게 기록되지 않았던 것이 사실이다. 2013년 1월 14일에 방영되었던 KBS 〈가요무대〉에서는 '조명암 탄생 100주년'을 기념하여 조명암이 작사한 대중가요를 중심으로 방송을 구성하였다. 그때 사회자는 "며칠 전에 조명암의 생신이 지났다"고 소개하였다. 이는 일부 인터넷에 떠도는 조영출의 잘못된 출생일인 1913년 1월 10일을 조영출의 출생일로 본 것에 따른 오류이다. 호적에 의하면, 조영출은 1913년 11월 10일에 출생하였다. 하지만 1월 10일로 잘못된 출생일이 사실인 냥 유포되는가 하면, 그가 건봉사에 출가한 나이도 5세, 8세, 15세로 다양하게 적혀 있는 것을 볼 수 있다.

더 심각한 것은 그가 월북한 이후에 그의 가사가 개사된 채로 불렸다는 것이다. 1980년대 후반에 조영출의 작품이 해금되기 전까지 그의 작품은 금지곡으로 묶였었다. 이때 그의 노래를 살리기 위한 방편으로 '개사'를 하며 그의 노래를 불렀다. 반야월의 회고록에 따르면, 해당 곡의 작곡가인 박시춘, 이재호, 김교성, 손목인 등이 반야월에게 부탁했고, 반야월은 '추미림'이라는 예명을 사용하여 조영출의 작품을 개사했다고 한다.[25] 그렇

게라도 조영출의 작품을 부를 수 있었던 것은 다행이나 그 바람에 원 가사
의 모습이 훼손되기도 하였다. 이번 책에서는 최대한 원래의 가사를 수록
하기 위해 노력했다. 여러 차례 개작되는 과정 속에서 바뀐 가사 대신에
원문이나 원곡 등을 통해 원 가사를 기록하려 한 것이다. 다만 원 가사가
불분명한 〈서귀포 칠십 리〉의 경우는 원 가사로 추정되는 몇 가지 가사를
함께 수록했다. 앞으로 개사된 가사를 원 가사와 비교하는 작업을 수행할
필요도 있을 것이다.

2013년은 조영출이 태어난 지 100주년이 되는 해이기도 하다. 조영출
탄생 100주년을 맞아 조영출의 작품을 다시 정리한 것은 의미를 지닐 것
이다. 조영출은 〈꿈꾸는 백마강〉, 〈선창〉, 〈알뜰한 당신〉, 〈목포는 항구
다〉, 〈화류춘몽〉, 〈고향초〉, 〈낙화유수〉, 〈진주라 천리 길〉 등 광복 이전
부터 오늘날에 이르기까지 많은 이들에게 애창된 곡을 작사하였다. 특히
광복 이후에 북한으로 가서 활동하였기에 조영출이 작사한 노래는 북한
주민들에게도 많이 애창되었으리라 생각한다. 어쩌면 광복 이전에 작사
한 조영출의 이러한 작품들은 우리나라와 북한이 공유하고 이를 통해 소
통할 수 있는 중요한 자원이 될지도 모르겠다. 부디 조영출 작사 대중가요
가사를 모은 이 책이 조영출의 노래를 좋아하는 사람들은 물론 그의 노래
를 연구하려는 많은 이들에게 조금이나마 도움이 되기를 바라본다.

---

25 반야월, 앞의 책, 295쪽.

참고문헌

강만길, 『고쳐 쓴 한국 현대사』, 창작과비평사, 1994.

고봉준, 「일제 후반기 시에 나타난 향토성 문제」, 『우리문학연구』 30집, 우리문학회, 2010.

김성희, 『운명의 선택』 1, 평양출판사, 2012.

김종한, 「일지의 윤리」, 『국민문학』, 1942.3.

김진희, 「1930년대 조선문화의 정체성과 로컬 향토의 상상」, 『어문연구』 61집, 어문연
　　　　구학회, 2009.

김효정, 「조명암 대중가요 연구」, 『낭만음악』 50호, 낭만음악회, 2001.

박노준 외, 『현대시의 전통과 창조』, 열화당, 1998.

반야월, 『불효자는 웁니다―반야월 회고록』, 화원, 2005.

이동순 편, 『조명암 시전집』, 선, 2003.

이준희, 「누가 김다인인가?」, 『대중음악』 10호, 한국대중음악학회, 2012.

장유정, 「만요를 통해 본 1930년대의 근대 문화」, 『웃음문화』 창간호, 한국웃음문화학회, 2006.

＿＿＿, 『오빠는 풍각쟁이야―대중가요로 본 근대의 풍경』, 민음in, 2006.

＿＿＿, 「1950년대 대중가요의 이국성 고찰」, 『구비문학연구』 제27집, 한국구비문학회, 2008.

＿＿＿, 『다방과 카페, 모던보이의 아지트』, 살림, 2008.

＿＿＿, 「일제강점기 대중가요에 나타난 가족의 양상 고찰」, 『구비문학연구』 제30집,
　　　　한국구비문학회, 2010.

＿＿＿, 「조영출(조명암) 대중가요 가사 자료 보강 및 그 갈래별 특성」, 『한민족문화연
　　　　구』 42, 한민족문화학회, 2013.

한국문인협회충남지회 편, 『충남 작고 시인 연구』 I, 대교출판사, 1997.

한만수, 「1930년대 '향토'의 발견과 검열 우회」, 『한국문학이론과 비평』 30집, 한국문학
　　　　이론과비평학회, 2006.

　보성고등학교의 오영식 선생님을 처음 뵌 것은 2010년 어느 여름이었다. 중앙대학교 신현규 선생님의 소개로 무작정 오영식 선생님을 뵙기 위해 보성고등학교로 찾아갔던 기억이 난다. 그때 선생님께서는, 보성고등학교를 졸업하고 광복 이전에 대중가요 작사가로 활동했던 조영출 선생님의 작품을 정리해서 전집으로 낼 계획을 말씀해 주셨다. 대중가요를 작사할 때는 '조명암'이라는 예명을 더 많이 사용했던 조영출 선생님은 일제강점기에 대중가요 작사가이자 극작가, 그리고 시인으로 활동했던 분이셨다. 그리고 내게는 늘 큰 산처럼 놓여있던 분이시기도 했다. 광복 이전 대중가요 가사를 연구하는데 있어서 조영출 선생님의 작품은 꼭 한번은 정리해야 하면서도 그 엄청난 양에 엄두를 내지 못해 늘 부담으로 남아있었던 것이다.

　하지만 언제까지나 그냥 놓아둘 수도 없었다. 한번은 직접 정리를 하고 싶었고 이왕 할 거라면 제대로 하고 싶었다. 그때부터 몇 년 간의 지난한 작업이 시작되었다. 조영출 선생님의 자료를 수집하고 정리하고 입력하고 다시 수집하고 정리하고 입력하는 작업을 반복했다. 다행히 그간 더 많은 자료들이 나왔고, 많은 분들이 도움을 주셔서 작업을 수행하는데 큰 힘이 되었다. 특히 뒤에서 조용히 이 모든 작업을 이끌어 주신 오영식 선생님의 도움을 언급하지 않을 수 없다. 선생님께서는 중간 중간 소중한 자료를 찾아서 조영출 선생님의 작품을 정리하고 있는 필자에게 보내주는 수

고를 마다하지 않으셨다.

그런가 하면 이동순 선생님이 엮으신 『조명암 시전집』(선, 2003)이 있어 조영출 선생님의 시와 대중가요 가사 정리를 하는데 초석으로 삼을 수 있었으니 이 또한 감사할 일이다. 그리고 책에 수록된 음반 이미지 일본의 대중음악 연구자이신 박찬호 선생님께서 보내주신 것이다. 박찬호 선생님께서 조영출 선생님의 사위이신 주경환 선생님께 음반 이미지를 선물하셨고, 그 덕분에 가사와 더불어 음반 이미지를 실을 수 있었다. 주경환 선생님은 김점도 선생님과 함께 조명암 선생님 작품의 음반 이미지 등을 모으기 위해 노력하셨고, 그 결실이 이 책에 실렸다.

또 유성기음반 수집가이신 이경호 선생님께도 감사의 마음을 전하지 않을 수 없다. 음원을 들을 수 없어 발만 동동 구르고 있을 때, 그 분은 마치 구세주처럼 내게 음원을 제공해주셨다. 그 덕분에 조영출 선생님이 작사하신 노래를 몇 번씩 들으며 음원을 채록할 수 있었다. 앞으로 연구를 하려는 사람들에게 도움이 될 만한 정보를 주자면, '퐁키'(http://www.ponki.kr)라는 음악 스트리밍 사이트에서 옛날 가요를 들어볼 수 있다. 그리고 한국음반아카이브연구소(http://sparchive.dgu.edu)에서 광복 이전에 발매된 유성기음반과 관련된 일차 자료를 확인할 수 있다. 음악도 들어볼 수 있고 자료도 찾아볼 수 있으니, 예전보다 연구 환경이 훨씬 좋아졌다고 할 수 있다.

아울러 옛 가요 모임인 '유정천리'에서 발간한 『남인수 전집』 덕분에 조영출 선생님이 작사한 몇 개의 가사를 보완할 수 있었다. 그리고 이제까지 조영출 선생님의 작품인지 알 수 없었던 곡도 이번에 조영출 선생님의 작품임을 확인한 예도 있다. 광복 이전 오케 음반 회사에서 트럼펫 연주자로 활동했던 현경섭 선생님의 아드님이신 현원 선생님이 오케 음반을 소장하고 계셨는데, 그분을 통해 남인수가 1940년에 부른 〈인생산맥〉이 조영출 선생님의 작품임을 확인할 수 있었다. 소명출판의 박성모 사장님을 비롯한 소명 식구들에게도 감사의 마음을 전한다.

　　마지막으로 이 분이 아니었다면 이 책은 결코 나올 수 없었을 것이다. 몇 년 동안 조영출 선생님의 자료를 수집하고 정리하고 입력하는 작업을 수행하면서, 이 분이 보여준 열정과 애정과 관심은 필자에게 실질적인 큰 힘이 되었다. 바로 조영출 선생님의 사위이신 주경환 선생님이시다. 오영식 선생님을 뵙기 전부터 주경환 선생님을 알고 있었는데, 인연이 닿아서 이 작업을 계기로 다시 뵙게 되었다. 그리고 몇 년 동안의 지난한 작업을 하는 동안 주경환 선생님은 조영출 선생님 관련 자료를 찾는데 있어 그 누구보다 적극적이셨다. 덕분에 책의 내용이 더 풍성해지고 풍부해졌음은 물론이다. 그러므로 단언컨대 주경환 선생님은 이 책의 공동 엮은이라 할 수 있다.

　　몇 년 동안 해온 작업이지만 이 책만이 완전하다거나 완벽하다고 말할 수 없다. 앞으로 더 많은 자료들이 나올 것이라 예상하고, 그렇다면 그때는 자료의 보완이 이루어져야 할 것이다. 자료가 더 발굴되면 계속 보완해야겠지만, 일단 지금으로서는 이 자료집이 최선이라 할 수 있다. 이 자료집에서는 원문이 있는 작품의 경우, 되도록 원문을 수록하려 노력했다. 이는 당시의 자료를 그대로 복원하여 이를 연구하고자 하는 사람들에게 도움을 주려는 의도였다. 그리고 원문은 없고 음원만 있는 곡들은 일일이 음원을 들어가면서 채록을 하였다. 그러면서 인터넷에 떠도는 수많은 자료 중에 잘못된 것이 많다는 것을 새삼 깨닫기도 하였다. 하지만 안타깝게도 아무리 반복해서 들어도 들리지 않는 부분도 있었다. 그런 부분을 공란으로 남겨둔 것이 여전히 마음에 걸린다.

　　대중음악을 사랑하고 연구하는 사람으로서 이렇게 조영출 선생님의 대중가요 가사를 정리할 수 있었던 것을 영광으로 생각한다. 작업하는 과정 속에서 수많은 자료들을 찾고 보며 울고 웃었다. 음원을 들으면서 어떤 부분이 급기야 들릴 때면 얼마나 기뻤는지 모른다. 이제 큰 산을 하나 넘은 것 같아 개인적으로 뿌듯하다. 물론 여전히 다른 크고 작은 산들이 많이 남아 있다. 그 산 하나하나 넘으며 모든 산들을 아우를 수 있는 지형도를 그려낼 수 있기를 바란다. 큰 산을 하나 넘었으니, 이제 숨 한번 돌리고 새로운 등산을 시작하련다.

2013년 10월,
가을빛 담은 안서 호수에서
바람의 숨결을 느끼며

장유정

〈조영출〉

제목	장르	연도	작사	작곡	노래	레코드사	기호	출처
건국의 노래		1945	조영출	손목인				『건국기념가요집』(조)
고원의 새벽	재즈송	1935	조영출	임벽계	김용환	포리돌	19173B	원
금수강산		1945	조영출	이면상				『건국기념가요집』(조)
도성의 밤노래	재즈	1935	조영출	김탄포	김용환	포리돌	19173A	원
바다의 청춘	유행가	1935	조영출	김면균	윤건영	포리돌	19172B	원
붉은 장미	유행가	1934	조영출	손목인	강남향	오케	1695B	
왕소군의 노래	유행가	1935	조영출	김범진	왕수복	포리돌	19166B	
청춘곡	신민요	1935	조영출	김교성	김복희	빅타	49329A	
청춘부두	유행가	1935	조영출	임벽계	김용환	포리돌	19187A	

〈금운탄〉

제목	장르	연도	작사	작곡	노래	레코드사	기호	출처
갈매기 탄식	유행가	1937	금운탄	김용환	김용환	포리돌	19438	
경성행진곡	유행가	1937	금운탄	김용환	윤건영	포리돌	19417A	
구십리 고개	신민요	1937	금운탄	조자룡	김용환	포리돌	19392A	음
그네 뛰는 선녀	신민요	1937	금운탄	이춘추	이화자	포리돌	19407B	
그대여 나에게로	합창	1935	금운탄		오리엔탈 리듬보이스	포리돌	19220A	
금노다지타령	유행가	1936	금운탄	이면상	김용환	포리돌	19332A	신
금송아지타령	신민요	1937	금운탄	김저석	이화자	포리돌	19399A	원
나루의 애상곡	유행가	1935	금운탄	김면균	전옥	포리돌	19219A	
남포의 추억	유행가	1935	금운탄	이면상	선우일선	포리돌	19172A	한
네가 네가 내사랑	신민요	1937	금운탄	이면상	이화자	포리돌	19383	
눈물에 어린 사랑	유행가	1937	금운탄	김교성	조영심	포리돌	19430	
눈물의 피에로	유행가	1937	금운탄	조자룡	김용환	포리돌	19374	
달빛도 외로워	유행가	1936	금운탄	석일송	윤건영	포리돌	19351B	
떠도는 나그네맘	유행가	1936	금운탄	임벽계	김용환	포리돌	19351A	
물레방아타령	신민요	1937	금운탄	조자룡	김용환	포리돌	19384	
바다 없는 항구	유행가	1935	금운탄	김탄포	전옥	포리돌	19228B	

제목	장르	연도	작사	작곡	노래	레코드사	기호	출처
바다의 소야곡	유행가	1937	금운탄	이면상	윤건영	포리돌	19382	
버드나무 숲길	유행가	1935	금운탄	김면균	윤건영	포리돌	19230B	
봄나비	가요곡	1935	금운탄		김영길	포리돌	19216B	한
붉은 꿈 푸른 꿈	유행가	1935	금운탄	임벽계	김용환	포리돌	19223	
비 내리는 거리	유행가	1938	금운탄	김준영	임옥매	포리돌	19470A	
비련의 가로등	유행가	1938	금운탄		조영심	포리돌	19470B	
사랑의 십자로	유행가	1938	금운탄	안수영	조영심	포리돌	194-	
사막의 밤눈물	유행가	1938	금운탄	김준영	조영심	포리돌	x545	원
사막의 정가	유행가	1936	금운탄	김범진	전옥	포리돌	19232B	한
산으로 바다로	유행가	1936	금운탄	김면균	윤건영, 전옥	포리돌	19332B	
상해릴	짜즈송	1935	금운탄		오레엔탈 리듬보이스, 김용환	포리돌	19208A	한
신고산타령	신민요	1937	금운탄	김용환	이화자	포리돌	19423B	
여로의 황혼	짜즈송	1935	금운탄		오리엔탈 합창단	포리돌	19198A	
여로인생	유행가	1936	금운탄	이면상	윤건영	포리돌	19313A	한+음
오작교	신민요	1936	금운탄	이면상	선우일선	포리돌	19354A	
왜 가시나요	유행가	1937	금운탄	박영일	조영심	포리돌	19442	
울고야 떠날 길을	유행가	1937	금운탄		김용환	포리돌	19405B	
은하야곡	신민요	1936	금운탄	저옥정일랑	김용환	포리돌	19312A	한
장미의 꿈	합창	1935	금운탄	이면상	오리엔탈 리듬보이스	포리돌	19220B	
정열의 마도로스	유행가	1936	금운탄	이면상	백석정	포리돌	19343B	한
정한의 남북	유행가	1936	금운탄	김로가	김용환	포리돌	19342A	한
조선의 밤	신민요	1936	금운탄	이면상	선우일선	포리돌	19231B	한
조선의 처녀	신민요	1937	금운탄	석일송	이화자, 조영심	포리돌	19431A	원
창파에 가시는 님	가요곡	1936	금운탄	해성	김애라	뉴코리아	1022	
처녀제	신민요	1935	금운탄	이면상	선우일선	포리돌	19215A	원
청춘의 추억	짜즈송	1936	금운탄		김용환	포리돌	19314A	한
추억의 꿈노래	짜즈송	1936	금운탄	이면상	김용환	포리돌	19345A	
타관천리	가요곡	1935	금운탄		김영길	포리돌	19216A	한
탄식의 소야곡	유행가	1935	금운탄	김면균	전옥	포리돌	19230A	
포구에 우는 물새	신민요	1936	금운탄	이면상	선우일선	포리돌	19330A	
한 많은 여로	유행가	1937	금운탄	형석기	조영심	포리돌	19438	
화류연가	서정민요	1937	금운탄	김교성	선우일선	포리돌	19417B	

제목	장르	연도	작사	작곡	노래	레코드사	기호	출처
공산야월	신가요	1942	이가실	이운정	옥잠화	콜롬비아	40885A	원
구십춘광	신가요	1942	이가실	이운정	옥잠화	콜롬비아	40897B	원
군사우편	신가요	1942	이가실	이운정	이규남	콜롬비아	40900A	원
꽃 지는 백마강	신가요	1941	이가실	전기현	마월송	콜롬비아	44033A	원
꽃시집	신가요	1943	이가실	한상기	고운봉	콜롬비아	40912B	원
꿈꾸는 양자강	유행가	1941	이가실	김준영	계수남	콜롬비아	44022B	원
님 실은 풍풍선	유행가	1941	이가실	김준영	왕죽희	콜롬비아	44031B	원
동아의 여명	신가요	1943	이가실	한상기	김영춘	콜롬비아	40907A	원
만주로 가는 님	유행가	1940	이가실	전기현	손복춘	콜롬비아	44010B	
망향곡	유행가	1941	이가실	이용준	마월송	콜롬비아	44023A	원
모두가 꿈속이요	유행가	1941	이가실	김준영	마월송	콜롬비아	44020B	원
목단강 술집	유행가	1941	이가실	전기현	계수남	콜롬비아	44019B	원
방물장사 아주머니	유행가	1941	이가실	전기현	왕죽희	콜롬비아	44026A	원
배우일기	신가요	1942	이가실	한상기	이해연	콜롬비아	40881B	원
백련홍련	신가요	1941	이가실	고하정남	이해연	콜롬비아	40876A	원
봄날의 화신	신가요	1943	이가실	손목인	옥잠화	콜롬비아	40912A	원
뻐꾹새 우는 밤	유행가	1941	이가실	이용준	박소성	콜롬비아	44030B	원
사막의 환호	신가요	1942	이가실	손목인	김영춘	콜롬비아	40890A	
사창야월	유행가	1941	이가실	전기현	손복춘	콜롬비아	44019A	원
소주 뱃사공	신가요	1942	이가실	손목인	이해연	콜롬비아	40890B	음
아가씨 수심	유행가	1941	이가실	김준영	왕죽희	콜롬비아	44018B	원
야루강 춘색	유행가	1941	이가실	전기현	손복춘	콜롬비아	44030A	원
양산도 봄바람	신가요	1943	이가실	이운정	옥잠화	콜롬비아	40906A	원
열사의 맹서	신가요	1943	이가실	고하정남	이규남	콜롬비아	40902B	원
영동 아가씨	신가요	1943	이가실	손목인	이해연	콜롬비아	40908B	원
영서천리	신가요	1943	이가실	이운정	고운봉	콜롬비아	40919	
울리는 백일홍	유행가	1940	이가실	전기현	계수남	콜롬비아	44010A	음
제3 아리랑	신가요	1943	이가실	이운정	옥잠화	콜롬비아	40906B	원
진주라 천리길	신가요	1941	이가실	이운정	이규남	콜롬비아	40875A	원
차이나 달밤	신가요	1941	이가실	복부양일	이규남	콜롬비아	40877B	원
참사랑	신가요	1943	이가실	손목인	옥잠화	콜롬비아	40909B	원
청노새극장	신가요	1942	이가실	한상기	김영춘	콜롬비아	40886A	원
추억의 청춘가	유행가	1940	이가실	고하정남	마월송, 왕죽희	콜롬비아	44012	조
타향천리	유행가	1940	이가실	전기현	손복춘	콜롬비아	44016B	원
파랑새	신가요	1943	이가실	이운정	옥잠화	콜롬비아	40901B	원

제목	장르	연도	작사	작곡	노래	레코드사	기호	출처
푸념사거리	신민요	1941	이가실	전기현	손복춘	콜롬비아	44032A	원
풀각시 청춘	신가요	1941	이가실	김준영	옥잠화, 콜롬비아 여성합창단	콜롬비아	40878B	원
항구의 전야	신가요	1943	이가실	손목인	김영춘, 이해연	콜롬비아	40920B	원
행복한 이별	신가요	1943	이가실	한상기	고운봉	콜롬비아	40905A	원
호궁처녀	유행가	1941	이가실	김준영	왕죽희	콜롬비아	44022A	원
홍등의 뒷골목	유행가	1940	이가실	김준영	계수남	콜롬비아	44018A	원
화초염불	신가요	1942	이가실	이운정	옥잠화	콜롬비아	40893A	원
황해도노래	신가요	1943	이가실	손목인	이해연, 일축합창단	콜롬비아	40910B	원
울어라 은방울	대중가요	1948	이가실	김해송	장세정	오케	8151	음

〈조명암〉

제목	장르	연도	작사	작곡	노래	레코드사	기호	출처
가거라 똑딱선	유행가	1940	조명암	이봉룡	이난영	오케	K5011	음
가거라 밤차	가요곡	1942	조명암	박시춘	박향림	오케	31087	
가거라 초립동	신민요	1941	조명암	김령파	이화자	오케	31027	음
가등의 소야곡	유행가	1940	조명암	낙랑인	이인권	오케	20020B	음
가시면 못 오시나	유행가	1937	조명암	김준영	김초운	콜롬비아	40742B	원
가을의 만유기	유행가	1939	조명암	손목인	김정구	오케	12283B	신
가을의 황혼	유행가	1939	조명암	김령파	고복수	오케	12218	음
감격의 수평선	가요곡	1943	조명암	박시춘	남인수	오케	31184	원
감격의 언덕	유행가	1938	조명암	고하정남	남인수	오케	12155A	
강남(남강)에 울었소	유행가	1940	조명암	임근식	심원	오케	K5003	
강남의 나팔수	가요곡	1942	조명암	김해송	남인수	오케	31085	조
강원도아리랑	신민요	1941	조명암 보사		이화자	오케	31034A	원
거리의 낙화	유행가	1938	조명암	엄재근	이난영	오케	12185	
겁쟁이 촌처녀	만요	1939	조명암	손목인	이화자	오케	12248B	
결사대의 아내	가요곡	1943	조명암	박시춘	이화자	오케	31145B	음
경기나그네	가요곡	1942	조명암	김해송	백년설	오케	31096A	음
고향	가요곡	1941	조명암	김해송	이난영	오케	31053A	원+조
고향소식	가요곡	1943	조명암	이촌생(인)	백년설	오케	31182A	음
고향을 잊었느냐	유행가	1940	조명암	송회선	이인권	오케	20033	
고향의 풍경화	유행가	1940	조명암	손목인	이인권	오케	20022	
관서신부	유행가	1940	조명암	손목인	이화자	오케	31008A	음

제목	장르	연도	작사	작곡	노래	레코드사	기호	출처
괄세를 마오	유행가	1938	조명암	박시춘	이난영	오케	12155B	음
국경열차	유행가	1938	조명암	박시춘	송달협	오케	12124A	음
국경의 다방	유행가	1941	조명암	이봉룡	이인권	오케	31009B	원
국경의 뱃사공	유행가	1942	조명암	김해송	김정구	오케	31123	
국화일편	가요곡	1943	조명암	김해송	이난영	오케	31147	
그대는 어디로	유행가	1940	조명암	김해송	박향림	오케	20021B	
그대와 나	가요곡	1942	조명암	김해송	남인수, 장세정	오케	31084	음
그리운 그 찻집	유행가	1941	조명암	박시춘	남인수	오케	31030	원
그리운 그대	유행가	1939	조명암	박시춘	김능자	오케	12282B	원
그리운 장미화	주제가	1946	조명암	김형래		조선악극단 〈가면무도회〉 주제가		원
금강산 절경	신민요	1939	조명암	김령파	이화자	오케	12223B	
기로의 황혼	유행가	1938	조명암	박시춘	남인수	오케	12175	음
꼬집힌 풋사랑	유행가	1938	조명암	박시춘	남인수	오케	12110A	음
꼴망태 목동	신민요	1938	조명암	김령파	이화자	오케	12190A	원
꽃 없는 화병	유행가	1940	조명암	손목인	남인수	오케	20017B	음
꽃 피는 지나가	유행가	1941	조명암	손목인	박향림	오케	31010	
꽃거리 사정	신민요	1941	조명암	박시춘	이화자	오케	31040	원
꽃도 싫소 풀도 싫소	유행가	1941	조명암	박시춘	이난영	오케	31014	
꽃바람 분홍비	유행가	1941	조명암	김령파	이화자	오케	31020	
꽃시절	유행가	1939	조명암	김용환	김정구	오케	12240B	
꽃피는 포구	유행가	1938	조명암	손목인	이난영, 이은파	오케	12147B	음
꿈꾸는 백마강	유행가	1940	조명암	임근식	이인권	오케	31001A	음
꿈꾸는 처녀원	유행가	1939	조명암	이봉룡	장세정	오케	12285B	음
꿈인가 추억인가	유행가	1939	조명암	송희선	남인수	오케	12229A	음
끝없는 생각	가요곡	1943	조명암	박시춘	백년설	오케	31183B	박
나그네 극장	가요곡	1942	조명암	박시춘	이인권	오케	31115	
낙동강 손님	가요곡	1943	조명암	박시춘	백년설	오케	31183A	박
낙화삼천	가요곡	1942	조명암	김해송	김정구	오케	31084	음
낙화유수	가요곡	1942	조명암	이봉룡	남인수	오케	31110A	음
낙화의 꿈	유행가	1938	조명암	정진규	유종섭	콜롬비아	40823A	원
낙화일기	주제가	1941	조명암	김해송	송달협	오케	31071B	
난화선	가요곡	1943	조명암	박시춘	장세정	오케	31185B	이
날짜 없는 일기	유행가	1941	조명암	김해송	이난영	오케	31019	음
남가일몽	가요곡	1941	조명암	박시춘	이화자	오케	31066	
남경 아가씨	유행가	1940	조명암	이봉룡	이난영	오케	K5004	

제목	장르	연도	작사	작곡	노래	레코드사	기호	출처
남매	가요곡	1942	조명암	이봉룡	남인수	오케	31110B	음
남산골 다방골	유행가	1941	조명암	김령파	이화자	오케	31013	
남아일생	가요곡	1943	조명암	이봉룡	남인수	오케	31158A	조
남양통신	가요곡	1942	조명암	박시춘	백년설	오케	31106	
남장미인	유행가	1938	조명암	박시춘	장세정	오케	12165A	가
남쪽의 달밤	가요곡	1942	조명암	박시춘	남인수	오케	31122	원
남쪽의 여수	유행가	1938	조명암	고하정남	남인수	오케	12150	
남쪽의 연가	유행가	1940	조명암	김해송	남인수	오케	20028	
남행열차	유행가	1939	조명암	박시춘	이난영	오케	12247B	음
낭자일기	가요곡	1942	조명암	박시춘	남인수	오케	31127	음
내 고향	가요곡	1942	조명암	박시춘	백년설	오케	31121	음
내 고향은 항구	가요곡	1941	조명암	박시춘	이인권	오케	31075	박
내 마음은 이렇소	유행가	1939	조명암	박시춘	이인권	오케	12238A	
내 어이 왔나요	유행가	1940	조명암	채월탄	장세정	오케	20017A	
네 꼭 정말요	유행가	1938	조명암	손목인	장세정	오케	12131	
노랑 저고리	신민요	1941	조명암	김령파	이화자	오케	31017	신
누님의 사랑	가요곡	1942	조명암	박시춘	백년설	오케	31139B	음
눈 감은 포구	유행가	1940	조명암	박시춘	이난영	오케	31003	
눈 오는 네온가	유행가	1940	조명암	박시춘	남인수	오케	31005B	음
눈물 괸 반물치마	유행가	1939	조명암	손목인	김남홍	오케	12241	
눈물의 노리개	유행가	1940	조명암	김해송	이화자	오케	31008B	음
눈물의 메리켕	유행가	1939	조명암	송희선	남인수	오케	12231	음
눈물의 부두	유행가	1935	조명암	김준영	채규엽	콜롬비아	40612A	원
눈물의 사변	유행가	1939	조명암	박시춘	이난영	오케	12232B	이
눈물의 신호등	유행가	1939	조명암	박시춘	김정구	오케	12193B	음
눈물의 태평양	유행가	1939	조명암	손목인	남인수	오케	12263B	음
님이란 남자	신민요	1941	조명암	김령파	이화자	오케	31047	
님이여 잘 있거라	유행가	1935	조명암	김준영	강홍식	콜롬비아	40629A	원
님전 넋두리	신민요	1940	조명암	채월탄	이화자	오케	K5006	원
님전 화풀이	신민요	1938	조명암	김령파	이화자	오케	12190B	한
님전상서	유행가	1938	조명암	박시춘	이난영	오케	12164	음
다방의 푸른 꿈	유행가	1939	조명암	김해송	이난영	오케	12282A	원
다정연심	가요곡	1941	조명암	박시춘	박향림	오케	31068	
단심옥심	가요곡	1943	조명암	이봉룡	장세정	오케	31146B	
달 뜨는 주교	유행가	1939	조명암	손목인	이인권	오케	12295	
담배집 처녀	유행가	1939	조명암	손목인	이난영	오케	20004B	원

제목	장르	연도	작사	작곡	노래	레코드사	기호	출처
당기당 타령		1937(?)	조명암	박시춘	이화자	오케		신+박
대지의 사나이	가요곡	1943	조명암	박시춘	남인수	오케	31167	음
도화강변	유행가	1940	조명암	박시춘	박향림	오케	K5022	원
돈반 정반	유행가	1939	조명암	박시춘	이난영	오케	12216B	음
돈타령	신민요	1939	조명암	김령파	김정구	오케	12214A	음
동생을 찾아서	유행가	1940	조명암	박시춘	이인권	오케	20029	박
들과 산	신가요	1942	조명암	김해송	박향림, 이난영	오케	31101	
등대불 인정	유행가	1939	조명암	박시춘	서봉희	오케	12201A	
떠나갈 해항	가요곡	1943	조명암	박시춘	최병호	오케	31185A	이
뗏목에 실은 정	유행가	1939	조명암	손목인	이화자	오케	12274B	
마음의 자물쇠	유행가	1939	조명암	손목인	장세정	오케	12275	
마음의 화물차	유행가	1940	조명암	손목인	이화자	오케	31004	음
마지막 글월	유행가	1940	조명암	박시춘	이화자	오케	31006A	
마지막 필적	신가요	1942	조명암	이봉룡	이화자	오케	31126A	
마차의 은방울	유행가	1939	조명암	손목인	김정구	오케	12292B	원
만주 뒷골목	가요곡	1941	조명암	박시춘	김정구	오케	31062	음
만주벌 황혼차	가요곡	1941	조명암	김령파	이인권	오케	31082	
만주 아가씨	유행가	1939	조명암	영목철부	김능자	오케	12272B	원
망루의 밤	가요곡	1943	조명암	김해송	백년설	오케	31145A	한
망향의 벤치	유행가	1940	조명암	손목인	남인수	오케	20045B	음
모던 관상쟁이	만요	1939	조명암	김령파	김정구	오케	12203A	음
모래성 탄식	유행가	1941	조명암	이봉룡	고운봉	오케	31011	음
모자상봉	가요곡	1942	조명암	능대팔랑	백년설	오케	31139A	
목노의 탄식	유행가	1938	조명암	박시춘	송달협	오케	12151A	
목단강 편지	가요곡	1942	조명암	박시춘	이화자	오케	31093B	한
목동의 사랑	유행가	1941	조명암	김령파	김정구	오케	K5031	
목포는 항구	가요곡	1942	조명암	이봉룡	이난영	오케	31103	음
목화를 따며	주제가	1942	조명암	김해송	이난영, 장세정	오케	31144A	신
못생긴 영웅	유행가	1938	조명암	박시춘	송달협	오케	12141A	음
무너진 오작교	유행가	1940	조명암	손목인	남인수	오케	31007A	음
무정고백	유행가	1940	조명암	김해송	박향림	오케	20006B	원
무정곡	유행가	1937	조명암	박시춘	장세정	오케	1998	음
무정사	신민요	1939	조명암	김해송	김해송	오케	12233	
무정천리	유행가	1941	조명암	박시춘	남인수	오케	31039A	음
무정해협	유행가	1939	조명암	박시춘	김남홍	오케	12193A	
미녀도	신민요	1939	조명암	김령파	이화자	오케	12212B	원

제목	장르	연도	작사	작곡	노래	레코드사	기호	출처
미완성연가	유행가	1940	조명암	김해송	남인수	오케	k5023	
미운 정 고운 정	신민요	1938	조명암	손목인	이은파	오케	12124B	음
미풍의 항구	가요곡	1942	조명암	박시춘	남인수	오케	31127	음
바다		1944	조명암	김성성태				방송자우
바다의 교향시	유행가	1938	조명암	손목인	김정구	오케	12140A	음
바다의 꿈	유행가	1939	조명암	박시춘	이난영	오케	12263A	음
바다의 반평생	가요곡	1942	조명암	남방춘	남인수	오케	31135	음
반 웃음 반 눈물	유행가	1940	조명암	채월탄	이화자	오케	20008B	
반도의 아내	가요곡	1942	조명암	김해송	장세정	오케	31092	
반도의 처녀들	주제가	1942	조명암	김해송	이화자	오케	31144B	
발병 나는 사랑인가	신민요	1941	조명암	박시춘	박향림	오케	31040	
밤차에 실은 몸	유행가	1940	조명암	박시춘	고운봉	오케	K5022	
방가로의 달	가요곡	1942	조명암	김화영	최병호	오케	31108	한
방랑극단	유행가	1939	조명암	박시춘	남인수	오케	12216A	음
방아타령	신민요	1943	조명암		이화자	오케	31166	
배		1944	조명암	김성성태				방송자우
배표를 사들고	가요곡	1941	조명암		박향림	오케	31076	
백구사	가요곡	1943	조명암	박시춘	김정구	오케	31147	
백모란 추억	유행가	1941	조명암	박시춘	이인권	오케	31048	
벙어리 이별	유행가	1940	조명암	박시춘	박향림	오케	20027	
벽오동	가요곡	1942	조명암	이봉룡	최병호	오케	31091	
병든 장미	유행가	1938	조명암	이봉룡	이난영	오케	12168B	
병원선	가요곡	1942	조명암	박시춘	남인수	오케	31097	음
복덕장사	만요	1939	조명암	김령파	김정구	오케	12236B	음
복수염낭	신민요	1943	조명암	박시춘	이화자	오케	31160	
봄극장	유행가	1940	조명암	박시춘	박향림	오케	20050	
봄안개 봄치마	유행가	1940	조명암	송희선	서옥자	오케	20028	
부모이별	가요곡	1943	조명암	김해송	백년설	오케	31172A	음
북경의 달밤	유행가	1943	조명암	손목인	김정구	오케	20018A	원
북경의 이별	가요곡	1943	조명암	박시춘	이난영	오케		
북변의 창허리	유행가	1941	조명암	김해송	박향림	오케	K5032	
분 바른 청조	유행가	1940	조명암	박시춘	남인수	오케	31010	음
불꺼진 정거장	유행가	1939	조명암	박시춘	김남홍	오케	12202B	음
불어라 쌍고동	유행가	1940	조명암	김해송	남인수	오케	31003	음
비 오는 상삼봉	가요곡	1941	조명암	박시춘	남인수	오케	31072	음
비둘기 소식	신민요	1942	조명암	김령파	이화자	오케	31133	신

제목	장르	연도	작사	작곡	노래	레코드사	기호	출처
비련의 출발	유행가	1939	조명암	박시춘	이인권	오케	12247A	음
비오는 신작로	유행가	1939	조명암	손목인	장세정	오케	12266	
사각봉투	유행가	1939	조명암	박시춘	장세정	오케	12259B	음
사공의 딸	유행가	1940	조명암	박시춘	이난영	오케	20007	음
사나이 비련	유행가	1940	조명암	박시춘	봉일	오케	K5003B	
사나이 지평선	유행가	1941	조명암	김령파	김정구	오케	K5035	
사나이 행복	가요곡	1941	조명암	이봉룡	이인권	오케	31074	원
사랑낭군	신민요	1939	조명암	김령파	이은파	오케	12260A	음
사랑엿장수	유행가	1941	조명암	손목인	김정구	오케	K5031	
사랑은 가시밭	유행가	1938	조명암	박시춘	이난영	오케	12140B	박
사랑은 불사조	유행가	1940	조명암	박시춘	이인권	오케	20033	박
사랑의 파지장	가요곡	1941	조명암	이봉룡	최병호	오케	31067	원
사막의 자장가	유행가	1939	조명암	박시춘	남인수	오케	12246	
사막의 화원	가요곡	1942	조명암	박시춘	남인수	오케	31114	
사면초가	가요곡	1942	조명암	박시춘	최병호	오케	31124	박
산동 아가씨	가요곡	1941	조명암	이봉룡	장세정	오케	31078A	원+조
산심야심	신민요	1939	조명암	김령파	이화자	오케	12236A	
산염불	민요	1941	조명암 보사		이화자	오케	31034	원
산전수전	가요곡	1941	조명암	이봉룡	이화자	오케	31073	
산천리 물천리	가요곡	1943	조명암	이봉룡	최병호	오케	31165A	
산추억 물추억	가요곡	1942	조명암	이봉룡	박향림	오케	31108	
산협천리		1943	조명암	이봉룡	박향림	오케		
산홋빛 하소연	유행가	1938	조명암	박시춘	이난영	오케	12113A	음
산호채쭉	유행가	1939	조명암	김령파	고복수	오케	12205	
살랑춘풍	유행가	1940	조명암	박시춘	이화자	오케	20026B	원
살림단장	신민요	1941	조명암	박시춘	이화자	오케	31054	
삼천년의 꽃	신민요	1942	조명암	김해송	이화자	오케	31133A	
삽살개타령	신민요	1939	조명암	김령파	이화자	오케	12265A	음
상록의 거리	유행가	1941	조명암	이봉룡	남인수	오케	31045	원+음
서귀포 칠십 리	신가곡	1943	조명암	박시춘	남인수	오케	31167	음
서생원 일기	가요곡	1942	조명암	김해송	김정구	오케	31111	원
서울 노래	유행가	1934	조명암	안일파	채규엽	콜롬비아	40508A	원
서울부르스	유행가	1939	조명암	대구보덕이랑	이인권	오케	12272A	원
서울아 잘 있거라	유행가	1940	조명암	박시춘	박향림	오케	20046	
서울 아가씨	유행가	1940	조명암	박시춘	박향림	오케	K5023	
서창의 밤눈물	유행가	1940	조명암	박시춘	이난영	오케	K5021	음

제목	장르	연도	작사	작곡	노래	레코드사	기호	출처
선창	유행가	1941	조명암	김해송	고운봉	오케	31055	음
설움의 고개	유행가	1941	조명암	박시춘	박향림	오케	31011	원
설중화	가요곡	1942	조명암	김해송	백년설	오케	31106	
섬색시	신민요	1935	조명암	손목인	김연월	오케	1760A	원
섬진강 탄곡	유행가	1939	조명암	김령파	남인수	오케	12195B	
세기의 청춘열차	유행가	1941	조명암	김령파	권명성, 김정구	오케	31042	
세상은 요지경	만요	1939	조명암	박시춘	김정구	오케	12203B	음
세월	가요곡	1942	조명암	박시춘	최병호	오케	31087	
소복단장	신민요	1939	조명암	김준영	이은파	오케	12205	
송화강 썰매	유행가	1940	조명암	송희선	권명성	오케	K5010	음
수박행상	만요	1939	조명암	손목인	김정구	오케	12265B	음
수선화	유행가	1941	조명암	박시춘	남인수	오케	31019	박
순정과 운명	유행가	1939	조명암	박시춘	이인권	오케	12264	조
순정특급	유행가	1939	조명암	김해송	박향림	오케	20003B	원
숨쉬는 칸데라	유행가	1941	조명암	김령파	이난영	오케	K5036	
슬기찬 천리마	유행가	1940	조명암	손목인	남인수	오케	20019	음
신경 가는 양차	유행가	1941	조명암	김영파	김정구	오케	31023	
신오돌독	신민요	1940	조명암		이화자	오케	20023	
신작 노래가락	경기잡가	1938	조명암 보사		장학선	오케	12145	
신작 창부타령	경기잡가	1938	조명암 보사		장학선	오케	12145	
신작노들강변	신민요	1940	조명암	문예부	이화자	오케	20051A	
신작도라지 (도라지 아리랑)	신민요	1942	조명암	서영덕	이화자	오케	31125	
신작아리랑	신민요	1942	조명암	서영덕	이화자	오케	31125	
신작청춘가	경기잡가	1942	조명암 보사		장학선	오케	12135	
신작흥타령	경기잡가	1942	조명암 보사		장학선	오케	12135	
신접살이 풍경	유행가	1938	조명암	대구보덕이랑	남인수, 이난영	오케	12165B	음
신춘엽서	가요곡	1942	조명암	김해송	이난영	오케	31085	
실없는 동백꽃	유행가	1941	조명암	김령파	최병호	오케	K5035	
실연초	유행가	1940	조명암	박시춘	이난영	오케	20034	
십년이 하루밤	유행가	1940	조명암	이봉룡	최병호	오케	K5002	
십오야타령	신민요	1939	조명암	낙랑인	이화자	오케	12283	
쌍도라지고개	신민요	1939	조명암	박시춘	이은파	오케	12218	음
쌍두마차	가요곡	1943	조명암	김해송	박향림	오케	31184	원
쓸쓸한 여관방	유행가	1940	조명암	박시춘	박향림	오케	20011	음
아 두만강	유행가	1941	조명암	박시춘	박향림	오케	31024	

제목	장르	연도	작사	작곡	노래	레코드사	기호	출처
아 모란봉	유행가	1940	조명암	박시춘	박향림	오케	K5010	음
아가씨 독본	유행가	1939	조명암	손목인	장세정	오케	12259A	음
아가씨 아리랑	유행가	1940	조명암	김해송	박향림	오케	20057	
아가씨 위문	가요곡	1943	조명암	이봉룡	장세정	오케	31158B	원
아내의 윤리	주제가	1941	조명암	김해송	이난영	오케	31071A	원
아들의 혈서	가요곡	1942	조명암	박시춘	백년설	오케	31093A	한
아름다운 화원	주제가	1943	조명암	박시춘	박향림	오케	31192B	박
아리랑 삼천리	신민요	1941	조명암	김령파	이화자	오케	31017	신
아주까리 등불	유행가	1941	조명암	이봉룡	최병호	오케	K5034	음
안갯속의 처녀	유행가	1939	조명암	손목인	고복수	오케	12250A	음
알뜰한 당신	유행가	1938	조명암	전수린	황금심	빅타	KJ1132A	한
알성급제	가요곡	1943	조명암	이봉룡	백년설	오케	31157B	음
애국반	가요곡	1942	조명암	김해송	김정구	오케	31092	
애당초부터	유행가	1938	조명암	박시춘	이난영	오케	12123A	
애송이사랑	유행가	1940	조명암	김해송	이인권	오케	K5007	음
애수의 기타	유행가	1940	조명암	박시춘	이인권	오케	20007A	음
애수의 압록강	유행가	1940	조명암	손목인	이화자	오케	20020	음
애인부대	유행가	1939	조명암	김령파	서봉희	오케	12201B	
앵화춘	유행가	1941	조명암	박시춘	김정구	오케	31035B	원
앵화폭풍	유행가	1938	조명암	박시춘	김정구	오케	12111A	원+박
양등 이천 리	유행가	1939	조명암	박시춘	김정구	오케	12258	
양산도	신민요	1943	조명암		이화자	오케	31166	
어머니 비극	유행가	1940	조명암	박시춘	박향림	오케	20036	
어머님 안심하소서	가요곡	1943	조명암	김해송	남인수	오케	31146A	원+조
어머님전상백	자서곡	1939	조명암	김령파	이화자	오케	12212A	원
얼러 본 일월곡	유행가	1941	조명암	김령파	이난영	오케	31048	
얼러 본 타관여자	유행가	1939	조명암	김령파	남인수	오케	12213B	음
얼룩진 화장지	유행가	1939	조명암	김령파	이화자	오케	12230	
엄마는 어디로	가요곡	1942	조명암	박시춘	장세정	오케	31100	
여기가 타향	유행가	1941	조명암	박시춘	박향림	오케	31054	
여인장미	가요곡	1942	조명암	김해송	이인권	오케	31088	
여인행로	주제가	1941	조명암	박시춘	남인수	오케	31036	원
역마차	유행가	1941	조명암	김해송	장세정	오케	31016A	원
연락선 비가	유행가	1939	조명암	박시춘	이난영	오케	12273B	음
연애산술	유행가	1939	조명암	박시춘	이난영	오케	12238B	
연지곤지	유행가	1940	조명암	손목인	이난영	오케	20019	

제목	장르	연도	작사	작곡	노래	레코드사	기호	출처
열녀비	가요곡	1942	조명암	박시춘	이난영	오케	31124	
열풍	유행가	1939	조명암		이난영	오케	12294	
염주알을 굴리며	유행가	1941	조명암	김해송	고운봉	오케	31028	원+조
영산홍	가요곡	1942	조명암	이봉룡	이화자	오케	31113	
영자야 가거라	유행가	1940	조명암	박시춘	이인권	오케	20011B	음
영천리 길손	유행가	1941	조명암	송회선	박달자	오케	31047	
오로라의 눈썰매	유행가	1939	조명암	김령파	남인수	오케	12222B	음
오호라 부주전	신민요	1941	조명암	김령파	이화자	오케	31013	
오호라 왕평	가요곡	1941	조명암	김해송	남인수	오케	31080	음
옥루몽	가요곡	1942	조명암	김해송	이난영	오케	31111	
옥잠화	가요곡	1942	조명암	송회선	이난영	오케	31129	
옥토끼 충성	가요곡	1943	조명암	이봉룡	백년설	오케	31159	
옥퉁소 우는 밤	신민요	1943	조명암	박시춘	이화자	오케	31160	
외로운 화장대	유행가	1938	조명암	박시춘	장세정	오케	12139A	음
요동 칠백 리	신민요	1941	조명암	김해송	이화자	오케	31066	원
요즈음 찻집	유행가	1941	조명암	김해송	박향림	오케	31018	조
우편마차	유행가	1939	조명암	이봉룡	이인권	오케	12264	
울리는 만주선	유행가	1938	조명암	손목인	남인수	오케	12164	음
울며 헤진 부산항	유행가	1940	조명암	박시춘	남인수	오케	20006A	원
월급날 정보	만요	1938	조명암	박시춘	김정구	오케	12186	음
월명사창	유행가	1940	조명암	송회선	이화자	오케	20055	음
월하의 선가	가요곡	1942	조명암	이봉룡	최병호	오케	31095	
위문편지	신가요	1942	조명암	남방춘	백년설	오케	31126B	
유랑의 나그네	가요곡	1941	조명암	이봉룡	최병호	오케	31059	원
유정무정	유행가	1936	조명암	김준영	안명옥	콜롬비아	40726B	원
유쾌한 봄소식	유행가	1940	조명암	채월탄	김정구	오케	20026A	원
융수건 길손	가요곡	1941	조명암	박시춘	남인수	오케	31061	원+박
이 몸이 죽고 죽어	가요곡	1942	조명암	김해송	백년설	오케	31121	음
이동천막	가요곡	1943	조명암	김해송	백년설	오케	31182B	
이름이 기생이다	유행가	1940	조명암	박시춘	남인수	오케	20010	원
이별의 포도주	유행가	1939	조명암	김준영	장세정	오케	12242	
이별이외다	신민요	1940	조명암	박시춘	이화자	오케	K5006	
이별차	유행가	1941	조명암	박시춘	장세정	오케	31038	
이천오백만 감격	가요곡	1943	조명암	김해송	남인수, 이난영	오케	31193B	한
이호실의 낙화	가요곡	1941	조명암	김해송	이화자	오케	31060	원

제목	장르	연도	작사	작곡	노래	레코드사	기호	출처
인생 네거리	유행가	1940	조명암	박시춘	남인수, 박향림, 장세정	오케	20050	
인생	가요곡	1941	조명암	김해송	남인수	오케	31053B	음
인생가두	가요곡	1943	조명암	김해송	백년설, 이난영	오케	31172B	음
인생간주곡	유행가	1939	조명암	박시춘	남인수	오케	12204	음
인생산맥	유행가	1940	조명암	박시춘	남인수	오케	20054	
인생출발	가요곡	1941	조명암	박시춘	남인수	오케	31065B	조
일가친척	가요곡	1943(?)	조명암	이봉룡	남인수	오케	31211	음
일자상서	가요곡	1942	조명암	김해송	남인수	오케	31135	음
일자소식	유행가	1941	조명암	박시춘	박달자	오케	31043	
일편정성	가요곡	1942	조명암	박시춘	이화자	오케	31113	
잃어버린 아버지	유행가	1939	조명암	손목인	이난영	오케	12256B	원
잃어버린 처녀시	유행가	1940	조명암	박시춘	서옥자	오케	20012A	
잘있거라 단발령	유행가	1940	조명암	김해송	장세정	오케	31005A	음
장화홍련전	가요극	1943	조명암 각색		유계선 외	오케	31151-6	
젊어나 좋지	신민요	1939	조명암	박시춘	이화자	오케	12258	
정든 땅	가요곡	1943	조명암	이봉룡	백년설	오케	31157A	음
정한의 국경	주제가	1939	조명암	박시춘	남인수	오케	12196A	
제2 타향	유행가	1939	조명암	김광남	고복수	오케	12224	음
제3 일요일	유행가	1939	조명암	김령파	남인수, 이난영	오케	12214B	음
조각달 항로	유행가	1939	조명암	엄재근	이인권	오케	12225B	음
조선해협	주제가	1943	조명암	박시춘	백년설	오케	31192A	
족두리 맹세	가요곡	1942	조명암	윤학구	박향림	오케	31128	
주막의 하룻밤	유행가	1935	조명암	김준영	강홍식	콜롬비아	40649A	원
중국 아가씨	유행가	1940	조명암	박시춘	장세정	오케	20010	음
즐거운 상처	가요곡	1942	조명암	박시춘	백년설	오케	31102	음
지원병의 어머니	애국가	1941	조명암	고하정남	장세정	오케	31052A	
지원병의 집	가요곡	1943	조명암	박시춘	장세정	오케	31211	
진달래 순정	유행가	1941	조명암	박시춘	박향림	오케	31046	
진달래 시첩	유행가	1941	조명암	이봉룡	이난영	오케	31016B	원
집 없는 천사	가요곡	1941	조명암	박시춘	남인수	오케	31052B	음
차이나 등불	유행가	1940	조명암	김해송	이난영	오케	31001B	
창검이 우는 밤	유행가	1941	조명암	박시춘	고운봉	오케	31041	
채춘곡	유행가	1939	조명암	김해송	김해송	오케	12252	
처녀수첩	유행가	1938	조명암	손목인	장세정	오케	12150A	
처녀야곡	유행가	1938	조명암	박시춘	장세정	오케	12122B	음

제목	장르	연도	작사	작곡	노래	레코드사	기호	출처
철나자 망녕	유행가	1938	조명암	박시춘	김정구	오케	12169	
철둑 아래 여인숙	가요곡	1941	조명암	박시춘	박향림	오케	31055	
철석의 정	유행가	1941	조명암	박시춘	고운봉	오케	K5030	
첩첩청산	유행가	1941	조명암	송희선	장세정	오케	31041	
청공일기	유행가	1939	조명암	손목인	남인수	오케	12285A	
청노새 탄식	유행가	1938	조명암	손목인	남인수	오케	12122A	음
청루홍루	유행가	1940	조명암	박시춘	박향림	오케	20049	
청춘공장	유행가	1938	조명암	박시춘	남인수	오케	12185	
청춘문제	유행가	1939	조명암	박시춘	장세정	오케	12229	음
청춘수기	유행가	1940	조명암	박시춘	박향림	오케	20054	
청춘썰매	가요곡	1942	조명암	이봉룡	백년설	오케	31112	음
청춘야곡	유행가	1939	조명암	박시춘	남인수	오케	12222A	음
청춘이별	유행가	1940	조명암	박시춘	박향림	오케	20046	
청춘일기	유행가	1938	조명암	손목인	남인수	오케	12285	음
청춘항구	가요곡	1941	조명암	박시춘	남인수	오케	31039B	음
청춘해협	유행가	1938	조명암	정진규	김춘희	리갈	C452B	원
초가삼간	신민요	1939	조명암	김용환	이화자	오케	12245A	원
초록색 해안선	유행가	1939	조명암	이봉룡	남인수	오케	12255B	음
총각 진정서	유행가	1938	조명암	박시춘	김정구	오케	12147A	음
총후의 자장가	가요곡	1942	조명암	김해송	박향림	오케	31097	
추억의 등대	유행가	1937	조명암	손목인	이난영	오케	1943B	음
추억의 소야곡	유행가	1935	조명암	김준영	임헌익	콜롬비아	40606A	원
추억의 수평선	가요곡	1943	조명암	남춘인	백년설	오케	31215	
추억의 장한몽	유행가	1938	조명암	박시춘	유향	오케	12131	
추풍낙엽	유행가	1940	조명암	김해송	이화자	오케	31004	음
추풍령 사건	유행가	1941	조명암	전기현	장세정	오케	31022	원+음
춘몽	신민요	1936	조명암	김준영	강홍식	콜롬비아	40734A	원
춘풍곡	신민요	1942	조명암	이봉룡	이화자	오케	31098	신
춘풍신호	유행가	1939	조명암	손목인	김정구, 장세정	오케	12250B	음
춤추는 해바라기	유행가	1940	조명암		이난영	오케	20013	
코스모스탄식	유행가	1939	조명암	김해송	박향림	오케	20003A	원
타관마차	유행가	1939	조명암	김해송	이인권	오케	12241	
타향의 술집	유행가	1938	조명암	이시우	김정구	오케	12156B	가
태양송	가요곡	1942	조명암	김해송	남인수, 이난영	오케	31088	
토라진 눈물	유행가	1938	조명암	양상포	장세정	오케	12110B	원
파랑치마	유행가	1939	조명암	박시춘	이은파	오케	12260B	음

제목	장르	연도	작사	작곡	노래	레코드사	기호	출처
파묻은 편지	유행가	1938	조명암	손목인	이난영	오케	12148A	음
파이프 탄식	유행가	1940	조명암	손목인	권명성	오케	K5000	
편지와 전화	유행가	1939	조명암	손목인	장세정	오케	12248A	
포장 친 이국가	유행가	1941	조명암	김령파	박향림	오케	31012	원
풀각시 고향	유행가	1941	조명암	임근식	이난영	오케	31030	
풋난봉	유행가	1938	조명암	박시춘	이은파	오케	12141B	음
피장파장	유행가	1939	조명암	박시춘	고복수	오케	12267	
하누님맙쇼	만요	1938	조명암	손목인	김정구, 장세정	오케	12123B	
한양은 천리원정	신민요	1938	조명암	이면상	황금심	빅타	KJ1132B	음
할빈 다방	가요곡	1942	조명암	김해송	이난영	오케	31099	음
할빈 여수	유행가	1940	조명암	강해인	김선영	오케	K5001	
할빈서 온 소식	유행가	1941	조명암	김해송	고운봉, 이난영	오케	31032	
함경선 장사꾼	신민요	1941	조명암	김령파	이화자	오케	31027	
항구마다 괄세더라	유행가	1938	조명암	박시춘	남인수	오케	12168A	음
항구야 울지 마라	유행가	1940	조명암	박시춘	이난영	오케	20025B	원
항구의 뒷골몰	유행가	1938	조명암	손목인	김정구	오케	12132	
항구의 무명초	부르스	1939	조명암	엄재근	장세정	오케	12213A	음
항구의 밤	가요곡	1941	조명암	박시춘	장세정	오케	31059	원
항구의 붉은 소매	유행가	1940	조명암	손목인	이난영	오케	20058	음
항구일기	유행가	1939	조명암	박시춘	남인수	오케	12273A	음
해 저문 남양로	가요곡	1941	조명암	김해송	이난영	오케	31080	
해 저문 황포강	유행가	1941	조명암	김해송	박향림	오케	K5034	음
행복의 날짜	유행가	1941	조명암	박시춘	성일	오케	K5036	
행복의 마차	가요곡	1943	조명암	김해송	이난영	오케	31137	
향수열차	유행가	1940	조명암	박시춘	이인권	오케	20025A	원
혈서지원	가요곡	1943	조명암	박시춘	남인수, 박향림, 백년설	오케	31193A	한
홍도	가요곡	1942	조명암	서영덕	이난영	오케	31122	원
홍등가의 반월	유행가	1938	조명암	박시춘	서봉희	오케	12191	
홍등일기	유행가	1940	조명암	손목인	고운봉	오케	K5004	
홍사등 푸념	가요곡	1941	조명암	박시춘	박달자	오케	31021	음
홍염의 가등빛	유행가	1939	조명암	이봉룡	이난영	오케	12225A	
홍장미	유행가	1941	조명암	박시춘	이인권	오케	31009A	원
화랑	가요곡	1942	조명암	박시춘	박향림	오케	31123	
화류잡기장	유행가	1940	조명암	박시춘	박향림	오케	20027A	조
화류춘몽	유행가	1940	조명암	김해송	이화자	오케	20024A	원

제목	장르	연도	작사	작곡	노래	레코드사	기호	출처
화륜선아 가거라	유행가	1940	조명암	김해송	이화자	오케	20024B	원
화초신랑	만요	1939	조명암	김령파	김정구	오케	12223A	
황야에 해가 저물어	유행가	1936	조명암	김준영	강홍식, 김초운	콜롬비아	40705A	원
황포 돛대	가요곡	1943	조명암	박시춘	최병호	오케	31165B	음
흐르는 남끝동	유행가	1941	조명암	김령파	박향림	오케	31012	원
흑란의 눈물	유행가	1940	조명암	채월탄	장세정	오케	20029	
흘러간 고향집	유행가	1939	조명암	김령파	남인수, 이난영	오케	12195A	
흘러간 학창	유행가	1941	조명암	이봉룡	이난영	오케	31021	원+음
희망 젖은 총성		1943	조명암	박시춘	남인수, 이난영	오케		
희망	유행가	1941	조명암	김해송	이난영	오케	31045	음
희망마차	가요곡	1943	조명암	남촌인	백년설	오케	31215	
희망의 고향선	유행가	1941	조명암	이봉룡	권명성	오케	31020	

〈김다인〉

제목	장르	연도	작사	작곡	노래	레코드사	기호	출처
개고기주사	유행만요	1938	김다인	김송규	김해송	콜롬비아	40824A	원
고향설	가요곡	1942	김다인	이봉룡	백년설	오케	31096B	음
고향우편	유행가	1939	김다인	이용준	박향림	콜롬비아	40850A	원
공주강	신민요	1942	김다인	전기현	모란봉	태평	5050	
구름길 책력	가요곡	1941	김다인	박시춘	박향림	오케	31081	
구소설 푸념	가요곡	1941	김다인	박시춘	박향림	오케	31069	
기생수첩	유행가	1938	김다인	전기현	이옥란	콜롬비아	40839B	원
기타는 운다	유행가	1939	김다인	이재호	김장미	콜롬비아	40863B	원
꽃 같은 순정	유행가	1939	김다인	이용준	이옥란	콜롬비아	40846B	원
꽃바람 님바람	유행가	1938	김다인	전기현	남일연	콜롬비아	40832B	원
꿈타령	가요곡	1942	김다인	박시춘	이화자	오케	31107	
나도 백 년 너도 백 년	가요곡	1942	김다인	박시춘	김정구	오케	31105	박
나무아미타불	만요	1939	김다인	김송규	김해송	콜롬비아	40847A	원
낭낭제	가요곡	1941	김다인	이봉룡	이난영	오케	31072	원
낭자머리 탄식	유행가	1939	김다인	이재호	김장미	콜롬비아	40861A	원
눈물의 연락선	유행가	1939	김다인	김송규	유종섭	콜롬비아	40846A	원
다정등대	가요곡	1942	김다인	이봉룡	남인수	오케	31103	원+조
달 같은 님아	신민요	1939	김다인	유일춘	미스코리아	태평	8603B	원+한+음
달려라 노새	가요곡	1941	김다인	김해송	남인수	오케	31078B	음

제목	장르	연도	작사	작곡	노래	레코드사	기호	출처
달력걸력	가요곡	1942	김다인	이봉룡	이화자	오케	31107	
대동강 물결 위에	신민요		김다인	전기현	모란봉	태평		음
더벙머리 과거	가요곡	1942	김다인	박시춘	백년설	오케	31090B	음
도문강 아가씨	가요곡	1943	김다인	김해송	박향림	오케	31159	
동백꽃 피는 망루	가요곡	1943	김다인	이재호	이인권	태평	5086	이
등불무성	가요곡	1942	김다인	김해송	남인수	오케	31114	
동그랑 뗑뗑	신민요	1939	김다인	전기현	미스코리아	태평	8695	신
마음의 포구	가요곡	1941	김다인	김해송	이난영	오케	31061	
마지막 신표	유행가	1941	김다인	박시춘	최병호	오케	31046	
만주신랑	가요곡	1942	김다인	이봉룡	송달협	오케	31099	음
망향조	가요곡	1941	김다인	박시춘	박향림	오케	31074	
못 갑니다	유행가	1939	김다인	이용준	박향림	콜롬비아	40845A	원
바다의 자장가	유행가	1938	김다인	전기현	신회춘, 이옥란	콜롬비아	40836A	원
백지올시다	가요곡	1941	김다인	박시춘	장세정	오케	31062	
별일이 다 많아	유행가	1939	김다인	전기현	박향림	콜롬비아	40852B	원
봄편지	유행가	1941	김다인	고하정남	이난영	오케	31035A	원
북경제	가요곡	1943	김다인	이재호	차홍련	태평	5081	
불망의 꽃다발	유행가	1938	김다인	김수월	김춘희	리갈	C449B	원
빛나는 수평선	유행가	1940	김다인	이재호	김해송	콜롬비아	44007B	원
사나이 위치	가요곡	1941	김다인	박시춘	김구식	오케	31069	
산호초	가요곡	1942	김다인	이봉룡	이난영	오케	31094	
상해로 가자	유행가	1938	김다인	이용준	유종섭	콜롬비아	40839A	원
소년초	가요곡	1942	김다인	이재호	진방남	태평	5052	원
송화강 건너	유행가	1940	김다인	이재호	박향림	콜롬비아	40873B	
승가리 고낭	가요곡	1941	김다인	전기현	백난아	태평	5004	
신곰배타령	신민요	1942	김다인	전기현	모란봉	태평	5040	신
쌍쌍타령	신민요	1939	김다인	김송규	김장미	콜롬비아	40847B	원
아가씨 무성	가요곡	1941	김다인	김교성	백난아	태평	5012	조
아득한 고향	유행가	1939	김다인	이재호	김장미	콜롬비아	40867B	원
아주까리 수첩	가요곡	1942	김다인	이봉룡	백년설	오케	31102	음
애국아리랑	신민요	1942	김다인		장옥화	태평	5040	
애수의 강변	유행가	1939	김다인	이재호	박향림	콜롬비아	40853A	원
양산도 당나귀	신민요	1941	김다인	박시춘	이화자	오케	31060	
엉터리 대학생	유행가	1939	김다인	김송규	김장미	콜롬비아	40848B	원
여성시첩	가요곡	1942	김다인	김해송	박향림	오케	31089	
연분홍 장미	유행가	1939	김다인	이용준	남일연	콜롬비아	40849A	원

제목	장르	연도	작사	작곡	노래	레코드사	기호	출처
열일곱 낭낭	가요곡	1941	김다인	이봉룡	이난영	오케	31072	
오동잎 질 때	유행가	1939	김다인	이재호	박향림	콜롬비아	40868B	원
온돌야화	유행가	1939	김다인	전기현	이병한, 함석초	리갈	C471A	원
왜 이럴까요	유행가	1939	김다인	이재호	박향림	콜롬비아	40857B	원
우리는 풍운아	유행가	1939	김다인	이용준	유종섭	콜롬비아	40861B	원
울고 간 연못가	유행가	1939	김다인	이재호	유종섭	콜롬비아	40858B	원
울고 간 용산역	유행가	1938	김다인	전기현	신회춘	콜롬비아	40836B	원
이별	가요곡	1942	김다인	박시춘	이화자	오케	31105	
이별의 십자로	유행가	1937	김다인	이용준	울금향	태평	8347	
인생선	가요곡	1942	김다인	이봉룡	남인수	오케	31136A	음
장미와 폭풍	가요곡	1942	김다인	이봉룡	이화자	오케	31098	
정열의 수평선	유행가	1939	김다인	이용준	유종섭	콜롬비아	40864B	원
조선의 누님	가요곡	1942	김다인	이재호	진방남	태평	5052	원
지평선아	가요곡	1942	김다인	윤학구	남인수	오케	31094	원
진두의 남편	가요곡	1942	김다인	박시춘	박향림	오케	31091	원
천리정처	가요곡	1942	김다인	박시춘	백년설	오케	31090A	음
청년고향	가요곡	1942	김다인	박시춘	남인수	오케	31136	음
청실홍실	유행가	1939	김다인	이용준	남일연	콜롬비아	40851A	원
청춘동라	가요곡	1942	김다인	박시춘	백년설	오케	31134A	
청춘무정	유행가	1939	김다인	김송규	유종섭	콜롬비아	40849B	원
청춘복지	가요곡		김다인	전기현	진방남	태평	5077	
청춘블루스	유행가	1941	김다인	대구보덕이랑	이인권	오케	31038	원
출항블루스	가요곡	1941	김다인	손목인	이인권	오케	31068	
팔도장타령	유행가	1939	김다인	김송규	김해송	콜롬비아	40852A	원
포구의 인사	가요곡	1941	김다인	이봉룡	남인수	오케	31065A	음
홍동백	가요곡	1942	김다인	김해송	박향림	오케	31095	
환희의 눈길	가요곡	1942	김다인	김화영	이인권	오케	31100	
활동사진강짜	유행만요	1938	김다인	김송규	김해송, 남일연	콜롬비아	40824B	원
흐르는 춘색	유행가	1939	김다인	이용준	유종섭	콜롬비아	40851B	원
흘러간 오년	유행가	1939	김다인	이용준	박향림	콜롬비아	40871B	원
희망의 달밤	가요곡	1942	김다인	박시춘	백년설	오케	31134B	
희망의 바다로	유행가	1939	김다인	이용준	박향림	콜롬비아	40864A	원
희망의 썰매	유행가	1939	김다인	김송규	김해송	콜롬비아	40848A	원
희망타관	가요곡	1942	김다인	김해송	백년설	오케	31112	
고향초		1947	김다인	박시춘	송민숙	오케		조
고향초			김다인	박시춘	장세정	오리엔트		

제목	장르	연도	작사	작곡	노래	레코드사	기호	출처
몽고의 밤		1947	김다인	박시춘	남인수	뉴오케	N4001B	음
아내의 노래	대중가요		김다인	손목인	김백희	K.B.C	B3001A	조
첫사랑		1947(?)	김다인	박시춘	금사향	오케		조
향수마차	가요곡		김다인	이향	이인권	오케	8153	원

〈조령출〉

제목	장르	연도	작사	작곡	노래	레코드사	기호	출처
가을이로세			조령출	리면상				
개나리			조령출	문호월				
그리운 동무야		1964	조령출	김명록				
꽃 피는 내 고향			조령출	모영일				
대동강		1955	조령출	리면상				
만경대의 노래		1962	조령출	김옥성				
물레야 동무야		1952	조령출	리면상				
압록강 이천 리		1952	조령출	리면상				
어머니 우리 당이 바란다면		1993	조령출	김문혁				조선예술
어머니의 노래		1951	조령출	리면상				
어버이 사랑 옥류금은 노래하네			조령출	김병화				
얼룩소야 어서 가자		1952	조령출	김진명				
조국보위의 노래		1950	조령출	리면상				
조국산천에 해 둥실 떠온다		1975(?)	조령출	윤영환				
종달새야 너도 노래 불러라		1955	조령출	리면상				
처녀로 꽃 필 때			조령출	김복윤				
철령이라 높은 고개		1981	조령출	김진명				조선문학
청년유격대		1951	조령출	리면상				
해당화			조령출	안성현				
흘러라 대동강			조령출	안성현				

1913 11월 10일 충청남도 아산군(牙山郡) 탕정면(湯井面) 매곡리(梅谷里) 643번지에서
　　　　한약방을 운영하던 아버지 조경희(趙慶熙 : 본관 楊州)와 어머니 조희정(趙熙定) 사
　　　　이에서 출생. 보성고보 학적부 '가정란'에 "母, 兄一"이라 기재되어 있음. '영인
　　　　산(靈仁山)' 밑에서 출생했다고 하여 '영출(靈出)'이라 작명.

1917(4세) 고향을 떠나 서울로 이주.

1921(8세) 서울에서 1년 반 동안 서당 수준의 보통학교를 다님.

1922(9세) 부친 별세. 이후 가세가 기울어 "남의 집 고용살이 하는 홀어머니를 따라
　　　　전전하는 눈물겨운 생활"을 하다가 함경도 안변 석왕사에 의탁. 사립 석왕사
　　　　보통학교를 다님(석왕사보통학교를 다닌 시기는 정확치 않음). 석왕사학교 시절부
　　　　터 문학에 관심을 가지고 습작함. 일설에는 건봉사 부설 봉명학교를 다니며
　　　　만해 스님의 영향을 받았다고도 함.

1924(11세) 대륜(大輪, 高致祚) 스님으로부터 '중련(重連)'이란 법명을 받아 건봉사로
　　　　출가. 건봉사 '萬化堂大禪師 碑銘(만화당대선사 비명)'(1924)에 '重連(중련)'이란 법
　　　　명이 등재되어 있음.

1929(16세) 조선불교학인연맹 기관지『回光(회광)』창간호에 시「가을」발표.

1930(17세) 건봉사 장학생으로 서울의 보성고등보통학교 입학. 보성고보 학생회
　　　　'而習會(이습회)' 가입 활동. 조선불교청년총동맹 가입 활동.

1932(19세) 시「님 오라 부르네」를『신여성』(2월)에, 산문시 계열의「밤」을『조선
　　　　일보』(5.4)에 발표. 중련이란 법명으로 조선불교청년총동맹이 발행하는『불
　　　　청운동』(10.25)에 수필「해빈의 단상」발표.

1934(21세) 1월『동아일보』신춘현상문예 '신시' 부문(당선작「東方(동방)의 太陽(태양)을
　　　　쏘라」)과 '유행가' 부문(가작 당선작〈서울노래〉)에 동시 입상. 유행가〈서울노래〉
　　　　(음반번호 40508A)가 일본 콜롬비아음반주식회사에서 발매되어 작사가로 데뷔.

4월 『별건곤』이 주최한 '신유행소곡 대현상모집'에서 〈청춘곡―젊엇슬 때여〉 (입선 제2석)와 〈고구려애상곡〉(선외가작) 두 편 입상. 경주 수학여행 기행문 「경주순례기」를 『불교』(4 · 6 · 7월)의 독자문단에 연재함.

1935(22세)   3월 보성고보 졸업에 즈음한 시 「항로―혜화성림을 떠나며」를 발표. 이 작품은 『을해명시선집』(오일도 편, 시원사, 1936.3.27)에 재수록되었으며, 『대한현대시영역대조집』(정인섭 편, 문화당, 1948.8.15)에 영역되어 소개됨. 졸업 당시 주소는 신교동(新橋洞) 58번지.

4월 와세다 제2고등학원에 입학.

조영출과 금운탄, 조명암이라는 예명으로 포리돌과 오케 등에서 대중가요 작사. 1930년대와 1940년대에 발표한 대표적인 대중가요 작품으로 〈알뜰한 당신〉, 〈선창〉, 〈낙화유수〉, 〈낙화삼천〉, 〈서귀포 칠십리〉, 〈진주라 천리 길〉, 〈고구려 애상곡〉, 〈처녀총각〉, 〈꼴망태총각〉, 〈울며 헤진 부산항〉, 〈어머님 前 上白〉, 〈코스모스 탄식〉, 〈화류춘몽〉, 〈꼬집힌 풋사랑〉, 〈꿈꾸는 백마강〉 등이 있음.

1937(24세)   3월 일본 와세다(早稲田) 제2고등학원 수료.

1938(25세)   4월 와세다대학 문학부 불문학 전공에 입학. 같은 학교 영문과 수학 중인 황순원(1936 입학~1939 졸업) 등과 교류.

1939(26세)   시론 「序詞(서사)」를 와세다대학우리동창회 『회지』(3호)에 발표. 조선불교동경유학생회원으로 활동하며 기관지 『금강저』 23호(1939.1.15)에 폴 · 베르레―느 원작 「내 마음엔 눈물이 날여」 번역 발표. 『조선문예년감』에 조영출은 '시인'이면서 '경성부 남대문통 OK레코드회사 소속'으로 소개됨.

1940(27세)   함경도 원산에서 발행한 문예잡지 『초원』에 참여.

1941(28세)   3월 와세다대학 문학부(불문학 전공) 졸업. 악극 〈추석제〉 공연. 〈지원병의 어머니〉 등 군국가요 작사.

1942(29세)   가요비극 〈남매〉, 군국가요 〈아들의 혈서〉 등 오케레코드에서 출반.

1943(30세)   2월 8일 장연옥과 혼인. 장녀 용희 출생. 당시 주소가 경성부 숭인정 16 고대륜 방으로 되어 있음.

악극 〈阿片の港〉 공연. 김다인이라는 필명으로 방송극 〈殉愛系圖(순애계도)〉 발표(김다인이라는 필명이 조영출의 것인지 박영호의 것인지에 대해서는 재검토의 여지가 있음). 학도병 지원을 옹호하는 시 「學びの窓巾」(『조광』 12월) 발표.

1944(31세) 『국민문학』(2월)에 시 「山水の匂ひ」 발표. 방송극 〈人情(인정)〉(『방송지우』 12월호) 발표. 악극 〈노예선〉, 〈熱砂の花園〉 공연.

1945(32세) 2월 17일부터 제3회 연극경연대회 참가 작품으로 학도병 지원을 옹호하는 희곡 〈현해탄〉 공연. 악극 〈도화만리〉, 〈목련화〉, 〈맹강녀〉, 〈유충렬〉 등 공연.

11월 17일부터 톨스토이의 소설 「부활」을 가극 〈카츄우샤〉로 번역 연출하여 동양극장에서 공연. 12월 24일부터 30일까지 서울예술극장 창립 기념으로 동양극장에서 연극 〈남부전선〉(콘스탄친 시모노프 작, 조영출 번역) 공연.

8월 18일 조선문화건설중앙협의회 산하 조선연극건설본부 극작부 집행위원으로 선출. 9월 17일 조선프롤레타리아예술동맹에 가입. 12월 25일 함세덕과 공동으로 조선연극동맹 부위원장. 조선문학가동맹 시부 위원. 시 「모든 강물은 바다로 흘은다」를 『신문예』 창간호(12월)에 발표하는데, 이 작품은 이후 『국문독본』 상(유열 편, 한얼몯음학생동무사, 1946.5.26)에 수록됨. 시 「슬픈 역사의 밤은 새다」를 『예술운동』 창간호(12월)에 발표함. 이 작품은 해방 기념 13인 공동시집 『횃불』(우리문학사, 1946)에 재수록됨.

1946(33세) '제1회 3·1 기념 연극대회' 참가 작품으로 〈독립군〉 공연.

8월 10일 조선문학가동맹 서울지부 부위원장. 조선가극협의회 심의위원.

악극 〈사랑의 곡〉, 〈낙랑공주와 호동왕자〉, 〈항우와 우미인〉, 〈가면무도회〉, 〈천안삼거리〉, 〈월광곡〉, 〈산유화〉, 〈낙화유정〉, 〈공주와 산적〉 등 공연. 『시가집 아름다운 강산』(정태진 편, 신흥국어연구회, 1946.12)에 「포석정에서」(「경주순례기」 소재)가 재수록됨.

차녀 민희(혜령) 출생.

1947(34세) 평론 「연극의 대중화」 발표. 조선문화단체총연맹과 조선연극동맹이

공동 주최한 '제2회 3·1기념연극대회'에서 〈위대한 사랑〉 공연. 연극동맹에서 '미소공위 축하공연'으로 채만식의 소설을 조영출이 각색한 〈미스터 방〉 공연. 조선문학가동맹 시부위원회에서 편집, 발행한 『1946년판 연간 조선시집』(1947.3.20)에 「공화국」이 수록됨.

악극 〈청사초롱〉, 〈낙화십년〉, 〈봄타령〉, 〈인도의 달〉 등 공연. 7월 30일 불교예술동맹을 조직하고 위원장에 취임.

1948(36세) 〈미스터 방〉이 『소인극 교정』(조선연극동맹 편, 아문각)에 실림.

월북함. 북의 기록은 "1948년 8월 조선민주주의인민공화국을 수립하는 력사적인 최고인민회의 제1차회의에 남조선대표로 선출되어 38도선을 넘어 평양으로 왔다"고 기술(김성희, 「그가 찾은 영생의 노래」, 『운명의 선택』 1권, 평양출판사, 2012, 210쪽). 38선을 넘던 소감을 쓴 시 「북조선으로」의 창작일이 '1948.12'로 명시되어 있고, 남쪽의 매체 『조광』 1949년 1월호에 글이 발표된 것으로 보아, 1948년 하반기에 월북했을 것으로 추정됨.

월북 후 북한 문화선전성 창작위원회 위원으로 활동. 국악인 김관보와 재혼하여 세 아들을 낳음.

1949(36세) 삼녀 수호 출생. 「극장의 문화적 사명」이 『조광』 1949년 정월호(1948.12.25 발행)에 발표됨. 〈도라지〉, 〈양산도〉, 〈모란봉〉을 개사하는 등 민요개사운동을 전개.

1950(37세) 6·25전쟁 중 종군작가로 낙동강 전선까지 남하. 전쟁가요 〈조국보위의 노래〉, 〈어머니 우리 당이 바란다면〉 등을 작사함.

1951(38세) 남쪽의 부인 장연옥이 두 자녀(용희, 수호)를 데리고 조영출을 찾아 월북.

1953(40세) 작가동맹중앙상무위원회 후보위원으로 선출.

1955(42세) 5월 동독을 방문하여 쉴러문학제 참가.

1956(43세) 작가동맹중앙위원에 선출. 희곡집 『열두 삼천릿벌』 발간.

1957(44세) 국립민족예술극장 총장 취임. 영화문학창작사 초대 주필. 『조령출 시선집』(조선작가동맹출판사, 1957.6) 발간.

1958(45세) 교육문화성예술국장으로서 예술단을 이끌고 김일성의 중국 방문 수행.

1960(47세) 교육문화성 부상. 작가·작곡·안무·연출·지휘·무대미술 등 50여 명의 창조집단과 3천 명의 출연진이 만든 음악무용서사시 〈영광스러운 우리 조국〉 공연. 이 서사시는 집체창작 혁명가극의 모태가 됨. 조영출은 이후 〈피바다〉식 혁명가극 〈꽃 파는 처녀〉, 〈한 자위단의 운명〉, 〈밀림아 이야기하라〉 등의 창작책임자로 활동함.

1961(48세) 〈량반전〉, 〈선화공주〉, 〈리순신 장군〉 등이 수록된 『조령출 희곡집』을 조선작가동맹출판사에서 간행함.

1962(49세) 예술총동맹중앙위원회 부위원장.

1966(53세) 평양가무단 단장으로서 버마 방문.

1968(55세) 『사성기봉』(공저) 출판. 6월에 평양대극장에서 가극 〈해빛을 안고〉 공연.

1977(64세) 평양학생소년예술단장으로 버마와 불가리아 방문 공연.

1982(69세) '김일성상 계관인' 칭호와 국기훈장 제1급을 받음. 조중친선협회 부위원장으로 중국 방문.

1988(75세) 남한에서 조영출 작사의 대중가요가 다른 사람의 명의로 도용되어 유통되는 것을 범죄 행위로 규정하고 고발하는 글 「잊을 수 없는 가요들에 대한 범죄적 위조 행위」를 7차에 걸쳐 『조선신보』(재일조총련 기관지)에 연재. 〈춘향전〉을 평양예술단 공연 작품으로 제작. 시집 『밝은 태양 아래』를 출간함.

1992(79세) 《레코드로 듣는 한국가요사》(킹레코드사) 발매에 즈음하여 문공부에 제출한 '월북작가 조명암의 일제시대 작사에 대한 해금 청원서'가 받아들여져 대중가요 61편이 해금됨.

1993(80세) 5월 8일 평양 자택에서 사망.

1996 대중가요 〈알뜰한 당신〉, 〈선창〉, 〈고향초〉, 〈꿈꾸는 백마강〉 등의 대표작들이 분단 이후 작사가가 왜곡되어 전해져 왔으나, 남한의 유일한 혈육인 차녀 혜령 부부의 노력에 의해 서울지방법원 최종 판결(4월 9일)로 저작권을 회복함. 2013년 현재 한국저작권협회에 등록된 조영출 대중가요의 분량은 대략 550여

곡이며, 이를 필명별로 분류하면 조영출 명의로 6곡, 조명암 명의로 397곡, 금운탄 명의로 25곡, 이가실 명의로 36곡, 김다인 명의로 92곡이 등록되어 있음.

2000 1월 1일 강원도 건봉사 불이문 앞에 조영출 시비가 건립됨.

2003 『조명암 시전집』(이동순 편, 선)이 간행됨.

2013 『조영출 전집』(조명암의 대중가요·시와 산문·희곡 전3권, 소명출판)이 간행됨.